HEYNE BÜCHER

SCIENCE FICTION

Herausgegeben
von Dr. Herbert W. Franke
und Wolfgang Jeschke

Vom gleichen Autor erschienen außerdem
als Heyne-Taschenbücher

Transit nach Scorpio · Band 3459
Die Sonnen von Scorpio · Band 3476
Der Schwertkämpfer von Scorpio · Band 3488
Der Prinz von Scorpio · Band 3504
Die Menschenjäger von Antares · Band 3512

ALAN BURT AKERS

DIE SONNEN VON SCORPIO

Fantasy-Roman

Deutsche Erstveröffentlichung

WILHELM HEYNE VERLAG
MÜNCHEN

HEYNE-BUCH Nr. 3476
im Wilhelm Heyne Verlag, München

Titel der amerikanischen Originalausgabe
THE SUNS OF SCORPIO
Deutsche Übersetzung von Thomas Schlück

2. Auflage
Redaktion: F. Stanya

Printed in Germany 1976
Umschlagfoto: Futura Publication Ltd.
Gesamtherstellung Mohndruck Reinhard Mohn OHG, Gütersloh

ISBN 3-453-30371-7

ANMERKUNG ZU DEN TONBÄNDERN AUS AFRIKA

Ein Teil der seltsamen und bemerkenswerten Abenteuer Dray Prescots, die mir ein wohlmeinendes Schicksal zur Bearbeitung zugespielt hat, ist bereits veröffentlicht.* Und weiter verfolgt mich die zwingende, ruhige Stimme aus dem Kassettenrecorder.

Die Tonbänder, die mir mein Freund Geoffrey Dean an jenem Tag in Washington übergeben hatte, sind unschätzbar wertvoll. Er hatte sie in Afrika von Dan Fraser erhalten, der als einziger Dray Prescot persönlich kennengelernt und mit ihm gesprochen hat. Doch leider fehlen einige Kassetten, was aus dem textlichen Zusammenhang deutlich wird. Daß dies eine Tragödie ist, muß ich nicht erst betonen, und ich habe mich sofort mit Geoffrey in Verbindung gesetzt, um zu erfahren, ob er die Art und Weise des Verlustes feststellen kann. Bisher vermag er jedoch keine Erklärung zu geben. Wahrscheinlich ist es zuviel erhofft, daß irgendwann jemand durch wundersame Fügung auf die fehlenden Kassetten stößt – vielleicht im Gepäckraum eines Flughafens oder in einem Fundbüro. Wenn sie, wie ich befürchte, unerkannt in einem westafrikanischen Dorf herumliegen, mögen sie eines Tages gar dazu dienen, die Popmusik einer Rundfunkstation aufzunehmen.

Dray Prescot, wie ihn Dan Fraser beschreibt, ist gut mittelgroß und hat glattes braunes Haar und braune Augen, die ruhig und seltsam zwingend wirken. Seine Schultern müssen unwahrscheinlich breit sein. Dan spürte in diesem Mann harsche Ehrlichkeit und furchtlosen Mut. Er beschrieb Prescots Gang als den einer großen Wildkatze.

Dray Prescot, 1775 geboren, besteht darauf, als einfacher Seemann angesehen zu werden – doch läßt seine Geschichte erkennen, daß er bereits auf der Erde, als er sich noch mit geringem Erfolg durchzuschlagen versuchte, davon überzeugt war, ein großes und fast unvorstellbares Schicksal erwarte ihn. Wahrscheinlich rechnete er von Anfang an damit, daß ihm etwas Großartiges und Seltsames zustoßen würde. Als er von der Erde nach Kregen unter der Sonne Antares versetzt wurde – von den Savanti, den halbgöttlichen Menschen von Aphrasöe, der Schwingenden Stadt –, genoß er förmlich die Experimente, die seine Fähigkeiten erweisen sollten. Doch irgend etwas in seiner Persönlichkeit – seine geistige Unabhängigkeit, seine Allergie gegen jeden Machtmißbrauch und wohl auch seine

---

*Alan Burt Akers, TRANSIT NACH SCORPIO, Heyne-TB Nr. 3459

Entschlossenheit, das verkrüppelte Bein seiner geliebten Delia im Taufbecken zu heilen – brachten die Savanti dazu, ihn aus ihrem Paradies zu verstoßen.

Nachdem er dann von den Herren der Sterne nach Kregen unter den Sonnen von Scorpio zurückgeholt worden war, erkämpfte er sich die Position des Zorcander der Klans von Felschraung. Als er in den Marmorbrüchen von Zenicce versklavt worden war, zeichnete er sich in der gleichen Stadt vor Großtante Shusha aus, die ihm den Titel eines Lord Strombor verlieh und ihm die Macht über alle Familienbesitztümer übertrug. Nach der folgenden Schilderung zu urteilen, haben ihn all diese Abenteuer kaum berührt. Aber das kann ich mir eigentlich nicht vorstellen. In diesen frühen Tagen auf Kregen reifte Dray Prescot auf eine Weise heran, die wir auf der Erde vielleicht nicht verstehen.

Was die Bearbeitung der Tonbänder für den Druck betrifft, so habe ich bestimmte Teile gekürzt und mich bemüht, eine gewisse Ordnung in das Durcheinander von Namen, Daten und Orten zu bringen. Manchmal buchstabierte Dray ein Wort, was die Abschrift erleichtert; in anderen Fällen mußte ich die Namen phonetisch schreiben. Prescot äußert sich mit dem typischen Mangel an Vorüberlegung, wie man sie von einem Mann erwarten kann, der sich an vergangene Ereignisse erinnert. Je nachdem, wie ihm die Einfälle kommen, springt er von einem Punkt zum anderen; doch ich meine, daß seine Erzählung hierdurch eine gewisse Leichtigkeit und Kraft gewinnt; und auch auf die Gefahr hin, daß sich manche Sprachpuristen aufregen werden, habe ich in den meisten Fällen nur die Satzzeichen angebracht und den Gedankenfluß so belassen, wie Prescot ihn aufs Band gesprochen hat.

Bisher hat er keine wesentlichen Anmerkungen über die kregischen Jahreszeiten gemacht – obwohl er dieses Wort oft benutzt, wohingegen das Wort »Jahr« kaum vorkommt. Ich vermute, daß die jahreszeitlichen Zyklen astronomisch, meteorologisch und landwirtschaftlich weitaus komplizierter sind, als wir es von der Erde kennen.

Geoffrey Dean hat zu mir gesagt: »Hier sind die Bänder aus Afrika. Ich habe Dan Fraser zugesagt, ich würde das Versprechen achten, das er Dray Prescot gegeben hat, denn ich glaube ehrlich, hinter Prescots Wunsch steht die feste Absicht, seine Geschichte den Erdenmenschen vorzulegen.«

Und das ist auch meine Überzeugung.

Alan Burt Akers

1

Schon einmal war ich aus dem Paradies vertrieben worden.

Als ich nun die zerrissenen Fäden meines Lebens auf dieser Erde wieder zusammenknüpfte, erkannte ich, Dray Prescot, wie nutzlos diese Illusion war. Alles, was mir am Herzen lag, alles, was ich an Hoffnung oder Glück vom Leben erwartete, befand sich auf Kregen unter den Sonnen von Scorpio. Dort, das wußte ich, wartete Delia auf mich, meine Delia von den Blauen Bergen, meine Delia aus Delphond – denn die Herren der Sterne hatten mich verächtlich zur Erde zurückgeschickt, ehe dieses Mädchen Delia von Strombor werden konnte. Dort auf Kregen unter Antares befand sich all das, was mir hier auf der Erde verweigert geblieben war.

Meine Rückkehr auf diese Erde brachte mir eine unerwartete Erfahrung. Es herrschte endlich Frieden.

Seit meinem achtzehnten Lebensjahr hatte ich nur den Krieg erlebt – abgesehen von der kurzen Zeit des trügerischen Friedens von Amiens –, und selbst da war ich nicht absolut frei gewesen. Der neue Friede aber sollte mir nur Unangenehmes bringen.

Die Einzelheiten meiner Wanderungen, nachdem ich nackt an jenem portugiesischen Strand aufgetaucht und verhört worden war, sind nicht wichtig, denn ich muß zugeben, daß ich mich wohl in einer Art Schockzustand befunden habe. Soweit es die Deckswache betraf, war ich vor sieben Jahren für immer von Achterdeck der *Roscommon* verschwunden, nachdem wir das französische 80-Kanonen-Schiff besiegt hatten. Wäre ich für die Marine noch am Leben gewesen, hätte ich normalerweise mit einer Beförderung zum Kapitän rechnen können.

Doch jetzt, im Frieden, und mit einer siebenjährigen unerklärlichen Lücke in meinem Leben – welche Chancen hatte ich da? Überall wurden Schiffe abgewrackt, überall wurden Männer an Land geschickt.

Zufällig war ich 1815 in Brüssel, als der Korse von Elba floh und Frankreich in das letzte Aufflackern der Hundert Tage führte. Und dabei glaubte ich zu fühlen, wie Bonaparte zumute war.

Er hatte die Welt zu Füßen gehabt – um sich schließlich mit einer winzigen Insel zufriedengeben zu müssen. Er war abgelehnt, vertrieben worden, seine Freunde hatten sich gegen ihn gewandt – auch er war gewissermaßen aus dem Paradies vertrieben worden.

Es war als Engländer stets meine Pflicht gewesen, den Korsen und seine Flotte zu bekämpfen; so war es nicht ungewöhnlich, daß auch ich mich an jenem schicksalshaften 18. Juni 1815 bei Waterloo befand.

Die Namen sind heute natürlich überall bekannt – La Belle Alliance, La Haye Sainte, Hougoumont, die eingesunkene Straße, die Angriffe, die Formationen, die Niederlagen der Kavallerie, der Angriff der Alten Garde – all dies ist so eingehend beschrieben worden wie bei keiner anderen Schlacht auf dieser irdischen Welt. In den tosenden Salven der Briten, als unsere Gardisten zu Fuß die Alte Garde zurückwarfen und ich mit Colbournes 52. Brigade angriff und wir schließlich den Resten der französischen Armee nachsetzten – in all dem Durcheinander fand ich einen bitteren, schmerzlichen Ausgleich für meine hoffnungslosen Sehnsüchte.

Nach der Schlacht vermochte ich einem englischen Gentleman aus der Patsche zu helfen, der von einer Gruppe Grenadiere belästigt wurde; ich vertrieb die Angreifer. Diese Begegnung war von nicht geringer Bedeutung; wäre ich ein einfacher Bürger gewesen, hätte ich diesen Tag als höchst bemerkenswert bezeichnen müssen. Unsere Freundschaft erwuchs in den Tagen seiner Genesung, und bei unserer Rückkehr nach London bestand er darauf, daß ich seine Gastfreundschaft in Anspruch nahm. Sie werden merken, daß ich seinen Namen nicht erwähne – dies geschieht aus gutem Grunde. An dieser Stelle möge der Hinweis genügen, daß ich durch seine Freundschaft und Einflußnahme mein geringes Vermögen in gute Hände geben konnte – und heute sehe ich den Beginn meines jetzigen irdischen Vermögens auf dem Schlachtfeld von Waterloo.

Doch nicht von meinen Tagen auf der Erde möchte ich berichten.

In dem Bedürfnis, wieder einmal einen weiteren Horizont um mich zu sehen und die Bewegung eines Decks unter den Füßen zu spüren, schiffte ich mich als Passagier ein und reiste langsam in Richtung Indien, wo ich irgend etwas zu finden hoffte – ich wußte nicht, was – etwas, das den allgegenwärtigen Schmerz dämpfte, der aus allem, was ich auf dieser Erde tat, ein quälendes und stumpfes Dasein machte.

Es schien mir wenig Sinn in den bösen Scherzen zu liegen, die die Herren der Sterne mit mir trieben. Ich hatte keine klare Vorstellung, wer oder was sie waren – es war mir auch gleichgültig, solange sie mich nach Kregen unter Antares zurückkehren ließen. Dort hatte ich den herrlichen rotgoldenen Raubvogel gesehen, größer als ein Falke oder Adler, den Gdoinye, der in Augenblicken der Gefahr über mir kreiste. Dort war mir auch die weiße Taube aufgefallen, die bis zu diesem Zeitpunkt den rotgoldenen Raubvogel ignoriert hatte. Hier waren Kräfte am Werk, die ich nicht verstand und nicht verstehen wollte. Mir schien nur klar zu sein, daß die Herren der Sterne auf ihre rätselhafte unmenschliche Art gegen unbekannte Kräfte kämpften – ein Kampf, den die Savanti – die auch nur Menschen waren – entsetzt verfolgten und den sie zum Vorteil der sterblichen Menschheit zu beeinflussen versuchten.

Die Kräfte, die solche Geschichte lenken konnten, erwählten die erste Nacht nach meiner Ankunft in Bombay, um mich wieder nach Kregen unter den Sonnen von Scorpio zu bringen.

Die schwüle Hitze, die Gerüche, die Fliegen, der unbeschreibliche Lärm – all dies machte mir nichts. Ich hatte weitaus Schlimmeres erleben müssen. In jener Nacht, die jetzt so weit zurückliegt, strahlten die Sterne über mir plötzlich ein diffuses Licht aus, das zusammenströmte und zu einer brennenden Patina wurde, die mich verspottete und mich einhüllte. Ich hatte in meiner Verzweiflung einen Punkt erreicht, da ich schon annahm, ich würde Kregen niemals wiedersehen, nie wieder auf den Mauern meines Strombor-Palastes in Zenicce stehen und nie wieder Delia aus Delphond in den Armen halten.

Vom Balkon blickte ich zu den Sternen auf, und die Nachtluft bewegte die großen, gefiederten Blätter, und die Insekten umsummten mich millionenfach. Nicht ohne Mühe machte ich das vertraute rote Feuer von Antares aus, den arrogant hochgereckten Schwanz der Konstellation des Skorpions. Ich starrte sehnsüchtig hinauf, geschwächt von der inneren Erkenntnis, daß ich wirklich langsam an meinem Schicksal verzweifelte.

In meiner Qual und meiner Verzweiflung hatte ich angenommen, Indien würde mir einen Skorpion bescheren – wie es schon jenes Tier hervorgebracht hatte, dem mein Vater zum Opfer gefallen war.

Plötzlich war mir in jener fernen Nacht irgendwie berauscht zumute. Denn als ich die Sterne und das rote Feuer des Antares anschaute, erwuchs das vertraute blaue Funkeln und schwoll zu den blaugesäumten Umrissen eines riesigen Skorpions an – und doch fehlte mir all die Freude, die mich beim letztenmal beseelt hatte, als diese Erscheinung auftrat.

Ich hob nur die Arme und ließ mich ans Ziel tragen, das die Herren der Sterne für mich bestimmt hatten, zufrieden, daß ich wieder den Boden Kregens unter den Füßen spüren durfte.

Ohne die Augen zu öffnen, wußte ich, daß ich mich auf Kregen befand.

Die stinkende brodelnde Hitze der Bombay-Nacht war verschwunden. Ich spürte eine kalte Brise auf der Stirn – und dazu ein seltsames Krabbeln und Kitzeln auf der Brust. Langsam, geradezu genüßlich öffnete ich die Augen.

Wie erwartet, war ich nackt.

Doch auf meiner Brust hockte ein riesiger rötlicher Skorpion. Er saß hingeduckt da und ließ den Schwanz pendeln, sein Panzer schimmerte im Licht.

Ohne mich beherrschen zu können, mit einer Heftigkeit, die ich nicht zu kontrollieren imstande war, sprang ich auf und brüllte los. Der Skorpion wurde von mir fortgeschleudert. Er fiel zwischen einige Steine, kam mit ungeschickter Bewegung wieder auf die Beine und verschwand in einem Felsspalt.

Ich atmete tief durch, dachte an den Skorpion, der meinen Vater getötet hatte, und an den Phantomskorpion, der mit mir im Blattboot gesessen hatte während meiner ersten Fahrt über den heiligen Aph-Fluß. Und ich erinnerte mich an den Skorpion, der erschienen war, als ich lachend mit meinen Freunden und mit Delia zusammensaß, meiner Delia aus den Blauen Bergen, während der rote Schein Zims durch das Fenster strömte und der grüne Schein von Genodras sich verstärkt bemerkbar zu machen begann – kurz bevor ich zum zweitenmal aus Kregen vertrieben wurde. Ich dachte an diese Schreckensmomente – und lachte.

Ja, ich, Dray Prescot, der selten lächelte, lachte in diesem Augenblick laut heraus, denn ich wußte, daß ich wieder auf Kregen war. Ich spürte es an der Leichtigkeit meines Körpers, am Duft des Windes, an dem gemischten Licht, das opal schimmernd von den Doppelsonnen von Antares ausging.

Ich fühlte mich frei, verjüngt, lebendig, herrlich lebendig, und das Blut rauschte durch meinen Körper. Ich war bereit für alles, was dieses schöne, gefährliche und geliebte Kregen zu bieten hatte. In seltsam berauschter Neugier sah ich mich um.

Der vertraute rosa Sonnenschein tauchte die Landschaft in sein weiches Licht. Eine Baumgruppe vor mir wiegte sich sanft im Wind und zeigte die weißrosa Blüten des Missal.

Unter meinen Füßen Gras, das so herrlich grün war, wie man es auf der Erde kaum noch findet. Weit draußen schnitt der Horizont des Meeres sauber durch den leuchtenden Himmel. Ich atmete tief ein und ließ meinen Brustkorb anschwellen. So frisch und lebendig hatte ich mich seit meiner Entführung aus dem Strombor-Palast in Zenicce nicht mehr gefühlt. Ich war wieder auf Kregen! Ich war zu Hause!

Langsam stieg ich auf die Graskante zu, die sich links von mir erstreckte, im rechten Winkel zum Meer. Ich war nackt, wie ich es nicht anders erwartet hatte. Wenn mich die Herren der Sterne wieder auf diese Welt gebracht hatten – oder die Savanti, die leidenschaftslosen, nahezu vollkommenen Menschen aus der Schwingenden Stadt Aphrasöe –, war das ganz natürlich. Wie ich annahm, war ich in einer bestimmten Absicht wieder auf diese Welt gebracht worden – ich glaubte bereits etwas von den Kräften zu verstehen, die mich vierhundert Lichtjahre durch den interstellaren Weltraum transportiert hatten.

Das Gras fühlte sich unter meinen Füßen weich und federnd an, und der Wind blies mir durch das Haar. Am Rand des Abgrunds blieb ich stehen und überschaute eine Szene, die in ihrer Schönheit unglaublich war. Ich war wieder auf Kregen! Ich hatte zwar keine Ahnung, an welchem Punkt der Planetenoberfläche man mich abgesetzt hatte, aber das war mir gleichgültig. Was immer mir in den nächsten Tagen widerfahren würde – eines wußte ich: Ich würde das Haus Strombor in Zenicce finden, in jener stolzen Stadt auf dem Kontinent Segesthes; ich würde Delia wieder in die Arme schließen. Wenn sie Strombor verlassen hatte, wo sie sich als Ausländerin fühlen mußte, und in ihre Heimat, in die Blauen Berge auf Vallia zurückgekehrt war, zu ihrem Vater, dem Herrscher des Vereinigten Inselreiches, dann wollte ich ihr dorthin folgen. Ich würde bis ans Ende Kregens ziehen, um Delia von den Blauen Bergen wiederzufinden.

Unter mir erstreckte sich ein Felsvorsprung, der aus dem Hang herausgehauen worden war. Darunter war ein zweiter zu sehen, gefolgt von einem dritten. Jede Stufe war etwa hundert Meter breit. Sie fielen wie eine unvorstellbar große Treppe ab, bis die letzte Terrasse unter der ruhigen Oberfläche eines schmalen Wasserstreifens verschwand. Auf der anderen Seite stiegen die Vorsprünge wie Felsstufen wieder aus dem Wasser und wichen Etage um Etage zurück, bis ich etwa fünf Meilen entfernt die gegenüberliegende Oberkante des Einschnitts ausmachte. Da und dort zogen sich kleinere Treppen durch die Felshänge. Ich drehte mich um und schaute landeinwärts. Dort verlor sich der Horizont im Dunst.

Die Schlußfolgerung erschien mir ungewöhnlich, ja sogar lächerlich, doch nach der Größe der Zwischenstufen zu urteilen, nach den glatten Gesteinsflächen und der Ebenmäßigkeit der Anlage mußte dieser Riesenkanal von Menschenhand geschaffen worden sein. Oder wenn schon nicht von Menschen gegraben, dann hatte der Mensch auf jeden Fall einen Kanal umgestaltet, der den unruhigen Äußeren Ozean mit dem ruhigeren und glatteren Wasser eines Binnenmeers verband.

Von einem Lebewesen keine Spur. Doch hatte ich das Gefühl, daß eine vorspringende Masse auf der höchsten Ebene unmittelbar gegenüber, rechteckig wirkend und in der sauberen Luft flimmernd, eine Art Behausung sein mußte. Leichter Rauch stieg von der Oberkante auf und verlor sich im Wind.

Bei meinem letzten Auftauchen auf Kregen hatte mir Delias Schrei in den Ohren geklungen. Auch diesmal hörte ich einen Schrei; doch ich wußte sofort, daß nicht Delia ihn ausgestoßen hatte.

Ich lief auf den Abgrund zu, aus dem der Wind kam und durch den das leise Rauschen des Meeres mit der warmen Luft heraufwehte. Dort sah ich eine Gestalt aus einem Hain wanken und ins Gras stürzen.

Als ich den Fremden erreichte, erkannte ich, daß es sich nicht um einen Menschen handelte. Er war ein Chulik, einer jener Tiermenschen, die mit zwei Armen und Beinen geboren werden und deren Gesicht bis auf zwei mächtige handbreite, nach oben stehende Hauer fast menschlich wirkt – und die dennoch einem Menschen nicht ähneln. Seine Haut war öliggelb, die Augen klein und schwarz und rund wie Korinthen. Er war kräftig und breitschultrig – ein Söldner. Er trug eine verrutschte Kettenhaube und einen Harnisch, der ihm bis zu den Schenkeln hinabreichte. Er schien unbewaffnet zu sein. Seine Körperkraft wurde durch die Tatsache unterstrichen, daß er noch geschrien hatte, obwohl sein Gesicht nur noch eine blutige Masse war.

Schweigen senkte sich herab.

Ich hatte noch keine Vorstellung, welches der vielen wilden Raubtiere Kregens das Wesen so entsetzlich zugerichtet hatte. Doch ich spürte die vertraute Beschleunigung meines Herzschlags.

Bisher hatte ich auf Kregen erst einmal ein Kettenhemd gesehen – als Prinzessin Natema Cydones mich zu verführen versuchte. In einer Nische hatte ein großer Mann im Kettenpanzer gewartet, mit einem herrlichen Rapier bewaffnet, das ich später erbeutet und bei meinem letzten siegreichen Kampf um Strombor getragen hatte. Eine Rüstung war nützlich auf Kregen. Um die Hüfte trug der Chulik ein weißes Kleidungsstück mit grünen Streifen. Als ich diesen Stoff bemerkte, runzelte ich die Stirn.

Wie Sie inzwischen sicher gemerkt haben, bin ich in solchen Dingen nicht zimperlich, und so zog ich dem Chulik das grüngestreifte Kleidungsstück aus und legte es als eine Art Lendenschurz um.

Noch wichtiger als eine Rüstung sind auf diesem Planeten jedoch Waffen. Der Chulik war leider nicht bewaffnet – ein seltsamer Umstand. Vorsichtig näherte ich mich dem Rand der Klippe, die zum Meer hinabführte.

Der Wind fuhr mir durchs Haar. Ich blickte hinab.

Das Meer bewegte sich tief unter mir. Am Fuß der unregelmäßigen Klippenwand vermochte ich kaum den gekrümmten gelben Sandstreifen auszumachen, an dem sich fast lautlos die weißen Wellen brachen. Einige Möwen und andere Meeresvögel kreisten am Himmel, doch sie waren seltsam stumm. Das Meer schimmerte hellblau. Die See, die sich an der Küste des Kontinents Segesthes brach, war grün oder grau oder manchmal stahlblau; dieses Meer jedoch bewegte sich gemächlich, und seine Bläue stach in die Augen. Ich hatte diese Bläue des Wassers bisher nur im Mittelmeer gesehen. Mit dem Auge des Seemanns musterte ich die Szene und achtete dabei besonders auf das Schiff, das halb an Land gezogen auf dem schmalen Sandstrand lag.

Es handelte sich um eine Galeere – ihr Bug, das bleistiftdünne Tauwerk, die eingezogenen Ruder – alles sprach dafür. Doch das Schiff hatte wenig Ähnlichkeit mit der Galeere, die mich in der Schwingenden Stadt Aphrasöe begrüßt hatte.

Ich sah mich am Rand der Klippen zwischen den Büschen um. Doch ich fand keine Waffen, die der Chulik vielleicht fallen gelassen hatte.

Ich ging ein Stück am Klippenrand entlang, um nach Möglichkeit den Weg zu finden, auf dem der Söldner emporgeklettert war. Und plötzlich blieb ich stehen. Halbverdeckt durch Büsche hockte dort eine Gruppe von Wesen. Die Büsche waren Dornenefeu – ein Gewächs, das Lebewesen mit weicher Haut tunlichst meiden. Doch diese Geschöpfe hockten zwischen den dicken dornenbewaffneten Ästen, saßen auf allen sechsen da, das rauhe graue Fell mit Schmutz, Blättern und Kot bedeckt, die Blicke auf den Pfad gerichtet, der sich an der Klippe emporwand.

Jetzt wußte ich, welches Lebewesen das Gesicht des Chuliks so zugerichtet hatte. Diese Kreaturen ähnelten dem segesthinischen Felsenaffen, dem Grundal. Er war etwa anderthalb Meter groß mit dünnen spinnenähnlichen Gliedmaßen, die ihm eine unheimliche Beweglichkeit verliehen, so daß er mit nonchalanter Leichtigkeit Hänge bewältigen konnte, vor denen eine Bergziege kapitulieren mußte. Ich hatte diese Wesen von Zeit zu Zeit in den Bergen des fernen Grenzgebiets der großen segesthinischen Ebenen gesehen, während ich mit meinen Klansleuten auf der Jagd war. Diese Tiere waren bösartig, feige und sehr gefährlich, wenn sie in Rudeln jagten. Sie blickten zwar in die andere Richtung, doch wußte ich nur zu gut, wie sie von vorn aussahen. Ihre Münder waren unglaublich groß, schlossen sich zwischen losen Fleischlappen und waren im geöffneten Zustand rund und mit konzentrischen Reihen nadelspitzer Zähne bewaffnet. Die Kreaturen hatten eine gewisse Ähnlichkeit mit irdischen Raubfischen, wie sie zuweilen aus der Tiefsee geholt werden, ganz Maul und Fänge und nur aufs Jagen spezialisiert.

Etwa ein Dutzend dieser Wesen wartete in den Büschen.

Plötzlich zerriß Lärm die Stille. Das Scharren von Füßen, polternde Steine, das angeregte Gespräch von Menschen, die nicht auf ihre Umgebung achten. Ich lauschte gespannt, wie es sich für einen Krieger der Felschraung gehörte – doch was ich zu hören hoffte, blieb aus. Ich vernahm kein Waffengeklirr.

Jetzt waren die Stimmen so nahe, daß ich Fetzen des Gesprächs verstehen konnte. Die Sprache war eine Abart des Kregischen, die mir bekannt war, so daß Segesthes nicht weit entfernt sein konnte.

»Wenn ich dich erwische, Valima!« rief die helle, erschöpfte Stimme eines jungen Mannes. »Dann weißt du, was dich erwartet, ja?«

»Du willst mich fangen?« Die Mädchenstimme klang unbeschwert, fröhlich, zufrieden mit sich und dem Augenblick. »Mein lieber Gahan Gannius, du würdest ja nicht mal einen dicken Kaufmann beim Gebet fangen!«

»Gleich wirst du auch beten!«

Jetzt sah ich die beiden, wie sie lachend den Hang herauftollten. Der junge Mann verfolgte das Mädchen über den Pfad, der im Zickzack an den Klippen emporführte, und sie tänzelte ihm lachend voraus. Auf dem Kopf trug sie ein Kleiderbündel, aus dem Perlenschnüre, ein Ledergürtel, die Ecke einer grün-weißen Tunika und eine goldene Gürtelschnalle herabhingen. Sie und der Junge waren nackt, und trotz ihrer Last vermochte sie ihn stets auf Entfernung zu halten. Sie hüpfte mit einem fröhlichen Lachen voraus, das viel zu unbekümmert klang für ein nacktes junges Mädchen auf einer Klippe, auf der ein Dutzend Grundals lauerte.

Ihr Wächter, der Chulik, lag mit zerfetztem Gesicht in der Nähe.

Ich griff nach dem ersten Stein. Er lag dicht am Rand, ein großes, zackiges Gebilde, angenehm schwer in der Hand. Wer in einer Welt der Raubtiere waffenlos ist, muß sich aller Hilfsmittel bedienen, um sich zu verteidigen. Es liegt in der Natur des Menschen, nicht so einfach aufzugeben. Ich hatte das oft genug bewiesen.

Ich stand auf. »Hai!« rief ich. Und noch einmal: »Hai!«

Dann warf ich den Stein. Ich achtete nicht darauf, ob er sein Ziel traf, sondern bückte mich sofort wieder, hob ein zweites Wurfgeschoß aus dem Geröll und schleuderte es. Als ich den zweiten Stein warf, traf der erste den Kopf des nächstsitzenden Grundal. Als der dritte unterwegs war, fand auch der zweite sein Ziel – mitten auf das mächtige Maul eines Grundal, der in dem Moment den Kopf wandte.

»Achtung!« Ich nahm mir die Zeit. »Grundal!«

Sechs Steine warf ich. Sechs harte, zackige Felsbrocken, ehe die Grundals sich auf mich stürzten.

Sie hatten doch keine Ähnlichkeit mit den segesthischen Felsaffen, die ich erlebt hatte. Jedes Wesen lief auf dem hinteren Gliedmaßenpaar – mit krabbelnden Klauen –, während das vordere Paar nach mir griff und mein Gesicht in die grinsende Rundung aus Zähnen zu ziehen versuchte, wo mir der Kopf abgebissen werden sollte. Doch zu meiner Überraschung trug jeder dieser Grundals in den Händen der mittleren Gliedmaßen einen dicken Knüppel, der etwa einen Meter lang war.

Und das war ihr Fehler.

Klauen und Knüppel und nadelscharfe Zähne zuckten auf mich zu. Ich sprang zur Seite, packte den ersten erhobenen Stock, drehte ihn herum – und hatte eine Waffe.

Ein Grundal kreischte auf und sprang mich von der Seite an. Ich warf mich nach vorn und versetzte ihm einen fürchterlichen Tritt gegen den Kopf, wobei ich den Druck der nadelscharfen Fänge durch die lose Gesichtshaut des Grundal spürte. Mein Knüppel zerschmetterte die Schädeldecke des Wesens vor mir.

»Achtung! Hinter dir!« kreischte eine Stimme von irgendwo.

Ich bückte mich und ließ mich über die Schulter abrollen. Der vorstürmende Grundal stolperte über mich, und der Schwung seines Knüppels riß ihn noch weiter mit. Aber sofort griffen zwei weitere Kreaturen an; diese nahm ich getrennt aufs Korn. Ich packte den Knüppel des ersten und zerrte ihn zu mir heran, der zweite erhielt einen Schlag über die Schultern und wurde ebenfalls nach vorn gerissen, während ich mit einer eleganten und für meine Gegner unverhofften Bewegung zurücktrat und die beiden zusammenprallen ließ. Kreischend gingen beide zu Boden.

Mit zwei schnellen Hieben auf die Köpfe wurden sie erledigt. Ich wandte mich eben dem nächsten Grundal zu, als ein Chulik auftauchte. Seine gelbe Haut war schweißbedeckt von dem hastigen Lauf bergauf. Er hieb mit einem Schwert zu und spaltete einen Grundal bis zu den Schultern.

Die restliche Bande machte kreischend kehrt, ließ ihre Knüppel fallen und tanzte wütend und frustriert auf den beiden hinteren Gliedpaaren herum – es waren nicht mehr viele übrig. Ein zweiter Chulik erschien, und die beiden Halbmenschen gingen auf die Grundals los. Die Felsenaffen zischten drohend, zogen sich jedoch zurück und verschwanden schließlich am Klippenhang, wobei sie sich in fantastischer Weise an der Felswand entlanghangelten und schließlich in Spalten und schattigen Felslöchern verschwanden.

Kein übles Willkommen auf Kregen, sagte ich mir und starrte auf die verschwitzten Chuliks, die toten Grundals und auf das Mädchen und den Jungen, die sich nun hastig ankleideten. Der Junge begann den Anführer der Chulikwache zu beschimpfen. Ich achtete nicht darauf, sondern ließ die vertrauten und verhaßten Befehlstöne an mir vorbeirauschen. Um ehrlich zu sein, hätten die Chuliks ihre Aufgabe wirklich besser wahrnehmen können. Sie zählten zu den besten halbmenschlichen Söldnerwächtern auf Kregen und ließen sich dementsprechend höhere Prämien zahlen. Der tote Wächter hinter den Büschen sprach nicht gerade für sie.

Da war der Blick auf das Mädchen schon viel angenehmer. Sie hatte sehr dunkles, doch nicht ganz schwarzes Haar und ein hübsches, offenes Gesicht mit dunklen Augen. Sie war etwas füllig im Gesicht und hatte eine etwas mollige Figur – was ich hatte sehen können, ob ich es wollte oder nicht –, doch dies lag sicher nur an ihrer Jugend und würde sich in einigen Jahren geben. Der Junge war schlank und kräftig und bewies Energie mit jeder Bewegung. Er hatte ebenfalls dunkles Haar und dunkle Augen, doch in seinem Gesicht lag ein Ausdruck, der mich unangenehm berührte. In jenem Augenblick dachte ich nicht weiter über ihn nach, über diesen Gahan Gannius, denn ich war gerade erst nach Kregen zurückgekehrt.

Nun gab er in strengem Ton Befehle – der Schrecken über das Erlebnis war ihm offenbar in die Glieder gefahren. Das Mädchen, das Valima hieß, musterte mich. Ich blieb stehen, den Knüppel noch immer fest in der Hand. Seit der kurzen Warnung, daß mich ein Grundal von hinten angriffe, hatte niemand ein Wort an mich gerichtet.

»Wir können hier jetzt kein Picknick abhalten«, sagte Gahan Gannius mürrisch, fast trotzig. »Am besten kehren wir zur Küste zurück.«

»Wie du befiehlst, Gahan.«

»Ja, ich befehle es! Gibt's daran irgendwelche Zweifel?«

Inzwischen waren schwer atmend noch einige weitere Chuliks erschienen und verfolgten wortlos die Szene. Ihre Position als Söldner verhinderte jede Art von Unmutsbekundung gegenüber diesen jungen Leuten, die Herr und Herrin waren. Und noch immer hatten sie keine Notiz von mir genommen.

Der junge Herr brüllte die Bediensteten an, die nun mit Nahrungsmitteln und Weinflaschen, mit Tischen und Decken, mit Stühlen und Zeltplanen und Teppichen den Hang heraufgetaumelt kamen. Alle machten kehrt und begannen den Abstieg – Männer und Frauen in kurzen grauen Kleidungsstücken mit breiten grünen Säumen. Den Inhalt einer hochherrschaftlichen Schiffskabine auf den Schultern, hatten sie die Klippen bezwungen und kehrten nun um – der Laune dieser jungen Leute folgend.

Als sich alle nach unten gewendet hatten, war ich wieder allein.

Verlassen stand ich an der Spitze der Klippen und wunderte mich. Ich wunderte mich über mich selbst, weil ich nichts gegen das schlechte Benehmen dieser Leute unternommen hatte.

2

Ich hatte die Oberkante des gegenüberliegenden Kanalufers erreicht und vermochte nun eine halbe Meile entfernt das Gebäude zu erkennen. Über unzählige Treppenstufen innerhalb der gewaltigen Terrassenmauern war ich drüben abwärts geklettert, hatte den breiten Kanal durchschwommen und war dann hier an den riesigen Felsstufen wieder emporgestiegen. Die Zwillingssonne stand inzwischen tief am Himmel, und ihr Licht, noch immer gemischt, würde bald vergehen und sich zu einem reineren Grün verschieben, wenn die grüne Sonne Genodras ein wenig länger über dem Horizont verhielt, nachdem die größere rote Sonne, Zim genannt, bereits untergegangen war.

Bald darauf würden die Sterne erscheinen, und ich konnte vielleicht genauer bestimmen, wo ich mich auf Kregen befand.

Bei dem Gebäude schien es sich um eine massive Burg mit verschlossenen Fenstern zu handeln; zahlreiche Türmchen bedeckten ein Dach, das sicher mehr als eine einfache Ansammlung von Sälen hinter Burgmauern bedeckte. Ich sah Kuppeln, minarettähnliche Turmspitzen und die Giebel riesiger Gebäude. Schatten senkten sich über die grauen Mauern. Ich fragte mich, ob dieses Anwesen zur gleichen Zeit entstanden war, als man diesen Kanal begradigt und mit Felsen eingefaßt hatte – oder ob die Kanalbauer dieses alte Haus – wie es im mittelalterlichen Rom geschehen war – für ihre Zwecke ausgeplündert hatten.

Zögernd ging ich im zunehmend grünen Dämmerlicht auf die Burg zu.

Dem toten Chulik hatte ich seine Kettenhaube, den Harnisch und das Lederzeug abgenommen. Der Junge und das Mädchen – Gahan Gannius und Valima – hatten sich offenbar nicht für das Schicksal ihres Wächters interessiert, und seine Begleiter standen unter Befehl. Ich kannte mich mit Chuliks aus und wußte, daß sie sich den Uniformen und Waffen jener anpaßten, bei denen sie in Lohn und Brot standen. In Zenicce, wo ich eine Zeitlang gelebt hatte, trugen die Chuliks das lange Rapier und einen Dolch; hier entsprachen ihre Waffen denen eines Mannes in Rüstung.

Das Langschwert hatte ich schließlich doch gefunden – inmitten eines Dickichts aus Dornenefeu hatte es sich in den Boden gebohrt. Es mußte dem sterbenden Chulik aus der Hand geschlagen worden sein. Ich ergriff es und musterte es; man lernt viel über einen Kämpfer, wenn man seine Waffen studiert.

Die Spitze des Schwerts war nicht besonders ausgeprägt, wenn auch einigermaßen scharf; trotzdem handelte es sich nicht um eine Stoßwaffe. Die Klinge war gerade und von billiger Machart – und recht scharf, wie ich es von einem Chuliksöldner nicht anders erwartete – mit einfachem, eisernem Stichblatt und Holzgriff, der eingekerbt war. Auf der Flachseite der Klinge befand sich oben ein Monogramm, in dem ich die kregischen Buchstaben für G.G.M zu erkennen glaubte. Kein Zeichen eines Waffenschmieds.

Also billige Massenware, schlecht ausbalanciert; aber es mochte mir dienen, bis ich eine bessere Waffe fand.

Jetzt stand ich vor dem seltsamen Gebäude mit den zahlreichen Kuppeln und Vorsprüngen und mächtigen Außenmauern.

Die kamen mir entgegen. Ich war bereit. Wenn sie mich begrüßen wollten, dann gut. Wenn sie mich aber töten oder gefangennehmen wollten, gedachte ich mein neues Schwert zu gebrauchen, bis mir die Flucht in die hereinbrechende Dunkelheit gelang.

»Lahal!« riefen sie mir den überall auf Kregen geläufigen Gruß entgegen. »Lahal!«

»Lahal«, erwiderte ich.

Ich blieb stehen und ließ sie auf mich zukommen. Sie trugen Fakkeln, und in der Abendbrise, die mit Sonnenuntergang auffrischte, wehten die Flammen wie rotgoldenes Haar dahin. Ich erkannte gelbe Roben und Sandalen und kahlrasierte Köpfe über zurückgeschobenen Kapuzen.

Ich blickte tiefer und sah an der Hüfte der Männer Schnüre mit schwingenden Quasten. Die Gürtel und Quasten waren blau.

Ich atmete aus. Ich hatte gehofft, rote Insignien zu finden.

»Lahal, Fremder. Wenn du ein Quartier für die Nacht suchst, komm schnell herein, denn die Dunkelheit bricht an.«

Der Mann hob beim Sprechen die Fackel. Seine Stimme klang seltsam hoch und schrill, fast weibisch. Ich sah sein Gesicht – glatt, bartlos und doch alt, mit faltiger Haut um die Augen und an den Mundwinkeln. Er lächelte. *Da haben wir einen Mann, der der Meinung ist, er habe nichts zu fürchten,* dachte ich – und sollte damit recht behalten.

Wir betraten das Gebäude durch einen riesigen steinernen Torbogen, der sofort durch ein bronzegefaßtes Lenkholztor geschlossen wurde. Ich erkannte das Holz an der Farbe, eine aschfarbene Tönung mit feiner Maserung; der Lenkbaum und das Lenkholz entsprechen auf Kregen unserer Eiche. Wenn es Grundals dort draußen gab, so vermittelte das dicke metallgefaßte Tor ein angenehmes Gefühl der Sicherheit.

Ich wurde in eine kleine Kammer geführt, wo ich angewärmtes Wasser zum Waschen und frische Kleidung erhielt – eine Robe, die der gelben Kleidung der Männer hier entsprach; anschließend bat man mich zum Essen in den Saal. Alles schien wohlgeordnet zu sein. Alles lief ab, als herrsche hier eine lang geübte Routine, die nichts umzustürzen vermochte. Ein angenehmes Gefühl der Freude begann mich zu erfüllen. Dies war nicht Aphrasöe, die Stadt der Savanti, doch die Menschen hier wußten ebenfalls von der Kunst, alles als wichtig und als Teil eines Lebensrituals erscheinen zu lassen, das nie zu Ende gehen würde.

Das Essen war gut – ein einfaches Mahl: Fisch, etwas Fleisch – vermutlich Vosk, auf eine mir unbekannte Art zubereitet –, Früchte einschließlich der nahrhaften Palines und dazu einen köstlichen Wein, der durchsichtig gelb schimmerte und wenig Alkohol enthielt.

Die Männer, die sich im Speisesaal versammelten, waren gleich gekleidet und sprachen alle mit hoher Stimme. Es waren etwa hundert. Die Männer, die das Essen servierten, waren auch nicht anders gekleidet, und als sie fertig bedient hatten, setzten sie sich zu uns an die langen Sturmholztische. Zahlreiche Laternen warfen ein goldenes Licht auf die Szene. Während des Essens stieg ein jüngerer Mann auf eine Art Plattform, die man kaum eine Kanzel nennen konnte, und begann ein Gedicht vorzutragen. Es war eine lange Geschichte über ein Schiff, das in einen Wirbelsturm geraten war und zu einem der sieben kregischen Monde gezogen wurde. Die Geschichte war nicht amüsant – ich lächelte ohnehin nicht gern und lachte nur selten –, doch sie interessierte mich.

Ich nahm nicht an, daß ich mich in einem kregischen Kloster befand. Es gab solche Institutionen, das wußte ich, und in Zenicce hatte ich den Orden der Purpurnen Mönche kennengelernt. Etwas an diesen Leuten – vielleicht ihr Mangel an äußerem Pomp und Zeremoniell – brachte mich zu der Überzeugung, daß sie keine Angehörigen einer Bruderschaft waren.

War dies der Grund, warum man mich nach Kregen zurückversetzt hatte? Hatten mich die Herren der Sterne gelenkt – oder etwa die Savanti? Es war zum Verzweifeln – doch ich hatte bisher noch keinen rotgefiederten Raubvogel und auch keine weiße Taube gesehen; diese Tiere hätten mir einen Hinweis geben können.

Als ich meinen Weinkelch leerte, wandte sich einer der Männer an mich. Er wirkte älter als die anderen, obwohl es viele nicht mehr junge Männer in der Runde gab. Die Falten in seinem Gesicht schienen zur sonstigen Glätte seiner Haut nicht zu passen.

»Du solltest dich jetzt zurückziehen, Fremder, denn du bist offenbar weit gereist und bist müde.«

Wenn er wüßte, wie weit ich gereist war!

Ich nickte und stand auf. »Ich möchte euch für die Gastfreundschaft danken . . .«, begann ich.

Er hob die Hand. »Wir unterhalten uns morgen früh, Fremder.«

Ich war durchaus gewillt, mich verabschieden zu lassen, denn ich war wirklich erschöpft. Das Bett war nicht allzu bequem, doch ich schlief sofort ein; wenn ich träumte, so erinnere ich mich nicht mehr an die Phantome, die meinen Geist erfüllten. Am Morgen machte ich nach einem guten Frühstück einen Spaziergang durch die Wehranlagen – in Begleitung des alten Mannes, der Akhram genannt wurde. Auch das Anwesen hieß Akhram, wie er mir sagte.

»Wenn ich sterbe, was vielleicht in fünfzig Jahren der Fall sein wird, gibt es einen neuen Akhram in Akhram.«

Ich nickte verständnisvoll.

Jenseits der hohen Brustwehr erkannte ich auf allen Seiten – außer dort, wo der Kanal und die Klippen eine natürliche Grenze bildeten – weite Felder, Obstgärten, kultiviertes Land, sorgfältig gepflegte landwirtschaftliche Flächen. Die Gemeinschaft dieser Männer mußte sehr reich sein. Auf den Feldern arbeiteten Menschen, die auf diese Entfernung wie Ameisen wirkten. Ich fragte mich, ob es sich um Sklaven oder freie Menschen handelte.

Nein, er habe noch nie von Aphrasöe, der Stadt der Savanti, gehört. Ich bezwang meine Enttäuschung.

»Vor langer Zeit«, fuhr ich fort, »habe ich einmal drei Männer gesehen, die so gekleidet waren wie du. Nur trugen sie rote Schnüre um die Hüften, mit roten Quasten.«

Akhram schüttelte den Kopf. »Das kann schon sein. Ich weiß von den Todalpheme aus Loh, die rosa Schnüre tragen, und wir sind die blauen Todalpheme von Turismond; doch von roten Gürtelträgern ist mir leider nichts bekannt, mein Freund.«

Turismond lag auf dem Kontinent Turismond; ich hatte von ihm gehört. Also konnte Segesthes nicht allzu fern sein.

»Und Segesthes?« fragte ich. »Und die Stadt Zenicce?«

Er musterte mich von der Seite. »Hast du nicht die rotbegürteten Todalpheme nach Aphrasöe gefragt?«

»Sie waren tot, die drei – tot.«

»Ich verstehe.«

Wir wanderten eine Zeitlang durch das herrliche opalene Tageslicht. Dann sagte er: »Ich habe natürlich von dem Kontinent Segesthes gehört. Zenicce ist, wie ich höre, bei den Seefahrern des Äußeren Ozeans nicht allzu beliebt.«

Ich zwang mich dazu, ruhig neben ihm herzugehen.

»Und was ist mit Vallia?«

Er nickte hastig. »Vallia kennen wir gut, denn seine allgegenwärtigen Schiffe, die auf der ganzen Welt zu Hause sind, bringen uns seltsame und wunderbare Dinge aus fernen Ländern.«

Ich sah mich schon in den Armen meiner Delia. Einen Augenblick lang war mir schwach zumute. Was war nun mit den Plänen der Herren der Sterne – wenn wirklich diese Wesen mein Geschick steuerten, die Everoinye . . .

Akhram sprach weiter, und aus Höflichkeit – etwas, das mir meine Eltern eingebleut hatten – zwang ich mich zum Zuhören. Er erzählte von der Flut, die am Nachmittag erwartet wurde. Aus seinen Worten wurde mir klar, was hier vorging und welche Pflichten die Todalpheme versahen. Kurz gesagt berechneten die Todalpheme die Gezeiten auf Kregen, führten Listen und erstellten all die vertrauten Seemannsdaten, deren Umgang ich auf der Erde gelernt hatte. Insgeheim staunte ich über die Berechnungen, die diese Männer anstellen mußten. Denn Kregen hat neben der Zwillingssonne sieben Monde, von denen der größte fast zweimal so groß ist wie der Trabant der Erde. Ich wußte, daß bei so vielen Monden normalerweise sich die Gezeitenbewegungen weitgehend aufhoben, da nämlich die Vielfalt der Einflüsse nicht mehr Tidenhub verursachte, sondern ihn eher verminderte – außer wenn mehrere Himmelskörper sich hintereinander aufreihten, dann mußten die Tiden eine enorme Höhe und Gewalt erreichen. Schon in Zenicce hatte ich den Gezeitenschutz bemerkt, mit dem man vor allem die Häuser an den Kanalufern versehen hatte, die überdies hoch über dem mittleren Hochwasser gebaut waren. Wenn die Gezeitenwogen in Zenicce wüteten, konnte es zur Katastrophe kommen, also wurden die Sperren, Dämme und Tore stets in ausgezeichnetem Zustand erhalten – eine Aufgabe der Stadtversammlung.

Akhram berichtete mir, daß sich am seewärtigen Ende des Kanals ein großer Damm befinde, der dieses Binnenmeer von dem Äußeren Ozean trennte. Durch den Damm führten Kanäle, die sich schließen ließen. Der Damm sei nach beiden Seiten bewehrt. Die Menschen des Sonnenaufgangs hätten ihn in ferner Vergangenheit erbaut, wie sie auch den Kanal begradigt und eingefaßt hätten, um den Gezeitenzustrom und den Abfluß vom Binnenmeer zu steuern.

»Hier am Binnenmeer sind wir ein nach innen gekehrtes Volk«, berichtete er. »Wir wissen, daß es im stürmischen Äußeren Ozean andere Kontinente und Inseln gibt. Manchmal segeln Schiffe durch die Öffnungen im Damm der Tage. Vallia, Wloclef, die uns Vliese des gekräuselten Ponsho liefern; Loh, von wo wir herrlich gewachsene und geschliffene Juwelen und Glaswaren von unglaublicher Schönheit beziehen; diese Orte kennen wir, da sie Handel mit uns treiben. Auch Donengil in Südturismond ist uns bekannt. Auf der Liste stehen noch ein paar Namen; ansonsten beschränken wir uns bewußt auf unser Binnenmeer.«

Später durfte ich die Oberservatorien besuchen und den Todalpheme bei der Arbeit zusehen. Viel von dem, was sie mit Tabellen und Himmelsinstrumenten anstellten, war mir vertraut; manches jedoch war mir fremd und überstieg mein Verständnis, denn diese Männer arbeiteten mit einer Logik, die der meinen nicht entsprach. Sie waren ihrer Arbeit fast mönchisch ergeben. Doch sie lachten gern und waren frei und gelassen.

Sie hatten einen gewissen Respekt vor meinem Verständnis der Bewegungen der Himmelskörper und der vorhersehbaren Entwicklung von Gezeiten, Strömungen und Winden – und all der Gefahren, die damit verbunden waren.

Das Binnenmeer war praktisch gezeitenlos. Das war nicht weiter verwunderlich (auch im Mittelmeer machen Ebbe und Flut selten mehr als einen halben Meter Unterschied aus), und diese Männer verbrachten ihr Leben mit der Berechnung von Gezeitenlisten, damit sie die Wächter an den Schleusen des Dammes rechtzeitig warnen konnten, wenn der Äußere Ozean wieder in Bewegung geriet und mit voller Wucht gegen den Damm anstürmte. Wie ich erfuhr, gab es keinen anderen von Schiffen befahrbaren Ausgang aus dem Binnenmeer.

»Warum lebt ihr hier, am inneren Ende des großen Kanals?« fragte ich.

Akhram lächelte und machte eine vage Armbewegung, die den fruchtbaren Boden, die Obsthaine und die glatte See einschloß. »Wir sind ein nach innen gekehrtes Volk. Wir lieben das Auge der Welt.«

Den großen Damm hatte Akhram den »Damm der Tage« genannt. Mir wurde klar, was das bedeutete. Wenn auf dem großen Ozean eine mächtige Springflut heranrollte und durch den schmalen Einschnitt des Kanals hereinschwemmte, wäre sie wie ein gewaltiger Besen über das Binnenmeer gefahren.

Der große Damm war vor unzähligen Jahren von einem Volk erbaut worden, das inzwischen untergegangen war – nur durch die Steinmonumente bekannt, das es hinterlassen hatte.

Ich bemerkte eine Bewegung auf den Feldern. Menschen liefen durcheinander. Schwach erreichte uns Geschrei. Akhram blickte hinüber, und sein Gesicht verzog sich zu einer Maske der Qual und ohnmächtigen Wut. »Wieder ein Überfall!« flüsterte er.

Jetzt sah ich auch Männer in Kettenrüstungen auf Ungeheuern reitend, die den fliehenden Bauern nachsetzten. Ich sah einen Mann taumeln und, von einem großen Netz eingehüllt, zu Boden sinken. Mädchen wurden in die Sättel gezerrt. Kleine Kinder, sogar Säuglinge wurden vom Boden hochgerissen und in Säcke gestopft.

Das Langschwert, das ich im Dornenefeu gefunden hatte, lag unten in dem Raum, den man mir zugewiesen hatte. Ich rannte die Brustwehr entlang. Als ich die massive Lenkholztür erreichte, schloß sie sich gerade. Eine erschreckte Menge drängte herein, die letzten zwängten sich noch durch die kleine Tür, die in das Haupttor geschnitten war.

»Laßt mich raus!« sagte ich zu den Männern, die das Tor verriegelten. Ich trug den grüngestreiften Stoff, den ich dem toten Chulik abgenommen hatte. Den Harnisch hatte ich in der Eile nicht angelegt; dazu waren meine Schultern zu breit. Ich hielt das Schwert hoch, damit die Wächter es sehen konnten.

»Geh nicht hinaus«, sagten sie. »Du wirst getötet oder gefangen.«

»Öffnet die Tür!«

Akhram stand hinter mir. Er legte mir eine Hand auf den Arm.

»Wir fragen Besucher nicht nach ihren Namen oder ihrer Zugehörigkeit, mein Freund.« Er blickte zu mir empor, denn ich war größer als er. »Wenn diese Wesen deine alten Feinde sind, dann geh frei hinaus und laß dich für deine Überzeugungen töten. Aber ich sehe dich als Fremden an. Du kennst unser Leben nicht . . .«

»Ich erkenne Sklaverei, wenn ich sie sehe.«

Er seufzte. »Sie sind längst fort. Sie greifen an, wenn wir sie nicht erwarten, nicht bei Morgengrauen oder bei Sonnenuntergang, und nehmen unsere Leute mit. Wir, die Todalpheme, sind durch Gesetz und gegenseitige Vereinbarung von jeder Gewalt ausgenommen. Denn würde man uns töten, wer würde Alarm schlagen, wenn die großen Fluten kommen? Doch unsere Leute, unsere loyalen Helfer, die für uns sorgen – sie sind leider nicht zu schützen.«

»Wer sind sie? Die Sklavenhändler?«

Akhram blickte sich um und musterte die Bauern in ihrer einfachen Kleidung. Einige hielten noch Hacken und Gabeln in den Händen, einige hielten Kleinkinder an sich gepreßt, einige waren sogar verletzt. »Wer?« fragte Akhram.

Ihm antwortete eine stämmige Gestalt mit einem faltigen Gesicht und einem braunen Bart, der ihm bis zu den Hüften reichte. Er äußerte sich in einer Sprache, die ich kaum verstand; jedenfalls war es nicht Kregisch, die Universalsprache des Planeten, und auch nicht der segesthische Dialekt, der von meinen Klansleuten von Felschraun und Longuelm gesprochen wird.

»Anhänger des Grodno«, sagte Akhram. Er wirkte erschöpft. »Grodno ist die Gottheit der grünen Sonne, das Gegenstück zu Zair, der Gottheit der roten Sonne. Wie dir jeder hier sagen kann, sind beide in einen tödlichen Kampf verstrickt.«

Ich nickte, denn ich erinnerte mich, daß die Himmelsfarben für die Kreganer stets in Opposition standen.

»Und die Stadt dieser Menschen, dieser Sklavenhändler?«

»Grodno hat seinen Einflußbereich an der Nordküste des Binnenmeers; Zair im Süden. Es gibt zahlreiche Städte dort, die ausnahmslos frei und unabhängig sind. Ich weiß nicht, aus welcher Stadt diese Räuber kamen.«

Ich hob das Schwert. »Dann ziehe ich in die Städte Grodnos, denn ich glaube . . .«

Ich verstummte, denn plötzlich sah ich hoch über mir, in weiten Kreisen näher kommend, das herrliche rote Gefieder eines gewaltigen Raubvogels mit einem goldenen Federkranz um den Hals und drohend ausgestreckten schwarzen Krallen. Ich kannte diesen Vogel, den Gdoinye, den Boten oder Spion der Herren der Sterne. Und als ich das Tier erblickte, spürte ich gleichzeitig die vertraute Müdigkeit, das übelkeitserregende Gefühl des Fallens. Meine Knie gaben nach, mein Schwertarm sank herab, und die Welt begann um mich zu kreisen.

»Nein!« brachte ich noch heraus. »Nein! Ich will nicht zur Erde zurück! Nein! Ich will auf Kregen bleiben . . . Ich will nicht zurück!«

Doch der Nebel hüllte mich ein, und ich begann zu stürzen . . .

3

Norden oder Süden . . . Grodno oder Zair . . . grün oder rot . . . Genodras oder Zim . . . Irgendwo wurde ein Konflikt ausgetragen. Aber ich spürte nicht, wie ich auf den Hof der Gezeitenburg sank, denn ein hohles Brausen erfüllte meinen Kopf. Dies bestürzte mich, denn bei meinen bisherigen Versetzungen von Kregen zur Erde war der Vorgang in Sekundenschnelle abgelaufen.

Ich fühlte mich seltsam losgelöst von mir selbst. Ich lag dort in jenem Hof, das freundlich-besorgte Gesicht Akhrams über mir. Und zugleich blickte ich aus ziemlicher Höhe auf die Szene, die bewegt war wie ein Wasserwirbel. Ich erschauderte bei dem Gedanken, daß ich den Vorgang womöglich durch die Augen des Gdoinye aus verfolgte, des rotgoldenen Raubvogels am Himmel.

Während ich noch so schaute – zugleich nach oben und nach unten –, sah ich eine weiße Taube elegant durch die ruhige Luft heranschweben.

Und in diesem Augenblick glaubte ich die Hintergründe zu verstehen. Ich glaubte zu ahnen, daß die Herren der Sterne, die mich wohl bei dieser Gelegenheit nach Kregen geholt hatten, meine Reise in die nördlichen Städte der Grodno-Anhänger nicht wünschten; daß vielleicht aber die Savanti, deren Bote und Beobachter die weiße Taube war, anderer Meinung waren.

Offenbar schwebte ich in einer Art Niemandsland.

Mit heiserem Schrei wandte sich der rote Raubvogel gegen die weiße Taube. Zum erstenmal sah ich, daß die beiden Vögel Notiz voneinander nahmen. Die weiße Taube bewegte sich mit täuschend leichtem Flügelschlag und stieg empor, wobei sie dem herabstoßenden Raubvogel geschickt auswich. Beide Vögel machten kehrt und gewannen an Höhe.

Ich folgte ihnen in den opalisierenden Schimmer des Himmels, doch plötzlich sah ich sie nicht mehr und sank zurück und stürzte – und öffnete die Augen im Staub des Hofes.

Sandalen scharrten dicht neben mir im Sand. Ein heißer Atem blies mir in die Ohren, und Hände senkten sich herab, um mir aufzuhelfen. Wahrscheinlich hatte ich keine halbe Minute am Boden gelegen. Die freundlich-besorgten Bauern versuchten mich zu tragen. Ich streckte einen Arm aus und schwenkte ihn und richtete mich halb betäubt wieder auf. Freudig überrascht sah ich mich im Hof von Akhram um, betrachtete die Menschen und die große Lenkholztür und Akhram selbst, der mich erschrocken anstarrte, als wäre ich von den Toten auferstanden.

Wenig bleibt zu berichten von meinem restlichen Aufenthalt in Akhram, dem astronomischen Observatorium der Todalpheme.

Ich lernte das Nötigste der hiesigen Sprache – mit einer Intensität, die meinen Lehrer, einen Todalpheme mit sanftem Gesicht und traurigen Augen, ziemlich verstörte. Seine Stimme, so hoch wie die der anderen, und sein Gesicht, das glatt und jung war, stießen mich ab. Ich lernte schnell.

Unter anderem lernte ich, daß ich mich in einem Hafen des Binnenmeers einschiffen mußte, wenn ich über den Ozean hinweg Vallia erreichen wollte. Nur wenige Schiffe wagten sich durch den Damm der Tage, und es war besser für mich, einen Hafen aufzusuchen, als darauf zu warten, daß ein Schiff aus der Außenwelt den Kanal auf dem Heimweg passierte.

Akhram redete mir zu, wies mich auf meine Kenntnisse über das Meer, die Gezeiten und die Berechnungen hin, die wir beide freundschaftlich besprochen hatten. Die Navigation war mir stets leichtgefallen, und inzwischen hatte ich mir die geographischen Umrisse des Binnenmeers zurechtgelegt, soweit mir das anhand von Karten und Globen aus Akhrams privatem Arbeitszimmer möglich war. Ich vermochte ihm sogar einige kluge Ratschläge über die höhere Mathematik zu geben.

Was er mir durch unsere Freundschaft zu verstehen gab, war klar. Er kannte inzwischen meinen Namen, Dray Prescot, und sprach ihn mit Zuneigung aus. Wegen meines törichten Versuchs, die Räuber mit dem Schwert allein anzugreifen, glaubte er mir wohl Dankbarkeit schuldig zu sein.

»Im Grunde bist du einer von uns, Dray«, sagte Akhram. »Dein Wissen übersteigt bei weitem das aller Todalpheme deines Alters. Mach bei uns mit, Dray Prescot, werde ein Todalphem. Das Leben hier würde dir gefallen.«

In einem anderen Leben wäre ich vielleicht in Versuchung geraten. Doch ich durfte Delia nicht vergessen. Und im Hintergrund standen die Herren der Sterne und die Savanti.

»Ich danke dir für dein großzügiges Angebot, Akhram, aber es ist unmöglich. Mir ist ein anderes Schicksal zugedacht . . .«

»Wenn es daran liegt, daß wir alle kastriert sind und dir das gleiche Schicksal widerfahren müßte – so kann ich dir versichern, daß das von geringer Bedeutung ist im Vergleich mit dem Wissen, das du gewinnen würdest . . .«

Ich schüttelte den Kopf.

»Daran liegt es nicht, Akhram.«

Er wandte sich ab. »Es ist schwierig, die richtigen jungen Männer zu finden. Aber wenn es die Todalpheme nicht mehr gäbe, wer würde die Fischer warnen, die Seeleute in ihren herrlichen Schiffen, die Bevölkerung der Küstenstädte? Denn das Binnenmeer ist ein ruhiges Meer. Es ist flach und friedlich. Wenn sich Stürme nähern, kann man die Wolken aufziehen sehen und spürt die Veränderung der Luft und riecht die Brise. Man ist also gewarnt und kann einen Hafen aufsuchen. Aber wer warnt diese Menschen, wenn eine Flutwelle heranrollt, die alles vernichtet, wenn die Schleusen im Damm der Tage nicht geschlossen sind?«

»Die Todalpheme werden nicht aussterben, Akhram. Es wird immer junge Männer geben, die sich der Herausforderung stellen. Sei unbesorgt.«

Als es Zeit zur Abreise war, versprach ich den Todalpheme, daß ich auf meiner Reise zum Äußeren Ozean haltmachen und ihnen Lahal erweisen würde. Ich versprach mir auch den Anblick des wunderbaren Damms der Tage und seiner Tore und Schleusen, denn nach dem großen Kanal zu urteilen mußte es sich um eine kolossale technische Anlage handeln.

Die Todalpheme statteten mich mit einer hübschen weißen Tunika und einem Beutel aus, in dem, liebevoll in Blätter eingewickelt, einige lange Brotlaibe, Trockenfleisch und Früchte lagen. Über der Schulter trug ich einen Ast, der schwer von Palinebeeren war. Den Harnisch um die Hüfte gerollt, das lange Schwert mit zwei Schnüren an meiner Hüfte befestigt, so machte ich mich schließlich auf den Weg.

Alle drängten sich im Hof, um mir lebe wohl zu sagen.

»Remberee!« rief ich zurück.

Ich wußte, daß ich sofort zur Erde zurückgerissen worden wäre, wenn ich einen anderen Weg eingeschlagen hätte. So dringend ich zu meiner Delia zurückkehren wollte, um sie wieder in den Armen zu halten, so wenig wagte ich es, einen Schritt in ihre Richtung zu machen.

Denn ich war in die Pläne der Herren der Sterne verstrickt – vielleicht waren es auch die Savanti, denen ich aber nicht zutraute, daß sie mir übel wollten, obwohl sie mich aus ihrem Paradies vertrieben hatten. Da ich weder einen Zorca noch einen Vove zur Verfügung hatte – die Reittiere der großen segesthischen Ebenen –, ging ich zu Fuß. Gute sechs Burs* war ich so unterwegs.

Ich machte mir keine Sorgen um die Zukunft. Diesmal war es anders als bei früheren Gelegenheiten, da mich Gefahren und Abenteuer erwartet hatten. Vielleicht konnte ich mich als Söldner verpflichten oder auf einem Schiff anheuern – mir war es gleich. Ich wußte, daß die Kräfte, die mich lenkten, ohnehin den richtigen Weg für mich bestimmen würden.

Verstehen Sie mich nicht falsch. Wenn Sie annehmen, mir wäre diese Entwicklung angenehm gewesen, so ist das ein gewaltiger Irr-

---

* Eine Bur ist die kregische Stunde, etwa vierzig irdische Minuten lang. Sie ist in fünfzig Murs – die kregischen Minuten – unterteilt. Unregelmäßigkeiten, die durch die komplizierte Umlaufbahn Kregens und seiner Monde um die Doppelsonne entstehen, werden an bestimmten Feiertagen ausgeglichen. Der kregische Tag- und Nachtzyklus hat achtundvierzig Burs. Ich habe an dieser Stelle viel von dem ausgelassen, was Dray Prescot über die Maße und Zeitmessungen auf Kregen berichtet, und auch seinen allzu detaillierten Bericht über die technischen Tätigkeiten der Todalpheme erheblich gekürzt.

A. B. A.

tum. Ich mußte all dem, was mir auf zwei Welten am Herzen lag, den Rücken kehren. Ich hatte mich mehr oder weniger dem Schicksal ergeben, daß ich nie würde nach Aphrasöe zurückkehren können – oder dürfen, ganz zu schweigen von Delia aus den Blauen Bergen. Ich war also keineswegs glücklich, als ich durch das Mischlicht der beiden Sonnen schritt, um die Stadt Grodnos zu finden; jedes Lebewesen, das meinen Weg kreuzte, hätte sich vorsehen müssen.

Das Küstengebiet wirkte seltsam verlassen.

Ich sah keine Siedlungen – keine kleinen Fischerdörfer, keine Städte oder Häusergruppen zwischen den Bäumen, die überall aufragten. Bäume und Gras und Blumen wuchsen überreich links und rechts des Weges; in der Luft lag der aufregende Salzgeruch des Meeres, die grüne und die rote Sonne gossen ihr Licht über die Landschaft und die schimmernde Weite der glatten blauen See – doch auf meiner Wanderung begegnete mir kein einziges Lebewesen.

Als ich die Vorräte der Todalpheme verbraucht hatte, erinnerte ich mich meiner Talente als Klansmann und machte mich auf die Jagd. Das Wasser in den Flüßchen und Bächen schmeckte süß wie der Wein der Ewards aus Zenicce. Im Gehen arbeitete ich gemächlich an dem Harnisch, dessen Kettenglieder ich am Rückgrat öffnete und mit Lederschnüren wieder zusammenfügte, um ihn meinen breiten Schultern anzupassen. Ich beeilte mich nicht bei der Arbeit, ebensowenig wie beim Wandern. Wenn die Herren der Sterne wollten, daß ich die schmutzige Arbeit für sie tat, dann wollte ich mir wenigstens Zeit dafür lassen.

Natürlich wußte ich nicht, ob die Herren der Sterne dies alles arrangiert hatten. Waren sie jedoch dafür verantwortlich, hätten sie mich bestimmt daran gehindert, in die falsche Richtung zu wandern. Ich gewann den Eindruck, daß die Savanti, so mächtig und rätselhaft sie auch waren, in letzter Konsequenz nicht gegen die Everoinye, die Herren der Sterne, ankamen.

Wer auch immer mich lenkte (ich schloß nicht aus, daß möglicherweise noch eine dritte Kraft am Werke war) – auf jeden Fall wurde ich als Werkzeug benutzt. Schon einmal hatte man mich so eingesetzt – und zwar in Zenicce, wo ich das Edle Haus von Esztercari gestürzt hatte. Doch als ich Lord von Strombor wurde und mit Delia verheiratet werden sollte, war ich zur Erde zurückgeschickt worden. O ja, man würde mich wieder einsetzen, und solange ich die mir gestellte Aufgabe noch nicht gelöst hatte, durfte ich nicht daran denken, Delia zu suchen. So schritt ich zwar nicht gerade leichten Herzens aus, aber weniger bedrückt, wußte ich doch, worum es ging. Dennoch sehnte ich mich nach einem greifbaren Gegner, dem ich mit dem Stahl in der Hand gegenübertreten konnte.

Die Tage vergingen, und mir war immer noch keine Menschenseele begegnet – nur einmal hatte ich einer Horde Grundals ausweichen müssen. Unentwegt schweifte mein Blick über ein leeres Meer und eine leere Landschaft.

Was ich in Akhram gesehen hatte, veranlaßte mich, einen großen Umweg ins Land hinein zu machen. Die Landkarten der Todalpheme hatten mir gezeigt, daß das Binnenmeer, das Auge der Welt, wie es in der kursiven Schrift auf dem alten Pergament genannt wurde, nierenförmig war, nach Norden gewölbt, von Westen nach Osten etwa fünfhundert Dwaburs* lang. Es hatte eine zerklüftete Küste mit zahllosen Buchten, Halbinseln, Inseln und Flußmündungen. Seine Breite war schwer zu bestimmen, obwohl proportional gesehen die Nierenform durchaus stimmte. Die durchschnittliche Breite mochte bei hundert Dwaburs liegen, allerdings ohne die beiden kleineren Meere gerechnet, die sich hinter der Südküste auftun, nur durch schmale Kanäle zu erreichen. Ich befand mich noch in der nördlichen Hemisphäre Kregens und hatte mitbekommen, daß Vallia jenseits des Äußeren Ozeans lag, des Meeres, das wir in Zenicce das Sonnenuntergangsmeer nannten. Zwischen der Ostküste des Binnenmeers und der Ostküste des Kontinents Turismond lag ein schroffes Gebirgsmassiv; dahinter erstreckten sich Gebiete voller unfreundlicher Bewohner, um die sich all die blutrünstigen und schrecklichen Legenden rankten, die man in einem solch unerforschten Land nur erwarten kann. Ich erfuhr auch, daß die Völker um das Binnenmeer, das Auge der Welt, eine gute Geschichte ebenso zu schätzen wußten wie die Segesther.

Ich entfernte mich also ein gutes Stück von dem schimmernden Meer. Am dritten Tag wurde ich dafür belohnt. Ich befand mich zwischen gleichmäßigen Reihen von Sa-lah-Büschen, deren Blüten unglaublich süß sind, hell wie der Missal, den ich am großen Kanal gesehen hatte. In dieser Jahreszeit zeichnete sich bereits eine reiche Ernte ab, der wahrscheinlich noch eine erfolgreiche zweite Lese folgen konnte.

---

*Dwabur – ein Standardlängenmaß auf Kregen, etwa fünf irdische Meilen oder acht Kilometer lang.

Ich sah mich vorsichtig um, denn ich kannte mich auf Kregen inzwischen soweit aus, daß ich nicht ohne vorherige Absicherung in ein unbekanntes Siedlungsgebiet eindrang – doch auf den ersten Blick sah alles ganz friedlich aus. Gefahr und Gewalt schienen hier unbekannt zu sein. Ich hockte in den Büschen und starrte auf die ordentlichen Hüttenreihen und die geschäftigen Männer und Frauen auf den Feldern und freute mich über die Ordnung und Disziplin, die überall herrschten.

Als ich mich überzeugt hatte, daß ich eine Art riesigen Bauernhof vor mir hatte, auf dem offenbar eine Zauberhand all das Durcheinander und den Schmutz, die mit dem Landleben untrennbar verbunden waren, weggewischt hatte, überlegte ich, daß ich mich wohl etwas waschen sollte, ehe ich in Erscheinung trat. Ich fand ein Flüßchen, zog mich aus und stand gerade im fließenden Wasser, als ich den Mann am Ufer heranreiten sah. Ich hatte keine Chance zu reden, keine Chance, mich als Fremden vorzustellen – als jemand, der nicht zu diesem Anwesen gehörte.

Der in ein Kettenhemd gekleidete Mann beugte sich aus dem Sattel und hieb mit dem Schwert nach meinem Kopf.

Ich duckte mich und wirbelte herum, doch das Wasser, das mir in die Augen kam, nahm mir die Sicht, das Wasser um meine Hüften hemmte mich, und die Klinge erwischte mich mit der Flachseite am Hinterkopf.

Ich bilde mir ein, einen dicken Schädel zu haben, der schon genügend Schläge hat einstecken müssen. Doch bei dieser Gelegenheit konnte mein armer Kopf mir nur das Leben retten; den plötzlichen Sturz in Dunkelheit und Bewußtlosigkeit vermochte er nicht zu verhindern.

4

»Ich habe Holly überredet, uns eine Extraportion Käse zu bringen, wenn die Sonnen hoch am Himmel stehen.« Genal formte klatschend einen Tonziegel.

»Du verlangst eines Tages noch zuviel von dem armen Mädchen, Genal«, erwiderte ich mit einer Ernsthaftigkeit, die zum Teil Spott war. »Dann finden nämlich die Wächter die Wahrheit heraus, und . . .«

»Holly ist ein schlaues Mädchen«, erwiderte Genal und bearbeitete mit harter, geschickter Hand den Stein. Überall ertönte ähnliches Klopfen und Wasserplätschern und das schwere Atmen von Hunderten von Männern, die Ziegelsteine formten.

»Zu schlau und zu hübsch für einen Mann wie du, Genal, du Hohlsteinmacher!«

Er lachte.

O ja. Die Arbeiter hier in der Stadt Magdag konnten lachen. Wir waren keine Sklaven – nicht im eigentlichen Sinne des Worts. Wir arbeiteten für Löhne, die ausbezahlt wurden. Wir wurden ernährt von den gewaltigen Farmen, die den Oberherren, den mächtigen Bürgern Magdags, gehörten. Natürlich wurden wir ausgepeitscht, damit wir unser Produktionssoll an Backsteinen erfüllten. Wir bekamen nichts zu essen, wenn wir nicht genug leisteten. Aber die Arbeiter durften ihre bescheidenen kleinen Hütten verlassen, die sich an die Mauern der herrlichen Häuser duckten, die sie erbauten, um am Wochenende die kurze Entfernung zu ihren ständigen Heimen zurückzulegen.

Ich machte mit dem Griffel einen Vermerk auf der weichen Tontafel, die in einem Holzrahmen hing.

»Du solltest dich ein bißchen mehr beeilen, Genal«, sagte ich.

Er griff nach einem neuen Klumpen Ton, den er mit dem hölzernen Spatel zu beklopfen begann, wobei er ihn gleichzeitig mit Wasser besprengte. Der irdene Krug war fast leer, und er brüllte verzweifelt auf.

»Wasser! Wasser, du nutzloser Cramph! Wasser für die Steine!«

Ein junger Mann lief mit einer Wasserhaut herbei, aus der er den Krug nachfüllte. Ich ergriff die Gelegenheit, einen tüchtigen Schluck zu trinken. Die Sonnen standen dicht nebeneinander am Himmel und brannten heiß herab.

Ringsum erstreckte sich die Stadt Magdag.

Ich habe die Pyramiden gesehen und Angkor und Chichen Itza oder jedenfalls die Überreste dieser Ansiedlung; ich habe Versailles und kürzlich die sagenumwobene Stadt Zenicce erlebt. Doch keine Stadt kann sich an Größe und Masse mit den gewaltigen Baukomplexen Magdags messen. Kilometerweit erstreckte sich die gewaltige Architektur. Die Gebäude wuchsen in einer Art sinnlosem Wachstumsdrang aus der Ebene. Viele tausend Männer, Frauen und Kinder arbeiteten daran. In Magdag wurde stets gebaut.

Was den Stil dieser Bauten anbetraf, so hatte sich dieser in Jahrhunderten und Generationen verändert, so daß sich immer neue

Formen und Facetten der Baubesessenheit der Oberherren von Magdag herausbildeten.

Damals war ich ein einfacher Seemann, den seine Erlebnisse auf Kregen noch nicht sonderlich berührt hatten und der noch nicht wußte, was es bedeutete, Lord von Strombor zu sein. Jahrelang waren die schwankenden Planken von Schiffen mein Heim gewesen – im Unterdeck wie auch in der Offiziersmesse. Für mich zeugten Bauten in Ton und Stein von Dauer, doch bauten die magdagschen Herren immer weiter; sie errichteten gewaltige Bauwerke, die über die Ebenen schimmerten und auf das Binnenmeer und die vielen Häfen hinabsahen, die sie ebenfalls als Produkte ihres Bauwahns angelegt hatten. Was war mit der Dauerhaftigkeit dieser kolossalen Gebäude? Sie standen zumeist leer und beherbergten nur Staub und Spinnen und Dunkelheit – neben zahlreichen herrlichen Dekorationen, Bildern, Schreinen, Nischen und Altarbögen.

Die Oberherren Magdags bauten in krankhafter Hast an ihren gigantischen Denkmälern und trieben dabei die Arbeiter und Sklaven unbarmherzig an; das Ergebnis waren immer neue leere Riesenbauten aus Tonziegeln, rätselhaften Zwecken dienend, die ich damals nicht ergründen konnte.

Genal, dessen dunkles, lebhaftes Gesicht nur die halbe Konzentration seines schnellen und agilen Geistes zeigte, warf einen Blick zum Himmel.

»Es ist fast Mittag. Wo steckt Holly? Ich habe Hunger.«

Auch die anderen Steinmacher richteten sich nun auf, wobei sich viele den Rücken rieben; der Lärm der Arbeit verstummte in der heißen Luft.

Ein Och-Wächter bellte und spuckte aus.

Die Frauen brachten ihren Männern das Mittagessen.

Die Nahrung wurde in den kleinen Kabinen und Schuppen zubereitet, die im Schatten der riesigen Gebäude standen und sich wie Schnecken daran festzuklammern schienen. Die Frauen bewegten sich anmutig zwischen dem aufgestapelten Baumaterial, den Bausteinen, Leitern, Kapitälen und langen Holzbohlen.

»Du hast Glück, Schreiber, daß du Schreiber in deiner Gruppe bist«, sagte Genal, als Holly näher kam.

Ich nickte. »Richtig. Niemand kocht so gut wie Holly.«

Sie warf mir einen schnellen mißtrauischen Blick zu – ein junges Mädchen, das für eine Ziegelmachergruppe kochen und saubermachen und dann ebenfalls am Spatel aus Sturmholz arbeiten mußte. Wahrscheinlich gab ihr der Anblick meines häßlichen Gesichts zu denken. Man hatte festgestellt, daß ich die ziemlich seltene Gabe des Lesens und Schreibens besaß – eine Folge der genetisch programmierten Tablette, die mir vor langer Zeit in Aphrasöe gegeben worden war. So hatte man mich automatisch als Schreiber eingeteilt, der fertiggestellte Ziegel und Arbeitsleistungen und Arbeitsquoten registrierte. Überall standen Schreiber zwischen den Gebäuden – wie zur Saat- und Erntezeit auch auf den riesigen Plantagen Magdags, wo sie ebenfalls die Aufzeichnungen führten.

Die simple Kunst des Lesens und Schreibens hatte mir das Schreckensleben eines wirklichen Sklaven erspart – jener Männer, die in den Bergwerken Steine schnitten oder Juwelen schürften oder angekettet als Galeerenruderer arbeiten mußten.

Trotz des grandiosen Bauprogramms, das auf einen Umkreis von fünfzig Dwaburs das Leben jedes Menschen bestimmte, war Magdag im wesentlichen eine Hafenstadt, eine Stadt des Binnenmeers.

Und hier stand ich, ein Seemann, dazu verurteilt, Backsteine zu zählen, während das Meer in Hörweite gegen die Kaimauern klatschte und die Schiffe dümpelnd auf ihre Ladung warteten.

Wie sehr ich mich damals nach dem Meer sehnte! Die frische Brise erfüllte mich mit einem unbändigen Verlangen nach Planken unter meinen Füßen, nach dem Knirschen von Takelage und Blökken!

Wir setzten uns zum Essen nieder, und wie versprochen erhielt Genal von Holly eine doppelte Portion. Er gab ihr ein Zeichen, auch mir mehr aufzutun. Wir alle trugen das schlichte graue Lendentuch der Arbeiter. Auch einige Frauen waren in graue Tuniken gekleidet; viele aber scherten sich nicht darum; sie wollten die Arme frei haben für die niemals endende Arbeit. Als sich Holly vor mir bückte, blickte ich in ihr junges, naives Gesicht.

»Wieso hat ein Schreiber eine Extraration verdient, die ich mit Risiko gestohlen habe?« fragte sie Genal.

Er fuhr heißblütig auf, doch ich legte ihm die Hand auf die Schulter.

»Schon gut.«

»Aber ich finde das nicht gut . . .«

Ich antwortete nicht. Ein Mann lief zwischen den sitzenden Arbeitern auf uns zu. Dabei schlug er mit einem langen Balass-Stock um sich. »Auf, auf, ihr faulen Rasts! Es gibt Arbeit. Los!«

Mit einem Wutschrei stand Genal auf; sein junges Gesicht war gerötet, seine Augen blitzten. Holly trat hastig neben ihn; sie reichte ihm kaum bis zur Schulter.

»Pugnarses«, sagte Genal angewidert. Er hätte weitergesprochen, wenn ihm Holly nicht ihre schmale Hand auf den Arm gelegt hätte.

Der Mann war ein Aufseher, ein Arbeiter wie wir, doch aus unseren elenden Reihen ausgewählt und mit einem Balass-Stock ausgerüstet – Balassholz ähnelt dem irdischen Ebenholz. Er trug eine graue Tunika mit dem grün-schwarzen Zeichen seiner Macht auf Brust und Rücken. Er war ein großer Mann, fast so groß wie ich, stämmig und mit wirrem, schwarzem Haar und geweiteten Nüstern und struppigen Brauen über boshaften Augen. Er war der Anführer von zehn Arbeitsgruppen und duldete keine Fehlproduktion oder laxe Arbeit. Auch Pugnarses drohte die Peitsche, wenn etwas nicht klappte.

Murrend standen wir auf und reckten uns und schlangen die letzten Brocken des Essens hinunter.

Pugnarses teilte seine Hiebe mit einer Wildheit aus, die sichtlich einer unterschwelligen Wut über seine Position entsprang. Er war ein Mann, der in die falsche Klasse geboren worden war. Er hätte der Sohn eines Oberherrn sein müssen – frei, um mit dem Schwert an der Hüfte einherzuschreiten und Befehle erteilen zu können, anstatt die Produktion von Tonsteinen beaufsichtigen zu müssen.

Wir hörten nun die Schreie anderer Aufseher und den rhythmischen Gesang von vielen hundert Arbeitern und Sklaven. Als wir durch das Chaos der Backsteinfabrikation und an den Steinmetzen vorbeiliefen, die von ihrem Essen aufblickten, sahen wir die geflügelte Statue, die gut achtzig Meter hoch war und von einem Heer von Männern und Frauen gezogen wurde. Die riesige Statue ragte hoch über uns auf, herrlich in ihrer barbarischen Mischung aus Inspiration und kultureller Errungenschaft. In langer Arbeit waren die unbeweglichen Züge herausgemeißelt worden, die klippenähnliche Stirn, die Federkrone, die verschränkten Arme mit ihren Zeichen halbgöttlicher Macht – den sich ausbreitenden Federbüschen, die präzise herausgearbeitet waren. Unter dem vierfüßigen Podest knackten massive Stämme aus Lenkholz, auf denen sich das ungeheure Gewicht bewegte. Während die Sklaven sich in der Hitze abmühten und in dem Durcheinander eines Geschirrs aus langen Seilen hingen, hoben andere Arbeiter jeweils den hinteren Rollstamm und trugen ihn nach vorn. Dort leitete der große Aufseher, der ein Farbzeichen auf seiner weißen Tunika und eine zusammengerollte Peitsche in der rechten Hand trug, die präzise Anlegung der Rolle an der Vorderkante der Statue.

Hastig wurden auch wir an ein Zugseil gestellt und legten uns ins Zeug, als Pugnarses schwitzend seinen Stab hob. Im Rhythmus mit den ruckartigen Anstrengungen der anderen Sklaven zerrten wir das riesige Denkmal den flachen Hang hinauf, der die Ursache für die kurze Stockung und für den Einsatz zusätzlicher Kräfte gewesen war – für unseren Einsatz.

Mit lautem Fluchen und ebenso lauter Anrufung von Grakki-Grodno, dem Himmelsgott der Zugtiere, angetrieben durch Balass-Stöcke und die Peitschen der Wächter, die auf unsere schweißbedeckten Rücken klatschten, zerrten wir das göttliche Abbild den Hang hinauf. Wir bewegten es auf ein schattendunkles Tor zu, hundertundzwanzig Meter hoch, durch das die Statue passieren mußte, um dann vor einer Wand aufgestellt zu werden und dort als weiteres Mahnmal für die Majestät und Macht Magdags zu dienen.

In den langen Reihen der im Geschirr Gehenden entdeckte ich eine Anzahl Halbmenschen dieser Welt. Ich sah Ochs und Rapas, die reptilhaften Wesen, deren Geruch für menschliche Nasen widerlich war; auch eine Handvoll Fristles machte ich aus. Chuliks entdeckte ich unter den Sklaven nicht, wenn es auch eine Reihe anderer Tiermenschen gab, die mir neu waren.

Andere Männer und Ochs und Rapas mit Schwertern und Peitschen bewachten die Arbeitenden oder trieben sie an. Ja, die Schöpfung hatte auf Kregen die verschiedenen Spezies einander angeglichen. Der Mensch galt hier nicht als einziger Herr der Schöpfung, wenn er auch überall auf dem Vormarsch zu sein schien.

»Beim Zim-Zair!« keuchte ein stämmiger, nackter Mann am Nachbarseil. »Soll doch das verfluchte Ding umkippen und in tausend Fetzen zerschellen!«

»Schweig, Sklave!« Ein Chulik hieb treffsicher mit seiner Peitsche zu. »Zieh!«

Der Sklave, dessen struppiges schwarzes Haar in der Sonne vor Schweiß schimmerte, hatte keinen Speichel übrig, um seine Verachtung auszudrücken. »Eklige Wesen!« knurrte er leise und legte sich mit knackenden Muskeln ins Zeug. Seine Haut war gebräunt, seine Nase sprang kühn vor, seine Lippen waren dünn. »Bei Zantristar dem Gnädigen. Wenn ich jetzt meine Klinge hätte . . .«

Und immer weiter zerrten wir den gewaltigen Koloß und brachten ihn schließlich an den vorgesehenen Ort. Dort würde er ein vortreffliches Heim für Spinnen abgeben, das war sicher.

Als wir durch die mächtige Öffnung wieder ins Freie drängten, wobei sich die Arbeiter lachend unterhielten, nachdem die schwere Aufgabe nun vorbei war, drängte ich mich durch, bis ich mich neben dem kräuselhaarigen Sklaven befand.

»Du hast von Zim gesprochen«, sagte ich.

Er fuhr sich mit seinem muskulösen Unterarm über das bärtige Gesicht und sah mich vorsichtig an. »Und wenn das so wäre, würde das einen Ketzer überraschen?«

Ich schüttelte den Kopf, und wir traten in den Sonnenschein hinaus. »Ich bin kein Ketzer. Ich dachte nur, Zair . . .«

»Grodno ist die Himmelsgottheit, die diese armen Dummköpfe verehren, wo doch alle Menschen, die im Lichte stehen, wissen, daß wir uns um Rettung an Zair wenden müssen.« Er musterte mich. »Du bist noch nicht lange Sklave? Bist du ein Fremder?«

»Aus Segesthes.«

»Hier im Auge der Welt wissen wir nichts vom Äußeren Ozean. Wenn du ein Fremder bist, rate ich dir zum Besten deiner unsterblichen Seele, dich nicht mit Grodno einzulassen. Nur bei Zair finden die Menschen Rettung. Ich wurde von den Oberherren Magdags von meiner Galeere geholt; sie brandeten mich und machten mich zum Sklaven. Aber ich werde fliehen und über das Binnenmeer ins Heilige Sanurkazz zurückkehren.«

In dem nun folgenden Gedränge wurden wir fast getrennt, doch ich ergriff seinen Arm. Hier waren Informationen, nach denen mich dürstete. Der Name Sanurkazz belebte meine Fantasie – so wie vor langer Zeit der Name Strombor mein Blut in Wallung gebracht hatte, ehe ich wußte, was sich dahinter verbarg.

»Kannst du mir sagen, Freund . . .«, begann ich.

Er unterbrach mich mit einem Blick auf meine Hand an seinem Arm.

»Ich bin Sklave, Fremder. Ich leide unter der Peitsche und den Ketten. Aber kein Sklave oder Arbeiter legt Hand an mich!«

Ich zog die Hand zurück, doch nicht hastig, und ich entschuldigte mich auch nicht, das entsprach nicht meiner Lebenseinstellung. Doch ich nickte verstehend, und mein Gesichtsausdruck schien ihn zu überzeugen.

»Wie heißt du, Fremder?«

»Man nennt mich Schreiber, aber . . .«

»Schreiber. Ich bin Zorg – Zorg aus Felteraz.«

Wir hätten uns weiter unterhalten, doch die Aufseher trieben die Sklaven mit Peitschenhieben auseinander und brüllten die Arbeiter an, und so wurden wir getrennt. Dieser Mann hatte mich beeindruckt. Er mochte ein Sklave sein; doch er war kein gebrochener Mann.

Als wir zu den Tongruben zurückgekehrt waren – eine Behelfsanlage inmitten der riesigen Gebäude, die uns umgaben – war unsere Mittagszeit längst vorbei, und wir mußten sofort wieder an die Arbeit. Während ich die Produktion überprüfte und in kregischem Kursiv meine Zeichen machte, dachte ich an Zorg aus Felteraz. Er war eindeutig kein Anhänger der grünen Sonnengottheit Grodno, sondern verehrte Zair. Deshalb war er also Sklave und nicht Arbeiter! Der Unterschied zwischen den beiden war im Grunde gering, doch er existierte und wurde entweder verflucht oder stolz herausgekehrt – wobei eigentlich für einen Arbeiter kein Grund bestand, stolz zu sein.

Viele Tage verbrachte ich zwischen den Riesengebäuden Magdags.

Allein schon die Größe der Baukomplexe beeindruckte mich. Männer saßen auf schiefen Holzgerüsten und meißelten herrliche Friese in die Achitrave, hundertundfünfzig Meter über dem Boden. Die Höhe der Denkmäler variierte von lebensgroß zu gewaltigen Schöpfungen aus zahlreichen künstlich verbundenen Steinmassen. So viel Kunst, so viel Können, so viel mühsame Arbeit – und alles wurde nur für den Bau und die Ausschmückung riesiger leerer Säle aufgewandt. Einige Gebäude waren wahrhaft gigantisch. Ich hörte seltsame Anspielungen auf einen Tod, den Zeitpunkt des Großen Todes und der Großen Geburt, doch ergab das keinen rechten Sinn, es sei denn, man meinte den natürlichen jahreszeitlichen Zyklus von Tod und Wiederauferstehung.

Einer Sache war ich mir jedoch sicher. Hier handelte es sich nicht um gewaltige Mausoleen, die von den Lebenden für die Toten errichtet wurden: die Bauten waren auch keine Gräber, keine kregischen Pyramiden.

Das Leben auf einem Schiff besteht hauptsächlich aus Warten – und so paßte ich mich mühelos dem Leben zwischen den Megalithen Magdags an, war ich das Warten doch gewöhnt. Wenn ich versuchte, mich ohne Erlaubnis der Herren der Sterne aus meiner Lage zu befreien – ich war nun überzeugt, daß sie dafür verantwortlich waren –, dann konnte die Strafe nur meine Rückkehr zur Erde sein.

Als Schreiber durfte ich mich mit einiger Freiheit zwischen den Gebäuden bewegen, und ich verwandte einige Zeit darauf, nach Zorg aus Felteraz zu suchen – doch ich fand ihn nicht.

In der Folge will ich nur von jenen Dingen berichten, die unmittelbar mit den nachfolgenden Ereignissen zu tun haben – dabei bleiben die unangenehmsten Bestrafungen unerwähnt, die Hungerzeiten, die einer unzureichenden Produktion oder einer zu geringen Bauleistung pro Tag unnachsichtig folgten, die sporadischen Revolten, die von den halbmenschlichen Wächtern erbarmungslos und blutig niedergeschlagen wurden, die unregelmäßigen Feiertage, die Kämpfe und Streitereien und Diebstähle in den Sklavenbezirken. Dies alles gehörte zu einem wilden, bizarren, entbehrungsreichen Leben, das ich keinem Menschen wünsche.

Viele Männer und Frauen sprachen von einem Aufstand – Sklaven und Arbeiter, sie alle sprachen von dem Tag, da sie sich gewaltsam von dem Joch befreien wollten. Ich glaube nicht, daß einer dieser Leute dabei über eine bloße Rebellion hinaus an eine wirkliche Revolution gedacht hat.

Vielleicht tue ich dem Propheten damit unrecht – ich weiß es nicht. Vielleicht wußte er damals schon von den wahren Idealen der Revolution im Gegensatz zur vom Zorn geborenen, unüberlegt spontanen, blutigen Reaktion eines Aufstands – denn er bewährte sich später hervorragend. Er wurde nur ›der Prophet‹ genannt; er mußte freilich auch einen Namen haben, der jedoch vergessen war, wie es oft bei Sklaven geschah, die von ihren Herren neu benannt wurden.

In den engen Slums im Hinterland der Stadt, außerhalb der vornehmen grauen Stadtteile, wo die Oberherren in Luxus lebten und sich in der Tageshitze von der Meeresbrise befächeln ließen, bewegte sich der Prophet mit sicherem Schritt und predigte. Er predigte, daß kein Mensch einen anderen versklavt halten dürfe, daß sich kein Mensch vor der Peitsche erniedrigen solle, ob Sklave, Arbeiter oder Freier, daß jeder Mensch Einfluß nehmen müsse auf das, was mit ihm in seinem Leben geschehe.

Ich begegnete ihm von Zeit zu Zeit in den Gassen des Sklavenbezirks, wenn er inmitten der Sklaven und Arbeiter stand und sie mit feurigen Worten antrieb, die jedoch mit mattem Blick und illusionslosem Achselzucken und dem Fortschieben aller Hoffnung aufgenommen wurden. Er war ständig auf der Flucht vor den Wächtern. Er war ein Mann, der bei den Arbeitern Mitleid und Zuneigung genoß, etwa wie ein blinder Hund, dem man sein Gnadenbrot gewährt. Er wurde also bewirtet und von einem Versteck ins nächste geschafft. In jenem Durcheinander aus alten Ziegel- und Steingebäuden, schrägen Dächern, schiefen Wänden und Türmen hätte sich eine Armee verlieren können. Die Wächter wagten sich nur in großen Gruppen in die Slums – und waren dennoch oft genug gefährdet.

Alle zwölf Tage durften die Arbeiter für zwei Tage in ihre Wohnungen in den Sklavenbezirken zurückkehren, obwohl sie oft versuchten, länger dort zu bleiben, bis sie von den Wächtern wieder aufgetrieben wurden. Bei diesen Gelegenheiten sprach der Prophet zu ihnen, versuchte ihre Begeisterung zu entflammen, ihr Phlegma zu überwinden.

Er war ein alter Mann, sogar nach kregischen Verhältnissen – ich schätzte ihn auf etwa hundertundachtzig Jahre. Sein weißer Haarschopf und sein weißer Vollbart waren auch auf Kregen die üblichen Merkmale des Alters, und die bemerkenswerte Ähnlichkeit mit dem üblichen Bild eines biblischen Propheten war reiner Zufall. Seine alten Augen richteten sich während des Sprechens scharf auf mich, seine Stimme war ein heiseres, durchdringendes Fanal, das auf eine Viertel-Dwabur zu hören war. Solche Männer sind auch auf unserer Erde bekannt.

Die Wächter, ob nun Menschen oder Ungeheuer, wagten sich normalerweise selten in den Sklavenbezirk, wenn sie nicht ausdrücklichen Befehl hatten. Holly, Genal und ich standen in einem Hauseingang und hörten dem Propheten zu, und auf den Gesichtern der beiden jungen Leute zeigte sich die innere Anteilnahme. Sie erkannten wenigstens einen Sinn in den Worten des Propheten. Im Flackerlicht der Fackeln schien die Masse der Arbeiter und Sklaven ringsum den Vortrag mehr als eine Unterhaltung aufzufassen; die Peitsche hatte ihnen jeden Willen genommen. Da ertönten plötzlich Schreie, entsetztes Kreischen, und das Trappeln beschlagener Hufe war zu hören, dann Waffengeklirr.

Eine Gruppe Männer in Rüstungen ritt aus einer Seitenstraße heraus und drängte johlend und brüllend auf die Menge ein. Sie gebrauchten ihre Schwerter. Blut spritzte. Der Prophet tauchte unter. Holly begann zu schreien. Ich packte sie am Arm, Genal ergriff sie von der anderen Seite – und wir verschwanden in dem Haus, vor dem wir standen. Als sich die krummen Bohlen hinter uns schlossen, dröhnte die Kavalkade draußen vorbei.

»Sie hatten's nicht auf den Propheten abgesehen«, sagte Holly schwer atmend und mit wildem Blick. »Sie machen das zum reinen Vergnügen – ein großes Jikai!«

Es war mir unangenehm, das Wort in diesem Zusammenhang zu hören.

»Ja!« sagte Genal heftig. »Es ist wieder mal Zeit für sie, sich ihren Spaß zu machen!« Seine Stimme brach. »Ihren blutigen Spaß!«

»Es gibt Arbeit für mich heute nacht«, sagte Holly. Ich starrte sie fragend an, weil ich nicht wußte, was sie meinte. Aber ich sollte es erfahren.

5

Die Jungfrau mit dem Vielfältigen Lächeln, der größte Mond Kregens, schwebte am wolkenlosen Himmel. Das Mondlicht ergoß sich hellrosa über den verlassenen Platz im Außenbezirk des Sklavenviertels. Vor vielen Türen warteten Mädchen mit blitzenden Augen. Durch den hellen Schein des Mondes – er ist fast doppelt so groß wie der Erdbegleiter – war der Platz so erleuchtet wie an einem düsteren Wintertag auf der Erde. In den Schatten warteten die Mädchen. Bald kamen die Soldaten, die Söldner, die Wächter. Sie kamen mit lüsternem Lächeln, Geld, Geschenken und ihrer Geilheit.

In einem schattigen Hauseingang stand Holly; nur ein langes, wohlgeformtes Bein war in dem rosa Mondlicht zu sehen.

»Seid ihr sicher, daß es klappt?« fragte ich.

»Ja«, erwiderte Genal. »Wir haben das schon mehrmals gemacht.«

»Ruhe, ihr dummen Calsanys!« fauchte Pugnarses mit schlecht verhohlener Ungeduld. Sein Balass-Stock war verschwunden; statt dessen umklammerte er einen Knüppel aus festem Sturmholz. Genal war ähnlich bewaffnet. Wir sahen, wie die Männer in ihren prunkvollen Roben mit frisch frisiertem und parfümiertem Haar und schimmernden Ringen durch die Arkaden des Platzes schritten. Immer mehr Männer erschienen und begannen den Platz zu füllen. Hollys Bein wirkte fast unanständig nackt und verlockend.

Die Oberherren trugen heute nacht ihre Rüstungen nicht, die hätten sie nur bei ihrem ›Anliegen‹ behindert.

Einer der Männer näherte sich Holly. Er war groß und dunkel, mit herabhängendem, schwarzem Schnurrbart und einem Mund wie eine Rast. Er trug eine herrliche grüne Robe mit reicher Silberstickerei. Ein Münzbeutel klimperte ihm am Schenkel. An seinem Gürtel hing ein langer Dolch.

Holly fragte: »Gefalle ich Euch nicht, Herr?«

Seine Augen musterten sie prüfend. »Dein Aussehen schon, Mädchen. Aber kannst du mich auch sonst zufriedenstellen?«

»Komm mit, Herr, dann lernst du Freuden kennen, die selbst die unsterbliche Geliebte Gyphimedes ihrem geliebten Grodno niemals schenken konnte.«

In den Augen des Mannes blitzte es auf, und er fuhr sich mit der Zungenspitze über die schmalen Lippen. »Zwei Silberruder.«

Holly schürzte keck die Lippen und drehte die Hüften, um sie unter dem dünnen Material des Shush-chiff besser zur Geltung zu bringen – einer sarongähnlichen Robe, die von den Mädchen bei festlichen Gelegenheiten getragen wurde. »Drei Silberruder, Herr«, forderte sie.

»Zwei.«

Genal trat neben mir von einem Bein auf das andere, und Pugnarses knurrte: »Makku-Grodno soll das Mädchen holen! Was kommt es auf das Geld an! Beeil dich!«

Genal sagte hastig: »Sie muß doch ihre Rolle glaubhaft spielen.«

Man wurde sich schließlich bei zwei Silberrudern und zwei Kupferrudern handelseinig; dabei handelte es sich um die Münzen Magdags mit gekreuzten Rudern auf der Rückseite, während die Vorderseite von einer Galerie dicker nichtssagender Gesichter von magdagischen Oberherren geziert wurde. Der Mann beugte den Kopf, um Holly ins Haus zu folgen, ein lüsternes Lächeln um die Mundwinkel. Seine Hände wollten bereits das Shush-chiff von ihren Hüften streifen. Er war spitz und hatte es eilig. Genal und Pugnarses, die links und rechts von der Tür Aufstellung genommen hatten, schlugen dem Mann über den Schädel, und als er lautlos in meine Arme sank, zerrte ich ihn ins Haus. Keiner von uns sagte ein Wort. Ich starrte Holly in ihrer Aufmachung an – sie war wirklich sehr schön, jung und frisch – süß in ihrer Jugend. Ich spürte, daß sich auch bei mir der Appetit regte.

Dann stellte sie sich wieder vor die Tür, um ihre Schönheit im rosa Mondschein darzubieten – ein glänzender Lockvogel.

In jener Nacht, in der ich zum erstenmal an diesem Unternehmen teilnahm, erwischten wir sechs Männer, die Holly beschlafen wollten. Wir fesselten und knebelten sie und nahmen ihnen Schmuck, Juwelen, Geld und Waffen ab. Diese Facette von Hollys Wesen verblüffte mich; ich merkte, daß sie mit der Sicherheit einer reifen Frau zu handeln verstand. Die Männer wurden auf bestimmten Wegen, die nur Holly kannte, in die Slums geschickt. Von dort kamen sie nackt und gefesselt zu anderen Sklavengruppen auf der anderen

Seite des Gebäudekomplexes. Es war unmöglich für sie, ihre Identität zu beweisen, wenn die sofortige Antwort von Oberherren und Wächtern auf solche Behauptungen ein Schlag über den Kopf war. Doch Holly ging nicht einmal das Risiko ein. Sie bestand im allgemeinen darauf, daß die Männer unverzüglich auf die Galeeren geschickt wurden; wer zitterte hier nicht schon vor diesem einfachen Satz: ›Auf die Galeeren geschickt‹?

Als ich fragte, warum die verhaßten Oberherren und Wächter nicht sofort getötet wurden, sah mich Genal an, als hätte ich den Verstand verloren.

»Was?« rief er. »Sollen sie zu Genodras aufsteigen, um dort in Pracht zur Rechten Grodnos zu sitzen, ehe sie hier auf der Erde gelitten haben? Ich will wissen, daß sie leiden, ehe sie sterben und die grüne Pracht genießen dürfen.«

Ich schwieg.

Mich hatte als wichtiges Element in der Struktur des Auges der Welt beeindruckt, daß die Sklaven an die Gottheit der roten Sonne, Zair, glaubten, daß die Arbeiter aber, deren Glaube aus ganzem Herzen Grodno gehören müßte, in ihren Überzeugungen höchst nachlässig waren. Dieses Gefühl, daß der Tod sie befreien und ihre Paradieshoffnungen in der grünen Sonne erfüllen würde, war vielleicht ihr stärkster religiöser Zug.

Die Umgebung Magdags wurde von den Männern in Rüstungen terrorisiert. Außerhalb des eigentlichen Stadtbezirks und außerhalb der riesigen automatisierten fabrikähnlichen Farmen rissen die Oberherren alles an sich, was sie haben konnten. Mit ihren Galeeren und ihrer Kavallerie beherrschten sie das nördliche Küstengebiet. Es gab andere Städte an der Nordküste, doch keine erreichte annähernd Magdags Größe, Macht und Pracht.

Bisher hatte ich keine Zorcas oder Voves gesehen, die herrlichen Reittiere von Segesthes. Die Oberherren ritten ein sechsbeiniges Tier, das einem störrischen Muli ähnlich war, mit breitem Schädel, bösen Augen, spitzen Ohren und einem metallisch glänzenden blauen Fell, das sorgsam geölt und gebürstet wurde. Ich war mir nicht sicher, ob diese Wesen als Reittiere besonders geeignet waren, denn der Schrittrhythmus bei den sechs Beinen ist etwas unbeholfen und unbequem für den Reiter. Die Reiter dieser Stadt waren nicht mit Lanzen bewaffnet, sondern verließen sich auf ihre Langschwerter. Auch Pfeil und Bogen waren selten zu sehen. Die Reittiere, Sectrixes genannt, schienen mir zwar gute und ausdauernde Tiere zu sein, doch waren sie wohl nicht groß genug, um einem

Klansmann genügend Platz für den Umgang mit seiner Axt oder seinem Breitschwert zu geben.

Magdag kam mir immer mehr wie eine einzige große Baustelle vor. Die Sklaven und Arbeiter und auch die freien Kunsthandwerker wohnten in winzigen Stroh- oder Lehmhütten an den Mauern der riesigen Gebäude. Diese Bauten waren reich geschmückt, mit Verzierungen aus Blattgold, Juwelen, Porphyr, Elfenbein und Marmor aller Art, der im Schein der Sonnen blitzte. Innerhalb der Sklavenbezirke, wo nur Schatten, Schmutz und Gerüche herrschten, war nur mit Lehm und groben Steinen gebaut worden. Die Ungleichheit war groß – größer noch als auf meiner Erde gegen Ende des achtzehnten Jahrhunderts.

Eines Tages vertraute uns Genal einen Plan an.

Nach einer zweitägigen Ruhepause schritten wir durch die Gassen des Sklavenbezirks. Wir hatten eine ganze Anzahl von Wächtern »versorgt«, und die Reaktion war wie üblich hart. Ein neuer Oberwächter war für unsere Gruppen – für die Abteilungen Pugnarses' und der anderen Aufseher – ernannt worden, ein gewisser Wengard, Oberherr zweiter Klasse. Seine Brutalität war allgemein bekannt. Als erstes hatte er Naghans Frau zu Tode peitschen lassen; ihr Leichnam war von hellem Blut überströmt, ihr Rücken bis auf die Knochen zerfleischt. Als Vergeltung war geplant, diesen Aufseher und seine gesamte Truppe umzubringen. Darauf wollten die Männer fliehen und in einem Hafen eine Galeere kapern – irgendeine Galeere in irgendeinem Hafen.

»Das gefällt mir nicht, Genal«, sagte ich.

»Mir auch nicht.« Er zog den Kopf ein, während wir uns der Ziegelei näherten. Ich spürte, daß ich wenig von den Verschwörungen wußte, die sich hier im Sklavenhort bilden mußten. Es mußte Gruppen, Klans, Sekten, Verbrecher und Erpresser geben – zu Tausenden. Die Person, die die neue Revolution anzuführen gedachte, war ein Fristle namens Follon. Ich mochte Fristles nicht. Sie waren keine Menschen. Sie hatten zwar zwei Arme und zwei Beine, doch ihre Gesichter waren katzenähnlich – mit langen Schnurrbarthaaren, Fell und Schlitzaugen. Außerdem hatten sie Fangzähne. Fristles hatten meine Delia gefangen nach Zenicce gebracht, als ich zum zweitenmal nach Kregen versetzt worden war.

»Wengard hat Chulikwächter unter sein Kommando genommen«, sagte ich.

»Ja«, erwiderte Genal. »Aber Fristles sind die Todfeinde der Chuliks, außer wenn sie als Söldner dem gleichen Herrn dienen.«

»Wer ist kein Gegner der Chuliks?« fragte ich leichthin, denn ich wollte das Gespräch nicht fortsetzen. Die Herren der Sterne wollten sicher nicht, daß ich mich auf eine Revolte einließ, die fast chancenlos war.

»Follon hat mich direkt gefragt, ob wir mitmachen – ob du mitmachst.«

»Nein«, erwiderte ich und hielt das Thema damit für erledigt.

Ringsum nahmen der Lärm, das Gemurmel der Männer, der Gestank, die nie endende Arbeit ihren Fortgang. Schwere Arbeit unter der Peitsche, unter der Knute des Balass-Stocks.

Fallon kam während der einzigen Pause des Tages zu mir, als die Sonnen hoch am Himmel standen. Sein Katzengesicht wirkte verkniffen, seine Schnurrbarthaare waren steif aufgerichtet.

»Du, Schreiber. Wir haben dich kämpfen sehen. Wir brauchen dich.«

Es gab immer Kämpfe und Streitereien im Sklavenbezirk, und als Fremder hatte ich meine unwilligen Kameraden überzeugen müssen, daß mit mir nicht gut Kirschen essen war. Dabei hatte es einige blutige Köpfe gegeben – und Follon der Fristle hatte die Bedeutung dieser Tatsache erkannt.

»Nein«, sagte ich. »Du mußt dir woanders Hilfe suchen.«

»Wir wollen dich haben, Schreiber.«

»Nein.«

Er richtete sich auf, obwohl er mir gerade bis zur Brust reichte. Auf seinem Katzengesicht stand ein Ausdruck, der deutlich zu erkennen war – Zorn, Widerwillen, Wut, daß ich ihm die Bitte abgeschlagen hatte – und auch Angst. Warum Angst? Er schlug nach mir. Ich wich zwei Schritte zurück – kein Taumeln, sondern eine bewußte Loslösung von ihm. Er folgte mir mit gekrümmten Händen. Ich trat zur Seite und versetzte ihm einen Hieb in den Nacken. Er stürzte zu Boden und blieb liegen.

Eine Peitsche fuhr mir schmerzhaft über den Rücken, und ich starrte Wengard an, den Oberherrn zweiter Klasse. Sein geschützter Arm mit der Peitsche war zum zweiten Schlag erhoben.

»Cramph! Ich dulde keine Kämpfe! Pugnarses! Dies ist dein Mann. Bestrafe ihn!« Als Pugnarses schwitzend herbeirannte, fuhr Wengard fort: »Laß ihn deinen Balass kosten, Pugnarses. Nein, du Calsany, nicht jetzt! Nach der Arbeit, damit er es die ganze Nacht auskosten kann. Ich werde mir seinen Rücken anschauen – dabei will ich Blut sehen, Pugnarses, Blut und Knochen! Und morgen früh soll er wieder arbeiten.«

Der Oberherr stieß den bewußtlosen Follon mit dem Fuß an.

»Und schaff diesen dummen Calsany fort – und wenn er aufwacht, bekommt er die gleiche Kur verpaßt. Hörst du mich, Sklave?«

»Jawohl, Herr«, sagte Pugnarses. Ich sah, wie sich seine rechte Faust um den Balass-Stock krampfte, weiß wie Kleie, die Knöchel wie kleine Menschenschädel. Er wagte es nicht, dem mächtigen Oberherrn zu sagen, daß er kein Sklave war. Die Peitsche war erhoben und wartete hungrig.

Ich rappelte mich auf und entfernte mich, bereit, eher eine Auspeitschung auf mich zu nehmen, von denen ich im Leben schon mehr als eine hinter mich gebracht hatte, als etwas zu tun, das die Pläne der Herren der Sterne störte und womöglich meine Rückkehr nach Strombor verhinderte.

Die mächtigen Oberherren dieser Stadt konnten natürlich nicht wissen, was Sklaverei bedeutete. Wengard diente jetzt als Sklavenherr, weil er sich irgend etwas hatte zuschulden kommen lassen. Gewöhnlich kamen die Oberherren nur zum Vergnügen in die Sklavenbezirke – zu einem blutigen Vergnügen. Es wäre sicher ganz gut, wenn Wengard und seine Leute mal einen ganzen Tag lang an den Megalithen von Magdag hätten arbeiten müssen.

Als sich die Zwillingssonne dem Horizont näherte, bereitete ich mich auf mein unangenehmes Zusammentreffen mit Pugnarses vor. Er würde mich wegen unserer gemeinsamen Freundschaft zu Genal und Holly nicht besser behandeln, denn er war ehrgeizig. Wenn er Glück hatte und weiter rücksichtslos und gesund blieb, konnte er eines Tages zum Oberaufseher ernannt werden und durfte dann selbst die Peitsche schwingen.

Follon und nicht Pugnarses wartete auf mich in dem Lattenverschlag mit dem Strohdach. Ich legte sorgsam meine Tontafel und den Holzgriffel fort. Meine Bewegungen waren langsam und vorsichtig. Plötzlich erschien ein Fristle an der Tür und knallte sie zu. In der plötzlichen Dunkelheit spürte ich, wie sich ein dickes Netz von oben über mich legte. Ich hörte einen unterdrückten Aufschrei, als sich eine Horde Fristles auf mich stürzte.

»Haltet ihm die Beine fest!« »Schlagt ihm den Schädel ein!« »Tretet ihm ins Gesicht!«

Ich versuchte mich zu wehren, doch das Netz behinderte meine Tritte und Hiebe.

Ich sah einen Dolch blitzen – eine Waffe, wie wir sie dem dunklen Wächter abgenommen hatten, der mit Holly bumsen wollte. Ich erstarrte und entspannte mich wieder, bereit, alle Sinne auf diesen Dolch zu konzentrieren. Die Tür ging auf.

»Halt!«

Ich erkannte die Stimme nicht. Außerhalb meines Gesichtskreises flüsterte nun jemand hastige Befehle. Einige Worte bekam ich mit: »Soll er denn direkt zu Genodras auffahren und ruhmvoll zur Rechten Grodnos sitzen? Denkt nach, ihr Dummköpfe! Er muß dafür leiden, daß er uns verraten hat. Er soll es ewig bereuen, wenn er an den Rudern schwitzt. Auf die Galeeren mit ihm!«

Ich war dem Unbekannten nicht sehr dankbar. Der Tod – was war der Tod für einen Mann wie mich? Ich hatte ein tausendjähriges Leben gewonnen, als ich in das Taufbecken des Flusses Zelph tauchte, ein Zufluß des Sees, aus dem die Schwingende Stadt Aphrasöe erwächst. Der Gedanke war mir unvorstellbar gewesen, bis ich Delia aus den Blauen Bergen fand und erkennen mußte, daß zweitausend Jahre nicht ausreichen würden, all die Liebe zu erfüllen, die ich für sie empfand.

Es war meine Pflicht, am Leben zu bleiben, solange sie noch lebte. Aber die Galeeren! Doch meine Gedanken wurden unterbrochen. Der Sack, in den ich geschoben wurde, war grob, übelriechend und so eng, daß ich verzweifelt nach Atem rang. Ohne zu wissen, was mit mir geschah, wurde ich auf geheimen Sklavenpfaden von den Slums zu den Hafenanlagen Magdags geschafft.

Nach vielem Hin und Her warf man mich schließlich auf einen Holzboden, der sich in einem mir vertrauten Rhythmus bewegte. Ich lag auf einem Deck. Wieder einmal befand ich mich an Bord eines Schiffes. Wieder spürte ich den Willen der Herren der Sterne – oder der Savanti – einen Willen, den ich nicht verstand.

6

Die beiden Zwiebeln, die auf Zorgs schwieliger Handfläche lagen, waren nicht gleich groß. Eine war etwa acht Zentimeter dick, rund und glatt und mit langsam antrocknender Außenhaut. Wir wußten beide, daß das Innere süß und saftig sein würde. Die zweite Zwiebel wirkte wie ein Sklave neben seinem Herrn; sie war kleiner, nur etwa fünf Zentimeter dick und hatte eine harte Außenhaut – doch auch sie enthielt Nahrung.

Wir betrachteten die Zwiebeln, Zorg und ich, während die 40-

Ruder-Galeere *Grodnos Gnade* durch die Wellen stampfte, das Segel über uns halb gefüllt mit einem kaum spürbaren, von achtern kommenden Wind. Ringsum erklangen die Geräusche des Schiffslebens, begleitet von den typischen Gerüchen. Die Doppelsonne Scorpios brannte uns gnadenlos auf die kahlgeschorenen Köpfe. Unsere groben konischen Strohhüte boten kaum Schutz. Natürlich ruhten die Oberherren Magdags oben auf dem Poopdeck – die *Grodnos Gnade* gehörte zu jenen Galeeren, die kein Achterdeck hatten – in Deckstühlen unter aufgespannten Sonnensegeln aus Seide und genossen kühle Getränke, frische Früchte und saftige Fleischbrocken. Unsere beiden nackten Begleiter auf der Bank hatten ihr Mahl bereits zwischen sich aufgeteilt – ihre Zwiebeln waren gleich groß gewesen.

»Die Wahl fällt schwer, Schreiber«, sagte Zorg aus Felteraz.

»In der Tat – ein schwerwiegendes Problem.«

Bis zum Frühstück am nächsten Morgen erhielten wir nichts mehr zu essen, und nur mit Wasser waren wir ausreichend versorgt; das lag daran, daß die *Grodnos Gnade* mit ihrem Quadratsegel und kühn vorspringenden Bug von den Winden begünstigt gewesen war. Wir würden noch an diesem Abend in Gansk anlegen und am nächsten Tag weiterfahren. Die Galeeren Magdags schlugen manchmal einen Kurs ein, der einige Tage lang aus dem Schutz der Küste und auf offene See hinausführte; doch das mochten die Schiffer nicht gern – sie zogen die Nähe der Küste vor.

»Wenn wir nur ein Messer hätten, mein Freund . . .«

Zorg hatte abgenommen, seit ich ihn als Sklave beim Transport des Denkmals kennenlernte. Als ich ihn nach Beendigung meiner Ruderausbildung wiedergesehen hatte, gab ich mir sofort Mühe, in seiner Nähe zu sein, wenn die Rudermeister die Bänke besetzten. Jetzt waren wir schon fast eine ganze Jahresperiode hindurch Bankgefährten gewesen – und ich zählte die Tage nicht mehr. Auf dem Binnenmeer, dem Auge der Welt, ist der Schiffsverkehr auch für Galeeren fast das ganze Jahr über möglich.

Zorg schob die größere Zwiebel in den Mund. Ich sah ihn an. Wir verstanden uns. Er betrachtete mich mit einem Ausdruck, der einem beruhigenden Lächeln so nahe kam, wie das bei einem Galeerensklaven überhaupt möglich ist. Er begann zuzubeißen.

Er arbeitete sich mit den Zähnen säuberlich durch die Zwiebel und teilte die Knolle in zwei nicht ganz gleiche Teile. Ohne zu zögern, reichte er mir den größeren.

Ich nahm ihn und gab ihm die kleinere Zwiebel.

»Wenn dir meine Freundschaft am Herzen liegt, Zorg aus Felteraz«, sagte ich mit unbeabsichtigter Heftigkeit, »dann ißt du diese Zwiebel. Ohne Widerrede!«

»Aber, Schreiber . . .«, grinste er erstaunt.

»Iß!«

Ich kann nicht sagen, daß es mir Spaß machte, einen Teil meiner Ration abzugeben, doch Zorg war eindeutig geschwächt. Und das mutete mich seltsam an, denn es ist allgemein bekannt, daß nur ein Mann, der die ersten Wochen auf der Ruderbank übersteht, eine echte Überlebenschance hat; sobald er sich dem Leben des Galeerensklaven angepaßt hat, vermag er unvorstellbare Entbehrungen und Härten zu ertragen. Zorg hatte die ersten schrecklichen Wochen gut überstanden – Wochen, in denen täglich Männer zu Tode gepeitscht und kurzerhand über Bord geworfen worden waren, in denen die Hände der Sklaven blutrot und zerfetzt an den Rudern lagen, in denen die Fußgelenke zu schmerzen und zu bluten begannen, wenn die Ketten das Fleisch allmählich bis auf die Knochen abschabten.

Die Schrecknisse eines solchen Daseins sind theoretisch gut bekannt. Hier an Bord lernte ich sie aus erster Hand kennen.

Zorg verzog das Gesicht zu der seltsamen Grimasse, die bei einem Galeerensklaven als Lächeln gilt, und zerdrückte automatisch eine Laus, die über seine wettergegerbte und salzverkrustete Haut lief. Die groben Strohsäcke, auf denen wir saßen, wimmelten vor Ungeziefer. Wir verfluchten die Läuse und die anderen blutsaugenden Parasiten, von denen es auf Kregen eher noch mehr Arten gab als auf der Erde, doch wir ertrugen sie, denn wir wußten den Vorteil der Strohsäcke mit der dünnen Ponshofellauflage zu schätzen. Die Vorstellung, daß Sklaven wie wir zu viert an einem Ruder arbeiten und sich voll ins Zeug legen mußten, ohne einen Polsterschutz auf der Bank zu haben, ist lächerlich. Unsere Kehrseiten wären innerhalb von drei Burs durchgerieben gewesen – das sahen sogar die grausamen Rudermeister Magdags ein. Die Ponshofelle, die auf den Strohsäcken lagen und die bis zu den Planken hinabreichten, waren uns keineswegs aus Nächstenliebe gegeben worden, sondern weil ohne sie die Galeere nicht gerudert werden konnte.

Ich muß zugeben, daß ich mich langsam an die Gerüche gewöhnt hatte – jedenfalls beinahe.

Das Leben an Bord eines Zweideckers, der Blockadedienst versah, verschaffte einem eine besondere Ration an Unbequemlichkeit, Feuchtigkeit, Gestank und knappen Rationen. Dabei genoß ich noch

Vorteile, über die Zorg, obwohl er ein kräftiger Mann war und als Galeerenkapitän gedient hatte, nicht verfügte.

Und jetzt wirkte sein Gesicht seltsam eingefallen, was mich beunruhigte.

Nath, der neben mir am Ruder saß, rülpste und legte den Kopf schräg.

»Der Wind schlägt um«, verkündete er.

Das war eine schlechte Nachricht für Zorg und Zolta, den vierten Mann an unserem Ruder. Als erfahrener Seemann hatte ich die Windveränderung schon seit etwa zehn Murs gespürt, doch hatte ich die schlimme Neuigkeit für mich behalten wollen, bis Zorg aufgegessen hatte.

Und in dem Moment schrillten auch schon die Silberpfeifen.

Der Rudermeister bezog in seiner Kabine Stellung, die sich in der Mitte des Poopdecks befand. Die Peitschendeldars liefen über den Mittelgang, bereit, auf die nackten Rücken der Sklaven einzuschlagen, wenn sie bei der Vorbereitung zu langsam waren. Unsere Gruppe war nicht zu langsam. Weitere Pfeifen schrillten. Eine Gruppe Seeleute kümmerte sich um das Segel, das nun gebraßt wurde. Die Matrosen waren ein unansehnlicher Haufen, und ich vergnügte mich bei dem Gedanken, was meine Navy-Offiziere mit diesen Lahmärschen an Bord einer Fregatte oder eines 74-Kanonen-Schiffs angestellt hätten. Behäbig im Wind flatternd und schlagend kam das Segel herab. Als es endlich festgezurrt war, saßen wir alle längst startbereit auf unseren Bänken, einen Fuß auf die Leiste gestemmt, den anderen gegen die Rückseite der Bank vor uns, die Arme ausgestreckt, die schwieligen Hände um den Ruderbaum gelegt. Alle Schlingseile, die die Ruder im ausgefahrenen Zustand waagerecht hielten – eine hübsche Sitte der Galeerenkapitäne des Binnenmeers –, waren von den Außenbordruderern abgenommen worden – in unserem Fall von Zolta.

Nun schlingerte und stampfte die *Grodnos-Gnade* im leichten Seegang, die vierzig Ruder in vollkommener Ausrichtung über dem Wasser ausgestreckt. Das Schiff mußte wie ein riesiges Ungeheuer aussehen, das auf dem Wasser dahinschritt, leicht und anmutig wirkend mit dem geschwungenen Schiffskörper, der in einem reichverzierten Heck mit der nach oben gereckten Galerie endete und sich nach vorn zu einem Rammbug senkte, der tief über dem Wasser lag.

Die *Grodnos Gnade* war eine Galeere, die hier im Auge der Welt ein Vier-Vierzigruderer genannt wurde: vierzig Ruder, vier Mann pro Ruder. Das umständliche System, nach dem auf der Erde zuweilen die Ruderer einer Galeere nach den Männern pro Bank gezählt werden, war im Binnenmeer nicht gebräuchlich.

Die Ruder waren bereit. Der Trommeldeldar schlug einmal mahnend zu. Ich sah, daß der Rudermeister zum Poopdeck schaute, wo sich, in eine prunkvolle weiße und grüne und goldverzierte Uniform gekleidet, ein Offizier über die Reling beugte. Zweifellos bekam man dort oben jetzt etwas von unserem Geruch mit, denn der Mann hielt sich ein Taschentuch vor das Gesicht. Der Rudermeister hob seine Silberpfeife, und ich machte mich innerlich bereit.

Die Pfeife erklang, die Trommel dröhnte im vertrauten Rhythmus, Befehle wurden gebrüllt, und die Ruder tauchten in vollkommenem Gleichtakt ins Wasser.

Wir zogen glatt durch. Der Trommeldeldar legte einen gleichmäßigen Rhythmus vor, einen Doppelschlag seiner beiden Trommeln, einen hohen und einen tiefen Ton, einen glatten, regelmäßigen langen Zug. Wir bewegten uns mit dem Oberkörper durch den Rhythmus – nach vorn, bis unsere Hände und unser Ruder über den vorgebeugten Rücken der Vordermänner lagen, dann gleichmäßig – oh, wie gleichmäßig! – zurück!

Die *Grodnos Gnade* bewegte sich durch das Wasser. Sie legte die gleichen Fahreigenschaften an den Tag, die mir schon seltsam vorgekommen war, als ich damals im See der Stadt Aphrasöe an Bord einer Galeere gekommen war. Und hier im glatten Binnenmeer bewegte sich die Galeere wie auf Schienen voran. Sie rollte kaum und glitt über das kaum bewegte Wasser wie ein riesiger Käfer mit vierzig Beinen.

Sie war eine ziemlich kleine Galeere. Zwanzig Ruder pro Flanke bedeuteten, daß ihre Länge weitaus geringer war als die der Flottengaleeren, die ich im Arsenalhafen von Magdag hatte liegen sehen, und ich würde sagen, daß sie in Höhe der Wasserlinie schätzungsweise nur etwa dreißig Meter lang war. Ich kann es jedoch schwer schätzen, denn ich habe das Schiff nie von außen gesehen. Ich will gern eingestehen, daß ich nicht wußte, wieso diese Schnellgaleeren einen Rammbug wie auch eine Spiere hatten, war ich doch der Meinung, daß sich das gegenseitig ausschloß. Doch inzwischen weiß ich natürlich längst, wie die Galeeren des Binnenmeers kampfbereit gemacht werden.

Die *Grodnos Gnade* war natürlich kaum seetüchtig.

Wir mühten uns an den Rudern mit einem kurzen, sparsamen Schlag, der uns etwa zwei Knoten Geschwindigkeit verschaffte.

Ich hatte keine Ahnung, wohin die Reise ging und welche Mission wir zu erfüllen hatten; ich war ja nur ein angeketteter Galeerensklave. Zorg und ich hatten vorsichtig versucht, ein Glied unserer Fußketten an einer Metallstrebe zu reiben. Verkrustete Exkremente unter der Bank schützten uns dabei vor Entdeckung. Als wir uns nun vor und zurück warfen und die Galeere durch das ruhige Meer pflügte, begann ich mir unwillkürlich Sorgen um Zorg zu machen.

»Laß es ruhig angehen, Zorg«, flüsterte ich ihm zu, als der Peitschendeldar auf dem Mittelgang vorbeigeschritten war, wachsam, die Peitsche in seiner Hand wie lebendig zuckend und hungrig. Die Galeerensklaven nannten diese Peitsche die »alte Schlange«. Ich wußte, daß dieser Ausdruck da und dort auch auf der Erde gebräuchlich war – und verstand nun den Grund.

»Ich – erfülle – mein – Soll – Schreiber . . .«

»Ich will mich gern mehr ins Zeug legen, Zorg.« Ich ärgerte mich. Er war mein Freund. Ich machte mir Sorgen um ihn. Und doch beharrte er stur darauf, sich zu verausgaben, als wäre er bei vollen Kräften – nur aus Stolz. Und ob ich den Stolz kannte, der in meinem Freund Zorg aus Felteraz brannte!

»Ich bin Zorg.« Er murmelte es leise vor sich hin. Beim langsamen Rudern durften wir miteinander sprechen. »Ich bin Zorg«, wiederholte er, als bedürfe er dieser Bestätigung. »Ich bin Zorg, Krozair! Ich gebe nicht auf!«

Ich wußte nicht, was er mit ›Krozair‹ meinte. Das Wort kannte ich nicht. Nath ruderte mit blinder Konzentration neben mir, und sein hagerer nackter Körper rang in der heißen Luft japsend nach Atem. Doch Zolta sah mich an und machte dabei eine schnelle, den Rhythmus störende Bewegung. Auf seinem Gesicht zeichnete sich Entsetzen ab. Ich brachte das Ruder wieder in den Takt und fluchte in einer wüsten Mischung aus Englisch, Kregisch und Magdag-Slumdialekt.

Wir ruderten. Plötzlich hörte ich einen Schrei.

Als ich bei Vollendung eines Zugs einen Blick über die Schulter warf, konnte ich auf dem Poopdeck ein Durcheinander erkennen. Die Sonnensegel wurden abgenommen. Das war gut. Jetzt konnten die verdammten Planen nicht mehr den Wind fangen und uns bremsen. Männer liefen da oben durcheinander. Die *Grodnos Gnade* war überdurchschnittlich schnell für einen Vier-Vierzigruderer, und bei unserem direkten Kurs auf Gansk über den Golf war die Küste außer Sicht.

Wie ich mich so in das Ruder stemmte, wollte mir scheinen, als hätte ich schon mein ganzes Leben hier gesessen. Die Erinnerungen waren zum Teil unscharf; sie betrafen andere Welten und andere Lebensstränge. Nur Delia aus den Blauen Bergen stand in dieser Zeit unsäglichen Leids klar und schön vor meinem inneren Auge. Ich hatte Kampferfahrung als Galeerensklave; die magdagsche Galeere, auf der ich zuerst gedient hatte, brachte ein schweres Handelsschiff der Zair-Städte auf und ließ sich auch einmal auf einen richtigen Kampf mit einer Galeere aus Sanurkazz ein. Doch auf der *Grodnos Gnade* hatte ich noch keinen Kampf erlebt und wußte nicht, wie der Kapitän, der Rudermeister, die Peitschendeldars oder der Trommeldeldar im Augenblick der Gefahr reagierten. Zorg und ich hatten schon viel durchgemacht auf dem stillen Wasser des Auges der Welt. Jetzt waren die Anzeichen klar: die *Grodnos Gnade* machte Schiff klar zum Gefecht.

Der Trommeldeldar beschleunigte seinen Rhythmus.

Wir machten mit, folgten dem Tempo, zerrten die schweren Ruderbäume durch die vorgeschriebene Strecke, die durch die Ruderrahmen bestimmt war, welche innenschiffs die Bewegung der Ruder steuerten. Als Innenbordmann hatte ich beim Rudern die größte Strecke zurückzulegen, und man hatte uns nach außen hin der Größe nach plaziert, wodurch Zolta, der kleinste von uns, auf der vorspringenden Decksplattform hinter den Ruderpfosten fast über dem Wasser hockte.

Bald erkannte ich an den nervösen Blicken der Offiziere, Soldaten und Seeleute, daß wir verfolgt wurden. Deshalb bestand kaum Gelegenheit, den Rammbock ins Spiel zu bringen. Wie um meine Feststellung zu bestätigen, erschien eine Gruppe Seeleute auf dem unteren Vorderdeck – es war zu klein, um Bugraum genannt zu werden – und begann die Bugspiere festzuzurren. Ich hörte Geschrei vom Heck, von der Stelle auf dem Poopdeck, die am weitesten achtern lag. Gleich darauf rannte ein Offizier nach vorn, und die Seeleute begannen die Spiere wieder zu lösen, begleitet von allerlei bissigen Kommentaren.

Nath, der den Blick zum Himmel gewandt hatte, sagte schwer atmend: »Der Grodno-gasta glaubt also, er kann kämpfen! Ha!«

Grodno-gasta, das wußte ich, war ein blasphemisches und höchst unanständiges Schimpfwort.

»Zair soll ihn verfluchen!« schnaubte Zolta.

Obwohl wir nun in ziemlich hohem Tempo ruderten, erhöhte der Trommeldeldar weiter die Geschwindigkeit. Zorg mühte sich verzweifelt ab – doch er schaffte es nicht mehr und versuchte die ganze Arbeit mit den Bizeps zu tun. Sein Gesicht hatte eine erschreckende Färbung angenommen; es schimmerte blaugrün wie das Fell eines Sectrix. Bei jedem Ruderschlag keuchte er konvulsivisch.

»Hör auf, Zorg!« sagte ich heftig. »Beweg dich mit dem Ruder, du dummer Zairer!«

Er keuchte und gab keine Antwort. Seine Augen rollten. Er brachte die Worte über die Lippen: »Ich gebe nie auf! Krozair! Mein Schwur – ich bin – Zorg! Zorg aus . . . aus Felteraz! Krozair!« Jetzt stammelte er wirre Worte, und sein Körper bewegte sich mit dem Ruderbaum auf und nieder und brachte kaum noch ein Viertel der Leistung. Dann benutzte er einen anderen Namen, den ich noch nie gehört hatte, und ich wußte, daß er nicht mehr bei uns war an Bord dieser stinkenden magdagschen Galeere – er war weit entfernt – im Delirium, aber nicht mehr bei uns. »Mayfwy«, sagte er und schluchzte noch einmal lang gedehnt: »Mayfwy!«

Gleich mußten die Peitschendeldars auf ihn aufmerksam werden. Nath, Zoltar und ich ruderten mit aller Kraft und mußten dabei noch das tote Gewicht Zorgs mitbewegen, der in den Rudern hing. Schweiß lief uns über die nackten Körper. Im nächsten Augenblick fiel Zorg der grüne konische Strohhut vom Kopf und rollte zu Boden. Zorgs kahler Kopf fiel sofort auf.

Der Peitschendeldar hieb zu. Zielsicher traf die Peitschenschnur den Rücken meines Freundes. Die alte Schlange sprach zu ihm.

Zorgs gebräunte Haut brach auf, und Blut strömte heraus und begann zu spritzen, als die Peitsche noch ein zweites- und drittesmal zubiß. Ich, der neben ihm saß, bekam die Blutstropfen meines Freundes ab, als der Deldar aus Magdag ihn vollends zu Tode peitschte.

»Weiterrudern!« brüllte der Mann. »Zieh durch!«

Aber Zorg aus Felteraz hatte sein Schicksal überwunden – in diesem Leben und auf dieser Welt Kregen unter Antares würde er kein Ruder mehr anfassen.

Große Verwirrung entstand, als der tote Sklave aus den Ketten genommen wurde. Man holte einen der Ruderer, die gerade in einem kleinen Raum unter Deck angekettet waren – ein Luxus, den wir alle der Reihe nach genießen durften. Doch dieses Durcheinander war nichts im Vergleich zu dem Chaos, das auf dem Poopdeck herrschte. Als der Körper meines Freundes nackt und schlaff und mit bluttriefendem Rücken von unserer Bank gezogen und angehoben wurde, um über Bord geworfen zu werden, liefen mit Pfeil und

Bogen bewaffnete Soldaten zum Heck. Andere bemannten die Schleudern, und die Seeleute machten ihre Stutzsäbel bereit. Das Durcheinander mißfiel mir, der ich auf einem Schiff des Königs ausgebildet worden war, doch ich mußte mich ganz auf das Rudern konzentrieren. Zieh, zieh, zieh – auf immer und ewig. Auf einen schrillen Befehl vom Poopdeck erhöhte der Trommeldeldar erneut die Geschwindigkeit.

Ich bekam nicht mit, wie Zorg dem Meer überantwortet wurde. Ich sah das Aufklatschen seines mißhandelten Körpers nicht, als er aus dem Blickfeld der Sterblichen verschwand. Soweit ich wußte, glaubte er, daß er nach dem Tode zu Zim auffahren würde, um ruhmvoll zur Rechten Zairs zu sitzen. Ein Selbstmord führt nicht zu solcher Errettung, sonst hätte mancher Galeerensklave diese Abkürzung ins Paradies gewählt.

Wie ich annehme, handelte ich rein instinktiv, aus Haß, aus Lust am Töten. Meine Wut auf die magdagschen Wölfe war ungeheuer. Und zugleich war ich ein ausgebildeter Seemann, geübt im Umgang mit Schiffen, in der Ausnutzung von Wind und Wetter, und ich wußte, daß mächtigere Wölfe als die aus Magdag der *Grodnos Gnade* auf den Fersen waren.

Und so handelte ich in den folgenden Minuten mehr instinktiv als bewußt.

Als mir Zorg fortgenommen wurde, als seine Ketten fielen, verwandte ich meine ganze Kraft darauf, das letzte Stück des Kettenglieds zu durchbrechen, das ich noch nicht durchgeschabt hatte. Ich stemmte mich mit solcher Gewalt hoch, daß der Ruderbaum gegen den Rahmen knallte. Nath und Zolta sahen mich mit starren Gesichtern an, ihre Körper und Arme führten die Ruderbewegungen fort, die ihren Muskeln zur zweiten Natur geworden waren.

Ich fühlte mich seltsam steif. Muskeln, die stundenlang nur eine Folge von Bewegungen durchgeführt haben, gehorchen nur schwerfällig den neuen Kommandos meines Körpers. Der Peitschendeldar hörte das Krachen des Ruders gegen den Rahmen und rannte herbei, die Peitsche hoch erhoben, das Gesicht bösartig verzogen. Ich packte die Peitsche mit der Linken, zerrte den Mann daran heran und legte ihm die Rechte um den Hals. Dann warf ich ihn zwischen die Rudersklaven.

Nun war ich auf dem Mittelgang.

Nur wenige Sekunden waren vergangen. Ich hatte einmal gesehen, wie sich ein Sklave von seiner Kette befreit hatte. Er hatte über Bord springen wollen, doch die Seeleute hatten ihn erwischt, so daß ihm der Peitschendeldar in Ruhe mit der alten Schlange zusprechen konnte.

Ich trat zur Seite, bewegte mich über den emporstarrenden Gesichtern der Sklaven. Vier Soldaten in Kettenhemden rannten mit gezogenen Schwertern über den Mittelgang auf mich zu. Mein seitliches Manöver überzeugte sie, daß ich ins Wasser springen wollte, und sie zögerten – bereit, mich gehen zu lassen und sich so eines törichten Sklaven zu entledigen, der vielleicht von dem feindlichen Schiff aufgenommen wurde. So jedenfalls verstand ich ihr Zögern. Wenn ich aufgegriffen wurde, mußte der Verfolger langsamer werden. Aber dann kamen sie wohl zu der Überzeugung, daß das andere Schiff nicht anhalten würde, daß sich die Feinde durch einen schreienden Galeerensklaven im Wasser nicht von ihrer Jagd abbringen lassen würden. Und wieder rückten sie näher – aber da hatte ich schon angegriffen. Meine geballte Faust knallte dem ersten ins Gesicht, ehe er schreien konnte. Ich packte sein Langschwert, das durch die Luft zischte, hieb dem zweiten durchs Visier, und er taumelte mit entsetztem Gesicht rückwärts. Blut sickerte durch seine Rüstung.

»Packt ihn, ihr Dummköpfe!« brüllte eine Stimme von achtern.

Ich sprang los und schwang die Klinge, die den Kopf des dritten Mannes seitlich traf, während ich schon dem Hieb des vierten Söldners auswich. Der Kampf ähnelte schon mehr den Säbelduellen, die ich von den irdischen Schiffen her kannte, vom Entern inmitten des Kampflärms. Und der Kampf hatte Ähnlichkeit mit den Rapier- und Dolchtaktiken, die in Zenicce geübt wurden.

Ich ballte die linke Hand und schlug damit nach dem vierten Mann, dann gab ich ihm den Schwertgriff zu schmecken und stieß ihn von mir.

Die Sklaven hatten zu brüllen begonnen.

Sie machten einen ohrenbetäubenden Lärm, wie Vosks im Schlamm; sie schnaubten und grölten und kreischten. Ich raste über den Mittelgang nach achtern.

Der Rudermeister in seiner Kabine erkannte meine Absicht. Kreischend sprang er auf: »Bogenschützen! Streckt ihn nieder!«

Ich zog mich mit einer Hand zu seiner Kabine empor, und während er sich noch ins Freie zu zwängen versuchte, säbelte ich ihn nieder. Der Trommeldeldar hatte überhaupt keine Chance. Die Wucht meines Hiebs trennte ihm den Kopf vom Körper und ließ ihn einige Meter über den Gang rollen, ehe er zwischen den Ruderbänken verschwand. Die Trommel schwieg.

Soldaten rannten durcheinander, kamen die Leitern vom Poopdeck herabgeklettert.

Bisher hatte ich das blutige Geschäft völlig lautlos und wie in Trance erledigt. Als die Soldaten nun vordrangen, raste ich vor ihnen über den Mittelgang. Der erste Peitschendeldar lag tot am Boden, doch seine Kameraden hieben weiter auf die Ruderer ein in dem verzweifelten Versuch, den Schlagrhythmus auch ohne Trommel aufrechtzuerhalten. Aber der Rhythmus war mit dem Tod des Trommeldeldars verlorengegangen.

Ihre Peitschen waren keine Waffe gegen mein Langschwert. Beide Peitschenschwinger starben – der eine mittschiffs, der andere weiter vorn. Die Männer in den Kettenhemden hatten nun zu schreien begonnen und stürmten auf mich zu.

Ich erhob die Stimme. »Männer!« brüllte ich. »Galeerensklaven! Hört auf zu rudern! Hebt die Ruder! Der Tag der Abrechnung ist gekommen!«

Das war etwas melodramatisch ausgedrückt, doch ich kannte diese geschundenen Kerle. Einige Ruderbänke stellten die Arbeit ein, und die Ruder kamen durcheinander. Da sich die Ruder solcher Schiffe unbedingt im Gleichtakt bewegen müssen, wenn sie überhaupt etwas ausrichten wollen, kam alle Aktivität an Steuerbord und Backbord der *Grodnos Gnade* in kürzester Zeit zum Erliegen. Die Ruder wurden eingezogen. Die Sklaven machten jetzt so viel Lärm, daß die Männer der verfolgenden Galeere, die ich noch nicht gesehen hatte, uns hören mußten und bestimmt die richtigen Schlüsse daraus zogen.

Ein Pfeil bohrte sich vor mir in den Mittelgang. Ich drang wieder nach achtern vor. Ich hatte sehr lange kein Schwert mehr in der Hand gehabt. Ich besinge nicht die Freuden des Kampfes, des Blutrauschs – so wie manche Männer von ihren Kämpfen schwärmen. Mir gefällt das Töten nicht; wenigstens das hatten mir die Savanti nicht beibringen müssen. Doch jetzt zwang mich ein Nachhall meiner Erlebnisse auf diesem Binnenmeer zu einer stereotypen Reaktion. Abgrundtiefer Haß, Widerwillen, Wut stiegen in mir hoch und vermischten sich zu einem erbarmungslosen Zorn. Ich empfand wilde Begeisterung, als mein Stahl die Reihen meiner Gegner lichtete.

Damals war ich ein junger Seemann mit blitzschnellem Reaktionsvermögen und führte eine gefährliche Klinge. Ich brüllte meine Gegner an und ließ mein Schwert zucken wie einen Degen. Dabei mußte ich große Kraft aufwenden, um die Kettenhemden zu durchstoßen oder zumindest so fest zuzuschlagen, damit wirkungsvolle Prellungen entstanden. Auf der anderen Seite waren die Männer durch ihre Rüstungen behindert und bewegten sich nur schwerfällig. Sie wurden mir auf den blutüberströmten Planken eine leichte Beute.

Meine Ausbildung als Galeerensklave, meine Taufe im heiligen Becken des verlorenen Aphrasöe und der Haß, der meine Schwerthand beflügelten, führten dazu, daß meine Schläge schnell und unwiderstehlich ihr Ziel fanden – bei den Feinden Zairs, die meinen Freund Zorg aus Felteraz getötet hatten.

Ich weiß nicht, wie lange der Kampf dauerte. Ich begreife nur, daß ich Widerwillen und Enttäuschung verspürte, als die Galeere ruckte und sich in der Folge eines harten knirschenden Stoßes von achtern, der uns alle umwarf, schieflegte. Männer in Kettenhemden mit schimmernden Langschwertern drängten auf das Poopdeck. Auf ihren Helmen schimmerten rote Federbüsche. Sie schlugen schnell und geschickt zu und nahmen die *Grodnos Gnade* innerhalb weniger Minuten in Besitz. Inmitten des Durcheinanders hörte ich neue Schreckensschreie der Galeerensklaven.

Eine verräterische Bewegung und ein Gefühl der Schwerfälligkeit unter meinen Füßen verrieten mir alles. Die Galeere sank. Die Männer aus Magdag hatten sie irgendwie leck geschlagen – in dem letzten Bemühen, in ihrer Niederlage alle anderen mit in den Tod zu reißen.

Zwischen mir und den Neuankömmlingen stand nun niemand mehr – zwischen mir und den Anhängern Zairs, der Gottheit der roten Sonne, den Männern aus dem Süden. »Die Galeere sinkt«, sagte ich zu dem Mann, der mit blutüberströmtem Schwert auf mich zukam. »Die Sklaven müssen sofort befreit werden!«

»Das wird geschehen«, sagte er und sah mich an. Er war so groß wie ich und hatte ein sympathisches Gesicht und eine ähnlich kecke Nase, wie sie mein Freund Zorg besessen hatte. Sein breiter dunkler Schnurrbart war nach oben gezwirbelt.

»Ich bin Pur Zenkiren aus Sanurkazz, Kapitän der *Lilavogel.*« Auf der weiten Tunika, die er über der Rüstung trug, leuchtete ein großes schimmerndes Gebilde, das mir in die Augen stach – offenbar ein Kreis, der nach Art eines Speichenrades von Linien durchzogen und von hellorangenen, gelben und blauen Seidenfäden durchwirkt war. »Und du bist Galeerensklave?«

»Ja«, erwiderte ich und dachte an Dinge, die ich fast vergessen hatte. »Galeerensklave. Und Lord von Strombor.«

Er sah mich prüfend an. »Strombor ... davon habe ich wohl schon gehört. Aber wo es auch sein mag, es gehört nicht zum Auge der Welt.«

»Nein.«

Sklaven wurden von ihren Ketten befreit und sprangen schreiend und weinend vor Freude auf, krabbelten über das verzierte Poopdeck zur *Lilavogel* hinüber. Pur Zenkiren machte eine Bewegung mit seinem Langschwert – eine Art Salut.

»Lord Strombor, ein Fremder. Wie kommt es, daß du die Ketzer von Magdag bekämpfst und ihre Galeere nimmst?«

Die Hitze der Doppelsonne von Antares hatte nachgelassen; der grüne und der rote Ball sanken dem Horizont entgegen. Ich blickte auf das Langschwert, auf das Blut, auf die Toten und die Sklaven, die in ihrer armseligen Nacktheit freudig über das Poopdeck kletterten.

»Ich hatte einen Freund«, sagte ich. »Zorg aus Felteraz. Sie haben ihn getötet, ich habe ihn gerächt.«

7

Wenn ich über meine Erlebnisse als Bauarbeiter in Magdag scheinbar gelassen berichtet habe oder offenbar nicht sehr ausführlich gewesen bin in der Beschreibung meines Lebens als Galeerensklave, dann meine ich dennoch, daß ich hierfür keine Erklärung schuldig bin. Leid und Schmerz und Verzweiflung gibt es im Überfluß, das wissen wir alle – hier auf unserer Erde wie auch auf Kregen, das ich zu meiner Heimat gemacht hatte. Die langen Perioden der Mühsal und Entbehrung vergingen. Das ist alles. Wie schwarze Wolken, die den Blick auf Zim wieder freigaben, so verstrichen auch die Zeiten der Pein und Erniedrigung.

Der Haß, den ich auf die erbarmungslosen Schinder von Magdag empfand, war natürlich angesichts der Umstände meiner Geburt und Erziehung völlig verständlich, denn die Marine toleriert keine Schwächlinge, und meine Ausbildung war hart und kompromißlos gewesen.

Erst in späteren Jahren habe ich das Maß von Reife in meinen Ansichten gewonnen, das ich zu besitzen glaube, eine Entwicklung, die – das muß ich offen gestehen – weitgehend durch die Befreiungstendenzen gefördert wurde, die sich Ende des achtzehnten,

Anfang des neunzehnten Jahrhunderts auf der Erde immer stärker bemerkbar machten; Kregen dagegen ist nach wie vor eine wilde und erbarmungslose Welt.

Ich habe in meinem Leben große Freuden erleben dürfen, und Delia aus Delphond ist der erfrischende Ruhepol meines Daseins gewesen; was ich an Menschlichkeit zu besitzen glaube, verdanke ich weitgehend ihr. Von der geisttötenden und erschöpfenden Arbeit befreit, konnte ich mich wieder ungehindert bewegen, und ich erinnere mich deutlich an das Gefühl der Freude und des Staunens, mit dem ich mich an Deck der *Lilavogel* umsah, während die *Grodnos Gnade* sank und gurgelnd in den blauen Fluten des Auges der Welt verschwand.

Nein, es ist überflüssig, meine Gefühle gegenüber den Männern aus Magdag, den Anhängern Grodnos, zu beschreiben. Wenn ich hier berichte, daß Wincie, ein hübsches, fröhliches Mädchen, das ich sehr mochte, auf höchst barbarische Weise getötet worden war, so sagt das wenig. Sie hatte die Aufgabe, die Wasserhäute für die Ziegelfabrikation zu füllen und unseren Durst zu stillen; die Oberherren hatten sie auf einem ihrer Vergnügungsausflüge erwischt und sie auf viehische Art so lange vergewaltigt, bis sie starb. Aber das sind nur Worte. Die Wirklichkeit aus Schmerz, Blut und Dreck ist ein Teil des Lebensmosaiks. Ich brauche sie nicht im einzelnen darzustellen, um meinen Standpunkt klarzumachen, den ich als junger Mann vertrat – hart und rücksichtslos gegenüber jenen, die ich haßte, empört über die Ungerechtigkeit der Mächtigen.

Und dann hatten sie meinen Freund Zorg aus Felteraz zu Tode gepeitscht.

Nicht alle Sklaven waren freudig an Bord der Galeere aus Sanurkazz gegangen. Einige hatten geklagt und sich zur Wehr gesetzt. Sie waren magdagsche Gefangene, Männer, die wegen eines Verbrechens auf die Galeeren geschickt worden waren und denen irgendwann einmal die Freiheit gewinkt hätte. Jetzt würden sie als Galeerensklaven ihres Erzfeindes arbeiten müssen. Ja, das Leben war hart und brutal im Binnenmeer.

Die *Lilavogel* interessierte mich. Sie war größer als die *Grodnos Gnade*, wenn es auf dem Binnenmeer auch noch größere Schiffe gab. Wie ich erfuhr, hatte sich Kapitän Pur Zenkiren Sorgen über die Geschwindigkeit der *Lilavogel* gemacht, da sie neu war und ihm sehr am Herzen lag. Sie war ein Sieben-Sechs-Hundertruderer, was bedeutete, daß sie hundert Ruder hatte, angeordnet auf zwei Decks mit sieben Mann an jedem oberen Ruder und sechs Mann an dem darunter, zwei Reihen von je fünfundzwanzig Rudern auf jeder Seite. Ich fand das Schiff nicht lang genug im Verhältnis zu seiner Breite, ganz abgesehen von der lächerlichen Galeerenform überhaupt; sein Tiefgang war größer, als es für die Schnelligkeit wünschenswert schien. Ich schüttelte den Kopf. Schon begann ich wieder wie ein Seemann zu denken.

»Fühlst du dich wieder besser, Lord Strombor?« fragte Pur Zenkiren freundlich, als wir in seiner schlicht möblierten Heckkabine Platz genommen hatten. Die Waffen ruhten wieder in ihren Ständern, die Seekarten lagen auf dem Tisch, und Weingläser und eine Flasche standen zwischen uns.

»Mir ist wohl, Pur Zenkiren. Ich schulde dir meine Freiheit – ich hatte schon befürchtet, daß du mich, der ich immerhin ein Fremder bin, wieder auf die Bänke schickst.«

Er lächelte. Sein Gesicht war wettergegerbt, seine Augen dunkel und durchdringend, und er hob von Zeit zu Zeit die kühn vorspringende Nase, so daß mich sein Blick an Zorg erinnerte. Wie mein Freund hatte Zenkiren einen mächtigen schwarzen Haarschopf voller geölter schimmernder Kräusellocken.

»Wir Anhänger Zairs respektieren einen Mitmenschen, Lord Strombor.«

Eine Seekarte von bemerkenswert schlechter Qualität und Genauigkeit war die einzige im Schrank, auf der Strombor verzeichnet stand. Sämtliche Küstenlinien außerhalb des Binnenmeers waren ungenau gezeichnet, doch die Namen standen vermerkt: Loh, Vallia, Pandahem, Segesthes mit Zenicce – und am Rand war eine Liste mit den vierundzwanzig adligen und bürgerlichen Häusern dieser Stadt. Faszinierend war für mich die Tatsache, daß hier Strombor verzeichnet war, während der Name Esztercari fehlte – ein Beweis, daß die Karte über hundertundfünfzig Jahre alt sein mußte.

»Wir haben ein wenig Kontakt mit der Außenwelt, hauptsächlich mit Vallia und Donengil, doch wir sind ein nach innen gekehrtes Volk. Unsere einzige Sorge gilt der Abwehr von Grodno.«

Ich sah ihn an. Er sprach, als hätte er die Worte auswendig gelernt. Dann lächelte er mich wieder an, hob sein Glas und sagte: »Zu den Eisfeldern von Sicce mit Magdag und seinen bösen Handlangern!«

»Darauf trinke ich!« sagte ich und nahm mein Glas.

Man hatte mir ein hübsches weißes Lendentuch gegeben, und ich hatte meinen Körper eingeölt und mal wieder richtig gut gegessen. Während ich nun mit dem Kapitän den Wein genoß, fühlte ich mich zum erstenmal wieder als Mensch – soweit das möglich war, solange Magdags böse Macht noch nicht gebrochen war.

Ich machte keinen Hehl aus meinen Gefühlen gegenüber Zenkiren, der mich – wie er meinte – richtig eingeschätzt hatte.

Mir fielen natürlich die Parallelen auf, die zwischen dem Rot-Grün-Konflikt im Auge der Welt und dem alten Kampf zwischen Esztercari und Strombor bestanden, wenn mir auch die katholischen und islamischen Konflikte der Spätrenaissance ausgeprägter und interessanter zu sein schienen. Auch spürte ich, daß ein solcher Streit um so heftiger war, je mehr die Überzeugungen der Beteiligten einen einzigen Ursprung hatten. Die Völker des Sonnenuntergangs, die eigentlichen Urbewohner des Auges der Welt, hatten eine bemerkenswerte Baukultur gepflegt und den großen Kanal angelegt – und den Damm der Tage, dessen Majestät ich noch nicht erschaut hatte. Sie hatten auch herrliche Städte errichtet, von denen einige untergegangen oder zerstört worden waren, einige aber auch teilweise wieder aufgebaut, die nun den neuen Generationen dienten, die sich von der alten Kameradschaft zwischen Rot und Grün abgewandt hatten.

»Die niederträchtigen Cramphs von Magdag«, sagte Zenkiren zu mir auf unserer Reise nach Sanurkazz. »Wir wissen, was sie bauen, sie sind davon besessen – es kommt mir fast krankhaft vor.«

»Sie zerstören damit ihre Kultur, ihr Leben«, sagte ich.

»Ja! Sie glauben mit jedem neuen Riesenbau Gefallen zu finden bei ihrem schlimmen Herrn, der falschen Gottheit Grodno. Sie berauben ihr Land aller Arbeiter, rauben ihm seinen Reichtum. Immer weiter müssen sie ausschwärmen und ihre Vorräte an Menschen und Vermögen gewaltsam auffüllen.«

»Ich habe in Magdag eine Farm gesehen, eine Riesenanlage, sehr gut geführt und produktiv . . .«

»O ja!« Zenkiren winkte geringschätzig ab. »Natürlich! Sie müssen ja auch Millionen ernähren; sie müssen Nahrungsmittel produzieren, wie wir auch. Aber sie fallen ständig bei uns ein und rauben uns unsere jungen Männer, Frauen und Kinder, damit sie nur immer weiter bauen können.«

»Und ihr wehrt euch und fallt bei ihnen ein.«

»Ja! Das ist der Ruhm Zairs, der uns auferlegt ist.« Er sah mich an und zögerte, was mich überraschte, denn er war ein guter Kapitän und ein Mann, der seine Gefühle im Griff hatte. »Du warst ein Freund Zorgs aus Felteraz. Zolta hat mir davon erzählt. Du bist ein Lord. Ich glaube . . .« Wieder zögerte er und fuhr dann langsamer und leiser fort: »Hat Zorg mit dir über die Krozairs aus Zy gesprochen?«

»Nein«, sagte ich. »Er hat das Wort Krozair erwähnt, als er starb. Er schien irgendwie stolz darauf zu sein.«

Daraufhin wechselte Zenkiren das Thema, und wir unterhielten uns über viele Dinge, während die *Lilavogel* in gleichmäßigem Tempo gen Süden pflügte. Zwei weitere Galeeren folgten ihr, kleinere Schiffe, die zu der schnellen Angriffsschwadron unter Zenkirens Kommando gehörten. Abgesehen von dem Gefecht mit der *Grodnos Gnade* hatten sie drei schwere Handelsschiffe aufgebracht, die uns nun als Prisen folgten.

Um ganz ehrlich zu sein, kam es mir nicht seltsam vor, daß mich Zenkiren auf mein Wort hin für Lord Strombor hielt, denn irgendwie hatte ich wohl das Auftreten des Anführers eines Hauses aus Zenicce, und meine Jahre als Vovetier und Zorcander bei den Klansleuten hatten mich ebenfalls geprägt – ich schien eine natürliche Autorität auszustrahlen. Aber Zenkiren hätte sicher ebenso gehandelt, wenn ich ein einfacher Fußsoldat gewesen wäre, denn Grund für sein Verhalten war einzig und allein die Tatsache, daß ich der Freund Zorgs aus Felteraz gewesen war und seinen Tod gerächt hatte.

Ich war überzeugt, daß das Wort »Krozair« hier irgendeine Brücke schlug. Als die *Grodnos Gnade* schließlich gurgelnd unterging und zahlreiche Bohlen und andere Wrackteile an die Oberfläche kamen, hatte ich eine weiße Taube über der *Lilavogel* gesehen. Diese Taube gab mir Auftrieb. War es denkbar, daß die Savanti wieder in mein Geschick eingriffen? Sorgten sie für meinen weiteren Aufenthalt auf Kregen, obwohl ich gewaltsam von Magdag fortgebracht worden war? Ich hielt nach dem Gdoinye Ausschau, dem rotgoldenen Raubvogel; doch er ließ sich nicht sehen.

Zenkiren war ein großes Risiko eingegangen, als er sich so dicht an die Nordküste wagte. Er hatte es auf reiche magdagsche Handelsschiffe abgesehen, wobei die Galeere ein zusätzlicher kleiner Leckerbissen gewesen war. Wir wußten nicht, warum sie Gansk angesteuert hatte, und würden es vielleicht nie erfahren. Zenkiren hatte sich um die geringe Geschwindigkeit der *Lilavogel* Sorgen gemacht. Nur meine Intervention, die den Ruderrhythmus der *Grodnos Gnade* durcheinanderbrachte, hatte ihm die Chance gegeben, das Schiff einzuholen – und dann hatte die sanurkazzische Galeere so schnell aufgeschlossen, daß man die Bugschleudern gar nicht erst einsetzen mußte.

Die Schiffsschleuder, die im Auge der Welt gebräuchlich war, wurde Varter genannt. Die Schleuderkraft bezog sie von zwei Halbbögen, deren Enden von senkrechten Schnüren verbunden waren, die man vielfach verzwirbelt hatte. Die Schnur wurde mit einer einfachen Winde gespannt. Die Varter konnte Pfeile, Bolzen, große eisenbesetzte Holzstücke oder Steine verschießen. Ein geübter Schütze vermochte sehr genau damit zu treffen.

An jedem sechsten Tag fanden auf den sanurkazzischen Schiffen feierliche religiöse Riten statt, die der Gottheit Zair galten. Religion, so hatte ich angenommen, war Opium für die Massen, ebenso wie blutrünstige Wandzeitungen mit den letzten Morden und Hinrichtungen, Hahnenkämpfe, Preiskämpfe und dann und wann ein Krug Ale in der Stammschänke. Die Religion hielt Ordnung in der Volksmasse. Die Männer aus Sanurkazz waren jedoch – wenn ich mich in Gedanken auch über sie lustig machte – in ihrer besten Kleidung großartig anzusehen – der Schiffspriester in seinem Talar, die Silber- und Goldgefäße, die schimmernden Stickereien auf Bannern und Flaggen, die schrillen Töne der silbernen und schwarzen Trompeten – dies alles wirkte zusammen, um selbst einen skeptischen Mann wie mich in eine etwas euphorische Stimmung zu versetzen.

Natürlich war der Tag, an dem die Zair-Riten stattfanden, nicht derselbe Tag, an dem Grodno verehrt wurde – auf ähnliche Weise.

Ich sage ähnlich – ich hatte die Gottesdienste der Magdager miterlebt, und sie waren auf eine Weise anders, die ich heute gar nicht mehr so unterschiedlich finde. Damals jedoch hielt ich diese Feiern für abgefeimt und böse.

Natürlich gab es nur eine Farbe, mit der die Magdager ihre Galeeren bemalen konnten. Auch die griechischen Piraten der irdischen Frühzeit, die die Ägäis durchstreiften, strichen ihre Schiffe grün. Die Männer aus Sanurkazz dagegen hatten einen Kompromiß gefunden. Grün war eine halbe Tarnfarbe. Ein Rot wäre dagegen zu auffällig gewesen; die Galeeren der Zairer von der Südküste des Binnenmeeres waren daher blau gestrichen.

Sie führten drei Segel an Bord, die mehr oder weniger regelmäßig benutzt wurden: ein weißes Segel für Fahrten während des Tages, schwarze Segel für die Nacht und blaue Segel für den Angriff.

Auf unserer Reise ins Heilige Sanurkazz, eine Fahrt, die fast einem Siegeszug gleichkam, führten wir weiße Segel an den Masten.

Magdag nahm die Nordküste des Binnenmeers ein und zog sich nach Westen hinüber; seine Macht erstreckte sich auch über viele Dwaburs nach Osten, bis sie ein wenig nachließ in Städten mit eigener Marine und Seegeschichte, die gelegentlich ein wenig ihre Muskeln spielen ließen. Trotzdem waren alle irgendwie abhängig von Magdag, und alle waren natürlich Angehörige der grünen Flotten des Nordens.

Das Heilige Sanurkazz erhob sich an der Südküste des Binnenmeers nach Osten hin, am schmalen Zugang zu einem der kleineren Binnenseen, die sich nach Süden erstreckten. Seine Hegemonie umfaßte auf etwas andere Weise als die seines Gegners den Westen, wo Städte blühten, die um so schwächer und unsicherer waren, je weiter westlich sie lagen. Alle jedoch waren mit Haut und Haaren den roten Farben verschworen.

Die günstigste Strategie in dieser Lage schien mir zu sein, auf dem Binnenmeer ständig den Schiffsverkehr zu belästigen, damit der Gegner beschäftigt war, und dann in einer Serie konzentrierter Angriffe gegen die größte feindliche Stadt vorzugehen. Wenn Magdag oder Sanurkazz selbst geschwächt waren, würden die anderen Städte der Verliererseite wie elternlose Kinder schnell den Widerstand aufgeben. Aber diese Strategie war weder in Magdag noch in Sanurkazz aufgegriffen worden. Die Antwort lag klar auf der Hand und war menschlich genug, um mich nicht zu überraschen. Beute fand sich ohne große Mühe auf dem Meer, und der Angriff auf eine kleinere Stadt war weitaus sicherer als ein direkter Vorstoß gegen das Hauptquartier des Gegners.

Als ich mir eines Tages die Beine auf dem winzigen Achterdeck der *Lilavogel* vertrat, sah ich Zolta, der sich unter mir auf dem Mittelgang vergnügte. Er schritt auf und ab, wie ich in ein sauberes weißes Lendentuch gekleidet, schwang eine Peitsche und ließ sie dann und wann auf einen Sklavenrücken niederklatschen. Wir kämpften mit einem unangenehmen Wind, und ich hatte mehr als einmal besorgt zu den Wolken emporgeblickt.

»Hai, Zolta!« rief ich nun.

Er schaute zur mir herauf, das braune Gesicht zu einem fröhlichen Grinsen verzogen. Er ließ die Peitsche knallen. »Ich kassiere Zinsen, Schreiber!« rief er.

Der Trommeldeldar beschleunigte das Tempo. Die Baß- und die Tenortrommel ertönten nun schneller hintereinander. Auf den Schiffen Zairs sitzt der Trommeldeldar vor den Ruderern, wohl in der Annahme, daß sein Taktschlag dort von den Ruderern nicht nur gehört, sondern auch gesehen werden konnte. Über den oberen Ruderbänken zog sich eine schmale Kampfplattform um die Reling der Galeere; dort konnten bei Gefechten die Soldaten in Aktion treten.

Unter ihnen arbeiteten die Ruderer, wobei die untere Reihe an den kürzeren und schräger geneigten Rudern zog. Mit sieben Mann pro Bank hatten die Ruder eine enorme Länge. Zolta wollte dafür sorgen, daß tüchtig gearbeitet wurde. Der Peitschendeldar, dessen Handwerkszeug sich Zolta ausgeliehen hatte, unterhielt sich mit dem Rudermeister in seiner Kabine direkt unter mir und lachte über die Späße Zoltas.

Meine Freunde, die Anhänger der roten Gottheit Zair, setzten also ebenfalls Sklaven ein. Hatte ich etwas anderes erwartet? Ich wußte, daß die Sklaverei sich bei ihnen im wesentlichen auf die Galeeren beschränkte. In den Städten Zairs wurde die Arbeit von freien Bürgern geleistet, ein System, das einem Europäer einleuchtete, und die wenigen vorhandenen Sklaven standen zumeist in Leibdiensten.

Ich blickte nach Backbord, wo sich die Wolken noch höher aufgetürmt hatten – schwärzer und drohender, als sie noch vor einer halben Bur gewirkt hatten. Ich hatte nicht die Absicht, mich in Zenkirens Schiffsführung einzumischen. Hinter uns kämpften sich die beiden Galeeren durch die nun höher gehende See, und das Wasser gischtete um ihren Bug hoch auf. Die Handelsschiffe wurden mit den Wetterbedingungen leichter fertig; ich sah, daß sie Segel gestrichen hatten.

In diesem Augenblick kam Zenkiren an Deck. Der Rudermeister kam aus seiner Kabine und stieg die kurze Leiter zu uns empor. Er deutete nach Backbord.

»Schon gesehen, Nath«, sagte Zenkiren. »Wir müssen es durchstehen.«

Der Name Nath ist auf Kregen weit verbreitet – und dieser Nath war nicht mit dem Nath identisch, der mit mir auf der magdagschen Ruderbank gesessen hatte und jetzt seine Zeit mit den anderen freigelassenen Sklaven unter Deck verbrachte und dort wohl einem der vielen Glücksspiele Kregens frönte.

Die *Lilavogel* begann teuflisch zu schlingern. Lange, schmale Galeeren sind für das offene Meer nicht geeignet. Einige Ruder kamen aus dem Takt, als Wasser über die Bordwand schäumte. Der Rudermeister kehrte hastig an seinen Posten zurück, während der Trommeldeldar langsamer zu schlagen begann und der Peitschendeldar über den Mittelgang lief und Zolta die Peitsche wieder abnahm.

Uns stand einiges bevor.

Stürme, Hurrikane, Taifune, Zyklone – Stürme aller Art sind mir nicht neu. Das Unwetter, das uns nun einhüllte, beunruhigte mich zuerst nicht. An Bord einer großen 74-Kanonen-Fregatte oder auch nur 38-Kanonen-Fregatte hätten wir kaum einen Blick an das Wetter verschwendet. Doch die Galeeren des kregischen Binnenmeers waren primitive Kampfmaschinen und keine komplizierten Segelapparate, wie sie in Nelsons Flotte eingesetzt wurden; kurzum: die *Lilavogel* benahm sich wie ein störrischer Esel. Sie stampfte, kreiselte, sank ab, rollte und ruckte, und jede Schlingerbewegung erzeugte in mir Empfindungen, die ich lange vergessen hatte.

Zehn Ruder brachen, ehe alle Ruder sicher innenbords verstaut waren. Das Manöver – das ich als Galeerensklave auch schon durchgeführt habe – ist schwierig. Dann wurden von den Seeleuten Schutzplanen hervorgeholt und über alle Öffnungen am toten Werk gelascht. Die *Lilavogel* senkte die Nase und benahm sich wie ein schnüffelndes Wiesel. Ich warf einen Blick nach achtern und sah die beiden anderen Galeeren wie Streichhölzer im Meer tanzen, auf und nieder, riesige schäumende Wassersäulen vor dem schmalen Bug.

Die Handelsschiffe waren nicht mehr zu sehen. Die Wolkendecke senkte sich weiter herab, und der Himmel wurde schwarz; es begann zu regnen. Das beruhigte mich ein wenig, doch die Art und Weise, wie sich dieser Besenstiel von Galeere benahm, konnte jeden Seemann alarmieren. Ich war ja gleich der Meinung gewesen, das Schiff hätte länger sein müssen.

Die beiden Steuerdeldars schrien um Hilfe, und Verstärkungsmannschaften liefen auf das obere Poopdeck, um die beiden paddelförmigen Steuerruder zu halten. Doch ehe sie ihren Posten erreichten, rollte und schlängelte die Galeere auf seltsame Art herum. Holz stöhnte und knirschte, eine Gischtkaskade sprühte hoch, und das Steuerbordruder schlug aus.

Die *Lilavogel* ruckte nach Steuerbord, das Backbordruder ragte fast ganz aus dem Wasser. Das ganze Schiff wurde herumgewirbelt, und Wasser und Wind hämmerten erbarmungslos auf uns ein. Zenkiren hatte in meiner Nähe gestanden und seinen Männern Befehle zugebrüllt. Als sein Schiff herumruckte, verlor er das Gleichgewicht, taumelte über das Deck und knallte mit dem Kopf gegen den Vorsprung des Poopdecks. Bewußtlos fiel er zu Boden.

Sein Erster Offizier, ein gewisser Rophren, sprang auf. Sein Gesicht war grünlich verfärbt. Er zitterte.

Durch das Brausen der Wellen und das Heulen des Winds hörten wir nun ganz in der Nähe gefahrdrohendes Brandungsrauschen, gewaltige Wellen, die sich an Felsen brachen.

»Es ist aus mit uns!« brüllte Rophren. »Wir müssen über Bord springen! Verlaßt die Galeere!«

Ich eilte zu ihm und versetzte ihm einen Kinnhaken – und fing ihn nicht auf, als er zu Boden sank. Als ich nach achtern lief, bewegte sich die Galeere schwerfällig unter mir.

»Haltet das Ruder!« brüllte ich den Deldars zu. »Haltet sie, wenn sie herumkommt!«

Dann eilte ich wieder nach vorn, wobei ich mich an den gischtnassen Peitschendeldars vorbeidrängte, die mich mit erschreckten, verwirrten Gesichtern ansahen. Am Hauptmast rief ich einige Seeleute zu mir, die dort herumhockten, und brachte sie dazu, einen Fetzen Segel zu setzen, wobei die Rahe in den Wind, schräg über das Deck, gebraßt wurde. Sofort füllte der Wind das Stück Tuch, wölbte es prall aus, straff wie ein Trommelfell. Doch die Galeere reagierte sofort, so seeuntüchtig sie sonst auch war. Die Vormastrah ließ ich ebenfalls hart anbrassen. Wir trieben nun wie ein Stück Treibholz leewärts vor dem Wind. Schräg vor uns lauerten Felsen. Durch das Dämmerlicht vermochte ich bereits die helle Gischt der Brandung auszumachen.

Und ich war einen Augenblick lang nicht sicher, ob wir die Felsformation umschiffen konnten. Breitseits wurden wir vor dem Wind dahergetrieben.

»Haltet das Ruder hart unten!« brüllte ich in den Wind.

Langsam, sehr langsam, schwangen wir um die Felsen herum. Aber unsere Bewegung war wohl zu gemächlich.

Gischt stach mir in die Augen, und ich wischte die Feuchtigkeit ungeduldig fort.

Ich wagte keine weiteren Segel zu setzen; die Galeere wäre nur wie ein Pfeil losgeschossen und hätte sich auf die Felsen geworfen, wenn sie nicht sofort umgeschlagen wäre. Wasser brach in gewaltigen Sturzbächen über dem Schiff zusammen.

Ich klammerte mich fest und hoffte.

Rophren war wieder zu sich gekommen und näherte sich mir mit einer Gruppe von Offizieren. Auf ihren Gesichtern malte sich die Furcht vor der See, die an ihnen fraß – und ihr Haß auf mich.

»Du – Lord Strombor! Du bist verhaftet!« Rophren sprach zuerst tonlos, doch dann schlich sich Angst in seine Worte, so daß er zu stottern begann. »Wir sind alle zum Tode verdammt – weil du meinen Befehl verhindert hast! Wir hätten alle springen können, als ich es sagte – jetzt stehen wir zu dicht vor den Felsen! Cramph! Du hast uns auf dem Gewissen!«

Ein rotgesichtiger junger Mann mit engstehenden Augen zog sein Langschwert.

»Der Kerl kommt mir nicht in Arrest. Ich werde ihn gleich erledigen!«

Die Schwertklinge schimmerte silbern in der Gischt – hoch über meinem Kopf. Dann zischte sie herab.

8

Ich sprang zur Seite und trat dem jungen Mann dorthin, wo es am meisten schmerzt. Er klappte zusammen und erbrach sich über das feuchte Deck. Mühelos nahm ich ihm das Langschwert ab und hielt es so, daß Rophren und seine Begleiter die Waffe sehen konnten.

»Wenn du nur einen einzigen meiner Befehle widerrufst, stirbst du auf der Stelle«, brüllte ich.

Hände verkrampften sich um Schwertgriffe. Diese Männer waren stolz und arrogant und das Kommandieren gewöhnt. Sie schwankten auf dem Deck hin und her, im Rhythmus des Kampfes der Galeere mit den Gewalten des Meeres. Entspannt und ausbalanciert stand ich vor ihnen, und das Schwert in meiner Faust wies stets in ihre Richtung.

Ob sie mich angegriffen hätten in ihrer Verzweiflung, ich hätte sie wahrlich alle in ein nasses Grab geschickt, oder ob sie wie angekettete Leems schnaubend und untätig stehengeblieben wären, weiß ich nicht. Ich hätte eher das letztere vermutet, denn wie man sagt, biete ich einen furchteinflößenden Anblick, wenn ich einen Gegner mit blankem Schwert bedrohe.

Während sie noch naß und ängstlich vor mir standen und sich zwischen dem kochenden Meer und der Drohung meines Schwerts entscheiden mußten, erhob sich eine helle Stimme über den Lärm.

Oben am Bug stand Nath, mein Nath von der Ruderbank. Er hob den naßglitzernden Arm und winkte. »Wir sind durch, Schreiber!« rief er. »Wir sind vorbei!«

Wir sahen uns um – die Offiziere und ich. Die Felsen zogen achteraus an uns vorbei, und ihre gischtende Brandung blieb langsam zurück. Zentimeterweise kämpfte sich die *Lilavogel* an dem Felsvorsprung vorbei und geriet so auf die Leeseite des Kaps und konnte ruhig in die dahinterliegende Bucht steuern.

Nachdem Zenkiren wieder bei Bewußtsein war, wurde der Zwischenfall zur Routinesache für das Bordgericht. Rophren kam unter Arrest. Der rotgesichtige junge Mann, Hezron von Hoch-Heysh, wurde ebenfalls festgesetzt; doch in seiner Gegenwart sprach ich mich für ihn aus, wußte ich doch, daß dies seine erste Fahrt als Offizier an Bord einer Galeere war – und sein erster Sturm.

»Die Gefahren des Meers lassen sich abstufen – wenn man sie kennt«, sagte ich. »Ich lege es Hezron nicht zur Last, daß er mich in seiner Angst töten wollte. Vielleicht aber kreidet er mir an, daß ich ihn zwischen Wind und Wasser getreten habe.«

Zenkiren lächelte nicht; doch ich beobachtete ihn, wie er da an seinem Richtertisch saß, neben sich die anderen Offiziere, vor sich den bleichen Angeklagten zwischen zwei Bewaffneten, und ich überlegte, daß er vielleicht bei anderer Gelegenheit gelächelt hätte, denn Zenkiren war im Grunde seines Herzens ein lustiger Mensch.

»Was hast du dazu zu sagen, Hezron?«

Hezron von Hoch-Heysh hob den Kopf. Er war ein Junge, der es gewöhnt war, seinen Willen durchzusetzen, das war klar, Mitglied einer reichen und mächtigen Familie in Sanurkazz.

»Ich vergesse diese Tat nicht«, sagte er. »Ich lege dir zur Last, daß du mich erniedrigt hast, daß du es gewagt hast, Hand an mich zu legen, an mich, Hezron von Hoch-Heysh. Das wirst du so schnell nicht vergessen, Barbar!«

Schon öfter war ich mit dem Schimpfnamen Barbar belegt worden, denn immerhin war ich ein Fremder vom Äußeren Ozean – doch noch nie hatte man das Wort mit solcher Heftigkeit ausgesprochen. Ich dachte an die Galeeren des Binnenmeers und an ihre Kampfqualitäten und begann mich zu wundern. Die Schiffe aus Zenicce, das auf dem Äußeren Ozean nicht beliebt war, und die überall bekannten Flotten aus Vallia – wurden sie von Barbaren gebaut? War die herrliche Enklavenstadt Zenicce barbarisch zu nennen? Wenn ja, dann wurde dort ein Stil der Barbarei gepflegt, den die Seeleute des Auges der Welt nicht verstanden.

»Wenn du diese Frage klären möchtest«, sagte ich und sprach nun mit harter, grober Stimme, »dann bist du willkommen, mir jederzeit mit den Waffen gegenüberzutreten.«

»Jetzt ist es genug!« sagte Zenkiren ärgerlich. »Nur durch den Mut und das Können Lord Strombors ist die *Lilavogel* überhaupt gerettet worden.« Er verzog das Gesicht. »Unsere beiden Begleiter sind verloren.« Und das stimmte. Wrackteile der beiden Galeeren und zahlreiche Leichen waren am folgenden Tag angeschwemmt worden. Viele Sklaven waren noch an die Wrackteile gekettet.

Rophren wurde dazu verurteilt, vor das Gericht des Hohen Admirals gestellt zu werden.

Hezron von Hoch-Heysh wurde ermahnt und dann freigelassen. Meine Fürsprache änderte seine Einstellung nicht. Ich wußte, daß ich mir den Rücken freihalten mußte, soweit es ihn betraf.

Nach einigen Tagen erreichten wir den Außenhafen des Heiligen Sanurkazz.

Ich habe in meinem Leben viele Städte gesehen – und freute mich auf den Anblick der Hauptstadt der Zairer. Ich erwartete . . . rückblickend ist es töricht, überhaupt etwas erwartet zu haben, ehe die Realität vor einem liegt.

Sanurkazz lag auf der schmalen Landzunge, die sich zwischen dem Binnenmeer und dem kleineren damit verbundenen Meer, dem Marschmeer, erstreckte. Diese Landzunge bildete im Umriß eine Art stumpfe Pfeilspitze, wobei die beiden scharfen Kanten vom Wasser umspült waren und die Grundfläche von einer sechsfachen Schutzmauer abgeschlossen wurde. Es gab zahlreiche Gebäude, einige von beträchtlicher Größe und in einer Art Säulenarchitektur errichtet, die ich sehr hübsch fand. Fast überall waren zum Bau der Häuser gelbe Steine verwendet worden, die einige Dwaburs entfernt an der Küste gebrochen wurden. Die Ziegeldächer schimmerten rot. Pflanzen wuchsen überreichlich zwischen den Häusern und an den Boulevards und Straßen. Auch waren zahlreiche Flachdächer zu bunten Gärten umgestaltet worden. Wassermühlen pumpten Wasser durch ein Röhrensystem und speisten viele Brunnen, die überall in der Stadt unermüdlich plätscherten. Die Märkte waren reich beschickt und hallten wider vom Klang der Münzen, dem Lärm der Calsanys, den Schreien der Verkäufer. In den Straßen der Handwerker herrschte der ständige Lärm der Hämmer, die Bronze, Gold oder Silber formten, dazu das Sirren von Rädern, auf denen Töpfe mit kühnen roten Verzierungen entstanden oder mit denen das schmiegsame weiche Leder zugeschnitten wurde, das überall am Binnenmeer berühmt war.

O ja, Sanurkazz war eine herrliche Stadt voller Leben, Schwung und Bewegung. Die Häfen waren musterhaft angelegt, so daß sie guten Schutz vor dem Wetter und vor jedem Piratenangriff boten. Die Arsenale waren geschickt plaziert, so daß sie sich gegenseitig schützten. Die Kuppeln und Türme der Tempel stachen in die schimmernde Luft.

O ja, Sanurkazz war großartig – eine Stadt, in der man leben konnte. Magdag war eine Stadt der Gigantomanie, der Kolosse, der hoch aufragenden Gebäude, die sich endlos in die Ebene erstreckten, eine Stadt der Arbeit, Mühe und anstrengenden Disziplin, maschinenähnlich, besessen. Sanurkazz dagegen war eine Stadt der Individualisten.

Doch Sanurkazz hatte keinen rechten Zusammenhalt. Es war eben eine Ansammlung von Individuen. Sie bezauberte. Sie hatte herrliche Gassen, Höfe und baumbeschattete Gärten, wo bunte Blumen leuchteten und dufteten; es gab hier wunderbare Schänken und Tavernen. Ich genoß Sanurkazz, aber ich spürte auch, daß dieser Stadt jegliche Zielstrebigkeit abging, wie sie Magdag besaß.

Der Konflikt zwischen Rot und Grün war kein eindeutiger Gegensatz zwischen Gut und Böse. Obwohl ich in jenen Tagen bereit war, in Magdag nur das Böse zu sehen, kann ich wohl ohne Eitelkeit sagen, daß ich auch schon die schweren Mängel Sanurkazz' erkannte. Es war eine ungemein menschliche Stadt. Am besten ließ sich das heilige Sanurkazz wohl beschreiben, wenn man sagt, daß es sich in der Sonne austobte. Zechtouren waren die beliebteste Beschäftigung seiner Bewohner. Und an jedem sechsten Tag konzentrierten sich auch die Zanurkazzer auf die intensiven religiösen Riten, auf die Anbetung Zairs, der roten Sonnengottheit.

Die Frauen von Sanurkazz waren von geradezu legendärer Anmut und Freizügigkeit. Für sie hätte der Gedanke, sich zu verschleiern, ehe sie die Straße betraten, etwas Perverses gehabt. Mit Zenkirens Versprechen in der Tasche, daß er mich an Bord der *Lilavogel* beschäftigen würde – in einer Position, die wir noch festlegen mußten – konnte ich es mir einstweilen gutgehen lassen, und ich streifte durch die Stadt und die Gegend, ein Langschwert an der Hüfte, um die sich ein Gürtel aus dem herrlichen sanurkazzischen Leder zog.

Auf den fruchtbaren Feldern südlich der Stadt und an der Küste des Marschmeers wurde auf kleinen Höfen viel Landwirtschaft getrieben; dazwischen erhoben sich die Landsitze der Reichen. Weiter im Süden begannen die Ebenen, auf denen sich Chunkrahherden herumtrieben. Ich nahm mir vor, eines Tages dort hinauszureiten, um einige Zeit bei den Chunkrah zu verbringen und an meine Klansleute der segesthischen Ebenen zu denken. Noch weiter südlich wurde die Gegend trockener, und erste Anzeichen der Wüste machten sich bemerkbar. Wie ich erfahren hatte, lag jenseits der Wüsten das Küstenland Donengil; doch diese Gegenden ließen sich besser mit dem Schiff durch den großen Kanal erreichen. Donengil, so vermutete ich, mußte ein Klima besitzen, das etwa dem Westindiens entsprach.

Kleinindustrie gab es in überraschend großem Maße. Eisen- und Bronzewerke, Werkstätten für die Herstellung von Schwertern und Kettenhemden, Bergbau und Holzbearbeitung und Stoffwebereien – all die Betriebe, die dem Unterhalt eines Stadtstaates wie Sanurkazz dienten. Ich besuchte die ausgedehnten Wälder und sah Lenk- und Sturmbäume wachsen, sah die Zedern und Pinien des Hochlandes im Südwesten, sah, wie die Schiffbauer noch stehende Stämme auswählten und sie mit Schablonen umgaben, so daß sie gleich in die richtige Kiel- oder Heckpfostenform wuchsen.

Die Menschen Kregens stehen nicht alle auf derselben Stufe industrieller, sozialer oder politischer Entwicklung. Man kannte hier ein Verfahren, Holz mit Dampf zu biegen; für den Bau guter Galeeren war das auch unerläßlich. In urgeschichtlicher Zeit auf der Erde hatten die Schiffsbauer grünes, saftiges Holz nehmen müssen, das sie zurechtbiegen konnten – und das sich dann oft genug verzog und die Schiffe leck werden ließ. Da war man hier auf Kregen jetzt schon weiter.

Den Kopf voller Schiffbaupläne, begleitete ich Nath und Zolta in ihre Lieblingsschänke, den ›Geschorenen Ponsho‹ – Kreganer haben manchmal einen seltsamen Humor –, wo die hübsche Sisi offenbar bereit war, die beiden Halsabschneider bevorzugt zu bedienen, nur weil sie die magdagschen Galeeren lebend überstanden hatten.

»Ein Mann pro Ruder, wie du sagst«, meinte Zolta und rieb sich das Kinn, wo sein schwarzer Bart inzwischen so lang war, daß er zu jucken begann, »wäre sogar mit der Apostis – die wir den Erzfeinden Zairs zuschreiben müssen . . .«

»Ha!« unterbrach ihn Nath, als wir durch den niedrigen Eingang der Taverne schritten und das rosa Licht der beiden aufgegangenen Monde Kregens verließen. »Diese Rasts von Grodnogasta behaupten, sie hätten die Apostis erfunden!«

»Zair möge sie aushungern!« brummte Zolta, warf sich auf eine Bank und begann nach Sisi zu brüllen. »Außerdem, Freund Strombor« – so nannten sie mich jetzt, da sie mit dem ›Lord‹ nicht fertig wurden – »wie ich sagte, ehe Nath seine riesige Weingurgel öffnete – Sisi! Beeil dich, du Freude aller Männer! Ich bin so trocken wie die südliche Wüste! Wie ich schon sagte, ein Mann pro Ruder wäre selbst mit der Apostis nur gut für ein kleines, manövrierfähiges Schiff. Ich möchte in einem solchen Kahn nicht erleben, daß mir ein Hundert-Achtzigruderer auf den Fersen ist. Da würden wir ja glatt aus dem Wasser gepeitscht!«

Sisis Ankunft mit drei riesigen Lederkrügen unterbrach unser

Gespräch, und wir tranken von dem schweren dunklen Wein. Nath rülpste, lehnte sich zurück und fuhr sich mit dem Handrücken über die Lippen.

»Gesegnete Mutter Zinzu! Das war nötig!«

Wir unterhielten uns und tranken und stritten und ließen uns mit einigen Ponshofarmern vom Lande auf ein Spielchen ein, und mit Naths unheimlicher Fähigkeit, die Würfel zu beeinflussen, standen wir bald nicht schlecht da. Doch dann kam es zum Streit – damit schien es immer zu enden, wenn Nath mit den Würfeln im Gange war. Lachend und brüllend und krausköpfige Ponshofarmer zur Seite schiebend, verließen wir die Taverne. Wenn ich sage, daß Zolta der kleinste auf unserer Bank war und deshalb außenbords saß, so will ich damit nicht behaupten, daß er ein Zwerg war. Er war stämmig und untersetzt und konnte in einem Kampf durchaus seinen Mann stehen.

Sisi lief wütend kreischend hinter uns her, doch Zolta zog sie an sich und drückte ihr einen schmatzenden, bartstoppeligen Kuß auf die Lippen, und dann verließen wir johlend den ›Geschorenen Ponsho‹. Die Mobilen, die Polizeimacht in Sanurkazz, dicke, fröhliche Männer mit Säbeln, die still in den Scheiden vor sich hin rosteten, eilten auf den blumengeschmückten kleinen Platz vor der Taverne, als wir auf der anderen Seite davonliefen. Nath hatte eine Flasche Wein in der Hand und lachte und hüpfte durch die Straße, während Zolta töricht vor sich hin grinste und offensichtlich an Sisi dachte. Ich mußte über meine beiden wilden Freunde lachen. Doch wir hatten auf der Galeere zusammen am Ruder gesessen. Das machte uns zu untrennbaren Kameraden. Wir waren zu viert gewesen – jetzt waren wir noch drei. Mein Lachen muß sich für einen zivilisierten Menschen unmöglich angehört haben.

Wir marschierten durch die mondhelle Straße.

»Wir müssen eine andere Taverne finden, und zwar schnellstens!« rief Zolta. »Ich bin in Fahrt.«

»Und was ist mit Sisi, du Ungläubiger?« fragte Nath. Mit ruckartiger Bewegung entfernte er den Korken der Flasche.

»Sie wird schon hübsch saftig bleiben! Aber ich bin in Fahrt, das sage ich dir – du Laus auf einem Calsany.«

»Was das angeht . . .«, sagte Nath und blieb stehen, um die Flasche an den Mund zu setzen, »Läuse gehören in der Größe eher zu einem Mann, der draußen an der Bordwand rudern muß, ja?«

Er schrie auf, als Zoltans Zeh ihn erwischte, und im nächsten Augenblick liefen die beiden brüllend die Gasse hinauf. Nath schwenkte die Flasche in der Hand, und Zoltas brüllendes Gelächter schürte das Feuer noch mehr. Ich seufzte. Raufbolde, die beiden, doch wir waren Rudergefährten.

Aus der Richtung der ›Geschorenen Ponsho‹ trappelten gestiefelte Füße heran. Ich glaubte mindestens vier Mann herauszuhören, die Rüstung zu tragen schienen. Die Bürger von Sanurkazz trugen ihre Kettenhemden nicht mit der gleichen Begeisterung wie die Magdager. Die Mobilen waren sogar nur halb gepanzert. Überhaupt waren sie so dick und träge und zogen jederzeit eine Flasche Wein einem Streit vor, daß ich überrascht war, sie überhaupt so schnell auftauchen zu sehen.

Die Schritte kamen näher, und ich trat in den Schatten eines Balkons, von dem große Blüten herabhingen.

»Der Rast ist hier entlanggegangen«, knurrte eine Stimme. Ich erstarrte und machte nicht einmal den Versuch, mein Langschwert zu ziehen. Dafür war später noch Zeit.

»Die verflixten beiden Cramphs . . .« Nath und Zolta machten allerdings wirklich einen Lärm, der das ganze Stadtviertel wecken konnte. »Wir müssen uns beeilen.«

Vier Männer in Kettenhemden drängten sich durch die Gasse. Sie passierten eine mondbeschienene Stelle – ihre Gesichter waren rosa Kreise, von wilden, nach oben gezwirbelten Schnurrbärten geziert. Ihre Rüstungen schimmerten, wo sie nicht von den losen weißen Roben verdeckt waren. Diese Mäntel wirkten seltsam, bis ich erkannte, daß sie nicht das übliche große Abzeichen auf Brust und Rücken aufwiesen, das die Zugehörigkeit des Trägers kennzeichnete.

Ich glaube, ich wußte schon damals, was dahintersteckte! Doch ich wollte sichergehen. Immerhin hatte ich, Dray Prescot, auf Kregen wichtigere Dinge zu tun, als mich mit einem verzogenen Jungen auf einen sinnlosen Kampf einzulassen, auch wenn er der Abkömmling einer reichen und angesehenen Familie war.

Die Schwerter der Männer schimmerten im Mondlicht.

Mein Versteck unter dem Balkon war gut; sie wären an mir vorbeigegangen. Ich weiß noch, daß ein südlicher Blumenduft in der Luft lag.

In dem Moment trat ich auf die Gasse hinaus, das Schwert noch in der Scheide.

»Ihr wolltet mich sprechen?« fragte ich herausfordernd.

»Bist du der Mann, der Lord Strombor genannt wird?«

»Ja.«

»Dann bist du ein toter Mann.«

Der Kampf dauerte nicht lange. Die Männer waren annehmbare Kämpfer, nichts Besonderes, nichts, was meinen wilden Klansleuten auch nur einen Moment lang hätte gefährlich werden können. Hap Loder zum Beispiel hätte gegähnt, während er ihnen den Garaus machte.

Als ich zur *Lilavogel* zurückkehrte, sagte ich zu Zenkiren: »Ich möchte den Vater Hezrons sprechen.«

»Oh?«

Inzwischen verstanden wir uns ein wenig besser, Zenkiren und ich. Ich hatte Zolta nach der Bedeutung des Wortes Krozair gefragt, und er hatte gezögert und den Blick gesenkt und mir schließlich geantwortet, ich sollte Zenkiren fragen. Dieser jedoch hatte mich aufgefordert, geduldig zu sein.

Als ich auf meiner Frage beharrte, hatte er gesagt: »Es handelt sich um einen Orden – eine Organisation, über die man nicht so ohne weiteres spricht.«

Er deutete auf seine kahle Kabine, und ich wußte nicht, was er meinte.

Jetzt legte er einen Finger an die Lippen, als ich ihm von dem Zwischenfall in der Gasse berichtet hatte.

»Die Sache kann ernst werden, Lord Strombor. Harknel von Hoch-Heysh, Hezrons Vater, ist ein mächtiger und reicher Mann. Es gibt manche Intrigen in Sanurkazz, wie du dir sicher vorstellen kannst.«

Ich machte eine ungeduldige Handbewegung. Zenkiren fuhr nachdrücklicher fort: »Der Junge hat Mörder gedungen, die versagt haben. Wenn du das dem Vater sagst, muß er natürlich jede Kenntnis davon ablehnen und dann seinen Sohn bestrafen, weil es nicht geklappt hat – und nur weil es nicht geklappt hat. Anschließend ist nicht nur der junge Hezron auf dein Blut aus, sondern auch der alte Harknel. Überleg es dir gut, Strombor – und da ist noch etwas.«

»Ich hab's mir schon überlegt«, erwiderte ich. Ich durfte solche Gefahren nicht auf mich zukommen lassen, wenn ich für die Herren der Sterne – oder die Savanti – tätig werden sollte, ganz zu schweigen von meiner Rückkehr – nach Vallia oder Strombor – zu Delia aus Delphond. »Ich möchte mit jemandem sprechen, der mir helfen kann, den jungen Burschen im Zaum zu halten. Das ist alles.«

Er schürzte die Lippen. Er versuchte fair zu sein, mein Pur Zenkiren, Kapitän der *Lilavogel*. Er hielt ein Stück Papier hoch – von einer Art, die ich nicht kannte.

»Ich habe einen Brief bekommen, Strombor. Ich möchte gern, daß du eine kleine Reise antrittst – nach Felteraz.«

»*Felteraz*!«

»Ja, Lord Strombor. Du sollst Lady Mayfwy kennenlernen. Lady Mayfwy – die Frau Zorgs aus Felteraz.«

9

Zwei Exemplare einer scheußlichen Gattung von Wasserwesen wurden am nächsten Morgen stöhnend und mit pendelnden Armen und Beinen an Bord gehievt und über die Rückenwehr der *Lilavogel* geworfen. Grüngesichtig landeten sie an Deck.

Die buntgekleideten Mobilen, die die beiden gebracht hatten, standen am Kai, die Hände in die Hüften gestemmt, die Köpfe in den Nacken geworfen, und leerten lachend ihre mächtigen Lungen in den Sonnenaufgang. Die beiden Sonnen Kregens standen dicht beieinander. Die ersten Arbeitsgeräusche wurden im Hafen laut, Rufe und Wasserplätschern und das Klirren von Werkzeugen. Die Leuchtturmwärter beendeten ihren Dienst und rieben sich gähnend die Augen. Am fernen Ende der Kaimauer hinter den ersten Seebefestigungen ragte der große Turm mit seinen riesigen Laternenspiegeln auf. Unten am Fischmarkt wurde der Fang gelandet, und die Frauen stritten sich, und manch silberglitzernder Fisch landete im Gesicht einer Widersacherin. Bei der Szene brauchte ich nur die Augen zu schließen und mir vorzustellen, ich wäre wieder in Plymouth – naja, jedenfalls beinahe.

Zolta und Nath lagen reglos an Deck. Sharntaz, der neue Erste Offizier, rollte sie mit der Stiefelspitze herum, um sie sich näher anzusehen. Als Zenkiren erschien und alle unwillkürlich den Rükken strafften, warf er nur einen Blick auf die beiden Übeltäter, die sich Mühe gaben aufzustehen.

»Ihr beide!« sagte er und hob die Hand. »Ihr geht mit Lord Strombor! Los!«

»Aye, Kapitän«, stammelten sie und taumelten hinter mir her.

Es war sicher nicht fair, doch sie hätten mir nicht vergeben, wenn ich ohne sie nach Felteraz gereist wäre. Wie ich Zenkiren erklärt hatte, waren sie ja ebenfalls Gefährten Zorgs gewesen.

Wir machten die Reise in einem zweirädrigen Karren, der von einem friedlichen Esel gezogen wurde – einer anderen Art, als sie auf den Segesthesebenen zu finden war, doch mit der gleichen geduldigen Widerspenstigkeit. Als sich der Wagen in Bewegung setzte, begannen die beiden, die hinten auf der Ladefläche lagen, bei jedem Schlagloch zu stöhnen.

»Mein Kopf! Gesegnete Mutter Zinzu! Ein bißchen Wein für meine trockenen Lippen!«

»Du hast gestern alles ausgetrunken«, knurrte Zolta.

»Und das Mädchen, das du mir gesucht hast! *Aie*! Wie sie . . . Uiii . . .«

»Du hast eben kein Gefühl für die schöneren Künste, Nath, und das ist die Wahrheit, bei Zim-Zair.«

»Ja! Seit wann benutzt du Krozair-Flüche, meine dicke Seeschlange?«

Daraufhin schwiegen wir alle eine Zeitlang, denn wir dachten an unseren Freund Zorg aus Felteraz, zu deren Witwe wir nun unterwegs waren.

Der Weg war nicht weit, und wir hatten es in der warmen Sonne nicht eilig. Das Wetter war schön und milde. Für Zolta und Nath war dieser Tag ein Ferientag und zugleich ein Ausflug; für mich ein Abstecher von dem mir vorgeschriebenen Weg, eine Aufgabe, die mir auferlegt war und die, das wußte ich, Delia von den Blauen Bergen gutgeheißen hätte.

Felteraz, ein Städtchen mit einem kleinen Fischerhafen und überragt von einer großen Festung, lag etwa drei Dwaburs östlich von Sanurkazz, und wir mußten uns über den Ausfluß des Marschmeers mit der Fähre übersetzen lassen. Der Wasserlauf war etwa zwei Kilometer breit, und es führten keine Brücken hinüber, doch auf dem schimmernden Wasser herrschte stets lebhafter Bootsverkehr – geruderte Barken, Dingies, Fähren und ab und zu eine majestätische Galeere,die Ruder im Rhythmus des Trommeldeldars perfekt hebend und senkend.

Jetzt ruckelten wir über den staubigen Pfad, denn die Sonnen hatten den Morgentau schnell verdunsten lassen. Wir kamen an bestellten Feldern und kleinen Höfen und einigen winzigen Dörfern vorbei. In Zair konnten die Menschen dicht an der Küste leben, denn die hohen Mauern der Zitadelle Felteraz im Osten boten Schutz und schreckten von einem Überfall auf den Küstenstrich ab. Im allgemeinen liegen die Küsten des Binnenmeers, des Auges der Welt, kahl und unbewohnt unter der Sonne.

Ich fragte mich, was für eine Frau Mayfwy sein würde. Zorg hatte nie von ihr gesprochen, erst im Augenblick seines Todes. Ich hatte mir ein Bild von ihr gemacht und stellte sie mir als würdige Dame vor, aufrecht, beschäftigt mit der Verwaltung des Gutes und der Führung von Stadt und Hafen, eine Aufgabe, die sie mit Würde und Haltung erledigte, eine Herausforderung, die sie mit all jener Loyalität auf sich nahm, die ich an ihrem Mann Zorg so bewundert hatte.

In einem der Dörfer legten wir eine Rast ein, und Nath besorgte schnell eine Flasche Zondwein, und Zolta zog sich ein rotwangiges Mädchen auf den Schoß und scherzte mit ihm herum. Ich aß weiches Brot, das in großen Brocken von langen Laiben abgerissen wurde, und schmierte mir Honig darauf, der aus den Bienenstöcken des Schänkenwirts stammte. Ein Haufen Palines in der Mitte des Tisches vervollständigte Naths Katerkur; nichts kommt den Palines gleich, wenn es darum geht, einen Mann wieder munter zu machen.

Viele Einzelheiten und Ereignisse meines langen Lebens habe ich vergessen – doch diese gemächliche Wagenfahrt von Sanurkazz nach Felteraz über die staubige Küstenstraße des Auges der Welt wird mir immer im Gedächtnis bleiben: das changierende Sonnenlicht auf den Weinstöcken und Orangenbäumen und auf den lächelnden Gesichtern der Menschen, denen wir auf der Straße begegneten. Eine belanglose Erinnerung, doch eine bleibende. Und die beiden lustigen Raufbolde Nath und Zolta vergnügten sich singend und scherzend auf dem Wagen, der quietschend und gemächlich dahinrollte.

Felteraz kam in Sicht. Ich weiß wenig über den Ort zu sagen. Das Städtchen lag malerisch auf den Terrassen eines Hügels, emporsteigend bis an die düsteren Grundmauern der Zitadelle. Ich habe eine ähnlich schöne Szene an den hellen Klippen von Sorrent gesehen. Der Hafen war von einer soliden Granitmauer geschützt, und wie in Sanurkazz gab es auch hier einen Leuchtturm. Von der Höhe der Zitadelle aus konnte ich an den Klippen entlangblicken, die von den untergehenden Sonnen in eine atemberaubend rot und grün opaleszierende Lichtflut getaucht wurden, von Vegetation überwuchert, voller Blüten in unbeschreiblichen Farben.

Wir rollten hinter unserem Esel zur Zugbrücke über den Graben vor der Zitadelle; die Brücke war unten, und ein freundlicher Brükkenwächter im Kettenhemd ließ uns passieren. Sein weißer Umhang trug ein Symbol, das mir noch sehr vertraut werden sollte – zwei Galeerenruder überkreuz, nach links und rechts durch ein senkrechtes Langschwert getrennt. Das Symbol war mit roten und goldenen Fäden bestickt, umgeben von einem lenkblattförmigen Rand. Der Posten hob sein Langschwert, als wir vorbeifuhren, und ich erwiderte seinen Gruß.

Ein schnippisch lächelndes Hausmädchen mit weißer Schürze, nackt blitzenden Beinen und kecken Augen, die Zolta im Handumdrehen richtig einschätzten, führte uns in einen großen Vorraum voller Wandteppiche und massiver Tische und Stühle. Sie blieb nur wenige Minuten fort, und da wußte ich, daß Zenkiren eine Nachricht geschickt hatte und wir erwartet wurden.

Mayfwy, die Witwe Zorgs aus Felteraz, betrat das Zimmer.

Ich wußte, was ich erwartet hatte, doch von der würdigen Dame in vornehmer Aufmachung blieb in der Wirklichkeit nur der goldene Gürtel mit einem einzigen Schlüssel übrig – dem Zeichen ihres Amtes als Schloßherrin.

Mayfwy schwebte leichtfüßig ins Zimmer, freundlich, überfließend vor Gastlichkeit und Zuvorkommenheit. Sie war jung, unglaublich jung für ihre Stellung. Ihr dichtes dunkles Haar schimmerte vor Gesundheit. Ihr schmales Gesicht mit den kecken Augen musterte uns prüfend. Ihr kleiner, sinnlicher Mund verzog sich zu einem Lächeln, als sie uns nun langsam näher kam, die Hand ausgestreckt.

»Mein Lord Strombor. Ich bin sehr erfreut, dich in Felteraz willkommen zu heißen.« Sie strahlte Zolta und Nath an. »Und natürlich auch Nath und Zolta, die Freunde meines lieben Mannes, die deshalb auch meine Freunde sind. Ihr seid herzlich willkommen.« Sie lachte und sprach hastig weiter, ohne uns Gelegenheit zu einer Antwort zu geben. »Kommt. Ihr müßt hungrig sein – und gewiß doch auch durstig? Nath, leugne es ab, wenn du kannst! Und du, Zolta, solltest wissen: die Magd, die euch hereingeführt hat, heißt Sinkle.«

Sie tänzelte auf ihren Satinschuhen hinaus, und wie drei Calsanys folgten wir ihr auf die Terrasse, unter der sich die ganze atemberaubende Szenerie ausbreitete: Klippen, Bucht, Stadt und Hafenanlagen. Doch für die Schönheit dieses Blicks hatte ich erst später Zeit. Zunächst musterte ich dieses Mädchen, dieses quirlige Wesen, diese Mayfwy, die so früh Witwe geworden war.

Sie trug ein einfaches weißes Leinenkleid, das über den Schultern von goldenen, rubinbesetzten Nadeln zusammengehalten wurde. Der goldene Gürtel zog sich um ihre Hüften und hing schräg vorn herab und betonte die herrlichen Kurven ihres Körpers. Ihre Figur war schlank und weiblich und auf ungekünstelte Weise verführerisch, als könne sie nie unattraktiv sein, was immer sie auch tat oder anhatte. In ihren Locken steckten Vergißmeinnichtblüten.

Ich habe keine Ahnung, wovon wir damals auf jener sonnenüberfluteten Terrasse sprachen. Nath zog sich bald zurück, um für Wein zu sorgen, und Zolta wurde von Sinkle entführt, die wenigstens so anständig war zu kichern, als er sie umfaßte und sie ihn fortzog.

»Zorg«, sagte ich und stürzte mich brüsk und brutal in einen Bericht über unser Sklavenleben. Sofort wurde sie ruhiger und hörte mir aufmerksam zu. Sie lachte nicht, und während meines Vortrags spürte ich ihre Reaktion so sanft, so einfühlsam, daß ich erkannte, sie hatte längst alle Tränen vergossen, die sie besaß. Gefangenschaft und Sklaverei hatten Zorgs Kräfte verschlissen. Dieses elfenhafte Wesen war einmal seine Gemahlin gewesen. Ihr Schmerz hatte begonnen, als die Nachricht kam, daß Zorgs Galeere aufgebracht worden war. »Er wurde auf die Galeeren geschickt, weil er sich gegen die bösen Magdager gestellt hatte. Sie wollten ihn strafen. Ich sage dir, Mayfwy, Zorg hat sich bis zuletzt nicht unterkriegen lassen.« Und dann berichtete ich ihr die Worte, die Zorg gesagt hatte, als er starb – doch verschwieg ich ihr die Einzelheiten seines Todes.

»Ja, er war ein sehr stolzer Mann, Lord Strombor. Oft über die Maßen stolz. Ich danke dir für die Güte deines Besuchs.« Sie machte eine Geste, eine fast hilflose kleine Bewegung mit ihrem schmalen nackten Arm. Außer den hellen Rubinen auf den Schultern trug sie keinen Schmuck. Der Duft ihres Parfums erreichte mich mit jeder ihrer Bewegungen.

Ich dachte an Prinzessin Natema Cydones aus dem Edlen Haus Esztercari im fernen Zenicce, doch dann schlug ich mir die Frau aus dem Kopf, die inzwischen mit meinem Freund Prinz Wanek aus dem Edlen Hause Eward verheiratet sein mußte – und zwar schon seit geraumer Zeit.

»Du trinkst keinen Wein, Lord Strombor.«

Ich griff nach dem Kristallkrug.

Um ehrlich zu sein, trank ich lieber den schmackhaften kregischen Tee, an den ich mich in meiner Zeit bei den Klansleuten auf den segesthischen Ebenen gewöhnt hatte, doch der Wein aus Felteraz war leicht und süß und kam angenehm über die Zunge.

»Ich trinke auf dein Glück, Lady Felteraz.« Eine höfliche Bemerkung – zugleich sehr ungeschickt formuliert.

Ihr Gesicht näherte sich dem meinen, ihre Augen waren groß und schimmernd, und in ihnen leuchtete die Erinnerung an ihren Schmerz. »Ach! Lord Strombor!«

Ich stand auf und ging zur Marmorbalustrade, die das herrliche Panorama abgrenzte. Ich konnte drei Galeeren – Hundertruderer – erkennen, die im inneren Hafen lagen, Rahen und Maste umgelegt, die Persennige gespannt, die Ruderpforten mit Leder abgedichtet. Möwen kreisten über dem Abgrund. Der Duft der Blumen war überwältigend.

Wir ließen uns Zeit – Nath, Zolta und ich – bei der Vorbereitung für das vorzügliche Mahl, das uns Mayfwy am Abend vorsetzte. Die Gerichte wurden auf gehämmerten Goldtellern gereicht – auf denen sie für einen wirklichen Gourmet viel zu schnell kalt wurden –, und das Angebot an Weinen war reichlich. Mayfwy lachte, und meine beiden Begleiter lachten und sangen und erzählten Geschichten und zauberten ein Leuchten in die Augen der Lady Felteraz. Zorg war tot. Er saß nun ruhmvoll zur Rechten Zairs im Paradies von Zim. Er würde seinen alten Kameraden das bißchen Freude und Spaß am Leben nicht neiden, geschweige denn dem Mädchen, das er liebte. Wir hatten Zorgs und Mayfwys Kinder gesehen: einen hübschen, hoch aufgeschossenen Jungen, der Zorg sehr ähnlich sah, und ein reizendes kleines Mädchen, das zuerst sehr scheu war, bis Zolta sie auf die Schultern nahm, den Sectrix spielte, auf dem sie reiten durfte, während sie ihn mit einem Stock bearbeitete. Nath begleitete die Szene mit den Worten: »So ist's richtig, mein Schatz! Schlag ihn wie einen Calsany! So kann's mit ihm nur besser werden!«

Das Essen, das eigentlich mehr ein Bankett war – und wohl, wie ich nicht ohne Scham sagen muß, ein Bankett zu unseren Ehren – ging vorbei. Außer uns waren der Kommandant der Wache und eine Anzahl der führenden Leute des Gutes und ihre Damen anwesend – sympathische, freundliche Leute von ländlicher Lebensart, die so erfrischend war wie ein kühler Westwind nach Tagen schwüler Südwinde.

Ich war schließlich, als alle gegangen waren, mit Mayfwy in einem kleinen Nebenraum allein; drei kleine rosa Lampen spendeten Licht, und sie saß auf einem kleinen weichen Sofa, neben sich einen Tisch voller köstlicher Weine.

»Und jetzt, Lord Strombor«, sagte sie zu mir, und ihr glattes, elfenhaftes Gesicht war ernst. Sie hatte die Hände verschränkt, und ihr sinnlicher kleiner Mund versuchte entschlossen auszusehen. »Jetzt möchte ich, daß du mir die Wahrheit über Zorg erzählst. Ich kann sie ertragen. Aber ich muß die Wahrheit wissen.«

Diese Bitte bereitete mir Unbehagen. Wie konnte ich ihr erklären, was ihr Mann durchgemacht hatte? So etwas war kaum möglich.

Ich spürte mein Herz klopfen. Der Wein stieg mir in den Kopf, vernebelte mir den Blick und wallte durch meinen Kopf. Das rosa Lampenlicht erzeugte seltsame Spiegelungen auf ihrem schimmernden Haar. Das Seidenkleid klebte ihr hier und dort am Körper. Sie lag halb zurückgelehnt da und sah mich an, und ihr voller Mund zitterte, so daß ich keinen anderen Gedanken fassen konnte, als ihrem Befehl zu gehorchen – und doch – wie sollte ich diesem Mädchen von den Schrecknissen des Lebens an Bord einer magdagschen Galeere berichten?

»Lord Strombor«, sagte sie leise, und ihr Atem war nun so unregelmäßig wie der meine. Sie lehnte sich zu mir herüber, ihr Mund war halb geöffnet, die Augen halb geschlossen, ihre Brüste hoben und senkten sich. »Bitte!«

Ich beugte mich zu ihr.*

Der magdagische Hundertruderer hatte nun gestoppt und vollführte das Wendemanöver, und die Ruder peitschten durch das Wasser. Wieder zischte eine Ladung Steine, geschleudert von seiner Heckvarter, über unsere Köpfe. Männer schrien auf, als sich Pfeile in ihre Körper bohrten. Die Galeere aus Magdag wendete, und noch immer hatte Zolta das fürchterliche Durcheinander auf unseren Ruderbänken nicht entwirrt.

»Wirf sie über Bord, wenn es sein muß!« brüllte ich ihm zu. Ein Mann neben mir schrie gellend auf und taumelte zurück. Ein Pfeil ragte ihm aus der Augenhöhle. »Kettet sie ab! Die Leute sollen weiterrudern!« Der Hundertruderer schwang herum, und der häßliche bronzene Bug umgab sich mit weißer Gischt, als das Schiff Tempo gewann.

In wenigen Minuten würde sich die bronzene Spitze in unsere Bordwand bohren, und Männer würden uns wie Meeres-Leem entern. Meine geschwächte Mannschaft war nicht in der Lage, einen solchen Angriff zu überstehen.

Zoltas Schwert zuckte mehrmals gegen aufgebrachte Sklaven

---

* Hier haben wir eine Stelle, wo – leider – mindestens eine Kassette fehlt, wie ich schon zu Beginn dieses Buches angemerkt habe. Aus kommenden Andeutungen wird klar, daß Prescot das Kommando eines Vier-Sechzigruderers errang, und die folgende Kassette greift den Faden der Handlung auf, nachdem er schon mindestens drei Jahre als Kapitän auf dem Binnenmeer verbracht haben muß. Über den verlorenen Text wissen wir nichts, doch soweit wir Dray Prescot kennen, dürfte es sich um eine bewegte und sehr farbenfrohe Schilderung handeln.

A. B. A.

vor. Auch Nath war bei ihm; er hatte seine Bugvarter im Stich gelassen. Die Peitschendeldars lösten die Ketten der toten Sklaven. Geschosse des magdagschen Schiffes hatten ihre nackten Körper zerschmettert.

Sklaven fielen über die Bordwand. Das Klatschen, als sie aufs Wasser trafen, verlor sich im Lärm des Kampfes. Wie bei zahlreichen anderen Kämpfen, die ich hier im Auge der Welt mitgemacht habe – einige davon habe ich ja beschrieben –, fiel mir wieder das Fehlen von Kanonendetonationen und aufwallenden Rauchwolken auf, wie ich es von irdischen Seegefechten gewohnt war.

Jetzt konnte unsere Heckvarter in Aktion treten, und die Männer dort schossen und zerrten sofort wieder eilig an der Winde, um den Bogen neu zu spannen. Der Hundertruderer raste mit zunehmender Geschwindigkeit auf uns zu, der bronzene Rammbug durchschnitt das Wasser, sein Metall schimmerte.

»Beeil dich, Zolta!« brüllte ich.

Zahlreiche Tote lagen auf meinen Decks. Überall ragten Pfeile aus dem Holz. Meine Bogenschützen waren in voller Aktion, doch hinter der frisch errichteten Palisade auf dem tiefen Vorderdeck des Hundertruderers waren die Ergebnisse ihres Angriffs nicht zu erkennen. Die doppelten Reihen der Ruder hoben und senkten sich in schnellerem Rhythmus. Die Ruder tauchten in vollkommenem Gleichtakt ins Wasser und zogen das Schiff wie einen Zug auf Schienen voran. Wieder brüllte ich zu Nath hinab, und er eilte zum vorderen Varter zurück und drängte seine Männer, einen letzten Schuß abzugeben.

Ich hatte das Schwert in der Hand.

Wenn wir gefangen wurden, bedeutete das magdagschen Galeerendienst für uns. Ich hatte die Freiheit des Binnenmeers genießen dürfen und wollte nicht freiwillig in die Sklaverei zurückkehren.

Zolta führte jetzt alle unsere frischen Sklaven aus dem Laderaum und jagte sie auf die Bänke. In diesem Stadium des Kampfes war ein Eindecker-Ruderer von Vorteil. Vier Sklaven pro Ruder, die sich vorbeugten, die Ruder anhoben und sich auf den ersten Schlag vorbereiteten.

Schon wurden sie von den Peitschendeldars angekettet. Ich nickte; das war gut. Die Ruderer mußten sofort auf jeden Befehl reagieren. Wenn sie nicht angekettet waren, blieben sie nicht mit den Gedanken bei der Sache, sondern rechneten sich eine Chance aus, im Kampfgetümmel über Bord zu springen. Wieder sanken einige Männer von Pfeilen durchbohrt auf dem Mittelgang zusammen.

Zolta winkte mir mit dem Schwert zu. Sein Gesicht war so düster wie ein Winterhimmel.

»Alles klar!« brüllte er. »Schiff klar zum Gefecht, Kapitän!«

Ich gab dem Rudermeister einen Befehl, doch der alte Rizil war schon bereit und blies in seine Silberpfeife, der Trommeldeldar ließ den ersten dröhnenden Schlag ertönen, die Baß- und die Tenortrommel begannen ihren Rhythmus. Die Ruder senkten sich, fuhren durch das Wasser und hoben sich in der unglaublich kraftvollen Bewegung des Eilstarts. Ich spürte, wie die *Zorg* durchs Wasser sprang.

Als wir nun wendeten, gab unsere Artillerie her, was sie hatte. Dann mußte die Heckvarter schweigen, und Nath war allein auf sich gestellt, als wir herumschwangen und unseren Bug auf die grüne Galeere richteten.

Bronzebug gegen Bronzebug, so rasten wir aufeinander zu.

Der Gegner war ein Hundertruderer – zwei Ruderdecks mit etwa fünf oder sechs Männern an jedem Ruder. Die *Zorg* war ein Sechzigruderer, ein Eindecker mit vier Mann auf jeder Bank. Bei einem direkten Aufprall wurden wir bestimmt zurückgeworfen.

Beide Kapitäne – der Mann, den ich bekämpfte, und ich – wußten, was in einer solchen Situation zu tun war.

Umgeben von den Schreien der Verwundeten, dem Surren der Schleudern und dem Zischen der Geschosse, standen wir beide auf unseren Achterdecks, abwartend, abschätzend, auf den richtigen Augenblick lauernd.

Aber – nach welcher Seite würde er ausweichen?

Er würde auf jeden Fall versuchen, mich zu rammen – so sicher wie er wußte, daß ich einer Kollision bestimmt ausweichen und an seiner Flanke entlangstreichen wollte, um dabei seine ganze Doppelreihe von Rudern abzurasieren. Aber welche Seite – Backbord oder Steuerbord?

Ich spürte, wie sich mein Gesicht verkrampfte, und erkannte, daß ich das Dilemma des magdagschen Kapitäns unwillkürlich belächelte. Er wollte mich treffen; dann mußte er auch die Entscheidung treffen. Ich mußte als erster den Kurs ändern; so mußte er jedenfalls denken.

Zolta stand schwer atmend neben mir, das blutbefleckte Schwert in der Hand. »Wenn sie einen Fuß an Bord setzen, müssen sie durch mein Blut waten!«

»Ja, Zolta!« sagte ich.

Meine Männer sammelten sich nun vorn, die Langschwerter bereit, und ihre weißen Roben mit dem aufmunternden Zeichen von Zanurkazz stärkten uns alle. Sie duckten sich wie Leems. Ich wandte mich an die Ruderdeldars.

Ich hatte eine leichte Kursabweichung bemerkt, eine Bewegung, die offenbar durch die Strömung und die leichte Brise gefördert wurde.

»Wenn ich den Befehl gebe«, sagte ich mit harter Stimme zu den Ruderdeldars, »wendet ihr sofort nach Steuerbord. Nach Steuerbord. Sobald ihr meinen Befehl hört. Verstanden?«

»Ja, Kapitän«, erwiderten sie und handhabten ihre Ruder mit einer Geschicklichkeit, die ich ihnen eingebleut hatte.

»Komm, Zolta«, sagte ich mit gespielter Munterkeit. »Wir gehen nach vorn. Unsere Klingen sind trocken und durstig.«

»Beim gnädigen Zair!« knurrte Zolta. »Kein Grodno-gasta soll verhindern, daß ich mir heute auf Isteria ein Mädchen nehme!«

Der Hundertruderer war nun schon halb hinter der Palisade verborgen, die sich quer über unseren vorgereckten Bug zog. Wir liefen nach vorn und winkten Nath ermutigend zu, der seine beiden Varter mit einer Geschwindigkeit und Präzision weiterfeuern ließ, wie sie die Bedienungen noch bei keiner Übung erreicht hatten.

Ich führte hier mein eigenes Schiff; ich war gerade so lange Kommandant, daß der Ausbildungsstand der Mannschaft dem entsprach, was ich mir vorstellte; kein mieser Grodnofreund sollte mir das nun nehmen!

Dann stieß Nath auf seiner Varterplattform einen schrillen Triumphschrei aus.

»Gelobt sei die Gesegnete Mutter Zinzu! Wir haben ihren Trommeldeldar zerquetscht wie eine Paline!«

Sofort kamen die gegnerischen Ruder aus dem Takt. Noch während mir der Gedanke an die mangelnde Ausbildung der Magdager durch den Kopf ging, wandte ich mich um, legte die Hände an den Mund und brüllte nach hinten: »*Jetzt!*«

Die *Zorg* schwang abrupt nach Steuerbord.

Unsere Backbordruder wurden mit einer Geschwindigkeit eingezogen, die deutlich von dem Wissen unserer Sklaven kündete, was geschehen würde, wenn sie mit ausgestrecktem Ruderbaum erwischt wurden. Ich sah, wie der spitze Bug der Magdagschen Galeere zur Seite scherte und konnte nun auf ihr Vorderdeck blicken, wo die Vartermannschaft mit der Winde kämpfte. Ich sah die gegnerische Bugfigur – einen Katzenkopf – unter unserer Bugreling verschwinden und spürte das ruckhafte Knirschen, als unser bronzener Bugkopf – der Schädel eines angreifenden Chunkrah – die gegnerische Bordwand traf.

Dann dröhnten wir an der Backbordseite der Galeere entlang und brachen in einem nicht enden wollenden Krachen splitternden Holzes sämtliche Ruder auf dieser Seite ab – wir scherten die Flanke kahl wie einen magdagschen Sklavenschädel.

Ich wußte, was nun auf den Backbordruderbänken an Bord des Hundertruderers los war. Dort saßen Männer aus Zair, Mitbürger, Kameraden; sie würden begreifen, was wir taten, und es bitter bedauern, doch ihr Haß würde Magdag gelten.

Wir schossen an dem hochgereckten Heck der Galeere vorbei, und kein einziger Magdager sprang zu uns an Bord.

Darauf drehten wir bei und schossen die Galeere in Stücke.

Als wir schließlich enterten, vermochten mich Chaos und Blut nicht mehr zu beeindrucken. Es war nur eine erfolgreiche Aktion mehr auf dem Binnenmeer.

Von den achthundert Sklaven, die sich an Bord befanden, waren etwa dreihundertfünfundzwanzig tot oder so schwer verwundet, daß es keine Hoffnung mehr für sie gab. Von den Magdagern konnten wir nur zweiundzwanzig an unsere Bänke ketten. Wir gaben dem gekaperten Hundertruderer eine Prisenmannschaft an Bord, die wir mit allen Reserverudern ausstatteten, die wir hatten – und dann nahmen wir Kurs auf das Heilige Sanurkazz.

Ich leitete die erforderlichen Maßnahmen ein, um die Gefallenen auf See zu bestatten. Unsere Decks wurden gereinigt, unsere Verwundeten versorgt, die geretteten Sklaven waren es zufrieden, noch ein wenig länger an den Rudern zu arbeiten, um heimatliche Gewässer zu erreichen – doch jetzt ohne Bedrohung der Peitsche.

Wir segelten an dem Leuchtturm der Außenbastion von Sanurkazz vorbei. Zolta hatte in der Tat sein Mädchen auf der Insel Isteria gehabt, wo wir die letzte Nacht geankert hatten. Wie oft habe ich einen Abend in jenem hübschen geschützten Hafen verbracht, dem letzten vor Sanurkazz, und dabei an meine Rückkehr nach Felteraz gedacht!

Die Zairer hießen uns willkommen, wie sie stets eine erfolgreiche Schiffsmannschaft begrüßten. Die vier breiten Handelsschiffe, die wir gekapert hatten, würden mein Vermögen erheblich vergrößern. Ich hatte mein Herz an ein Gewand gehängt, das ganz aus Gold- und Silberstoff bestand, mit Seide gefüttert war und Mayfwy sicher gefallen würde. Und nun konnte mir Zenkiren das Kommando über einen Doppeldecker nicht mehr vorenthalten – einen Hundertzwanzigruderer! Sobald ich das Kommando übernahm, würde ich dieses Schiff *Zorg* taufen.

Ich wußte schon, welches mir am meisten gefallen würde. Es hatte unmittelbar vor der Fertigstellung gestanden, als wir ausliefen. Inzwischen mußte es fertig sein, brandneu aus der Werft; es lag sicher im Becken des Arsenals und wartete auf mich. Zo, der neue König, ein Mann, den ich mochte, würde sich Zenkirens Bitte bestimmt nicht widersetzen, doch einen seiner Seekapitäne zum Kommandanten zu ernennen. Der Hohe Admiral mochte den Kopf schütteln, und Harknel von Hoch-Heysh würde mir bestimmt neue Steine in den Weg legen wollen, aber Intrigen konnte ich mit Intrigen beantworten. Auch ich hatte mächtige Freunde im Heiligen Sanurkazz. Schließlich war ich der erfolgreichste Kaperkapitän im Auge der Welt.

Die Formalitäten waren schnell erledigt. Die befreiten Sklaven verabschiedeten sich dankbar, um ihr Leben in Sanurkazz wiederaufzunehmen.

Meine Mannschaft wurde ausbezahlt und trat einen wohlverdienten Landurlaub an. Unzählige goldene, silberne und rote Flaggen flatterten in der hellen Luft über Sanurkazz, und von Hunderten von blumenübersäten Balkons hingen kostbare Teppiche. Mein Agent, der schlaue alte Shallan mit seinem spärlichen Bart, den faltigen Wangen und listigen fröhlichen Augen, der mir für einen Kredit lächelnd fünfzehn Prozent abknöpfte, würde sich um den Absatz der Prisenware kümmern, nachdem die nötigen Gebühren an König Zo, den Hohen Admiral, an Zenkiren und an Felteraz bezahlt worden waren.

Ich saß im Heck meiner privaten Barke, die von einer Mannschaft von sechzehn Freien gerudert wurde. Zolta hatte neben mir Platz genommen, sein Mädchen versuchte sich als Trommeldeldar, und Nath saß etwas unsicher am Steuer, eine Flasche an den Lippen. Wir umrundeten die Landspitze zwischen Sanurkazz und Felteraz. Als wir in den Hafen einfuhren, erinnerte ich mich an unseren ersten Besuch, als wir singend in dem Eselskarren vorgefahren waren.

Zenkiren wartete auf mich in einem hohen kühlen Raum voller Wandteppiche und schwerer geschnitzter Möbel – in Begleitung eines Mannes, der etwa so aussah, wie ich mir Zenkiren in hundert Jahren vorstellen würde. Mayfwy küßte mich auf die Wange, während ihre Mädchen in ziselierten Silberkrügen Wein servierten.

»Mayfwy!« sagte ich. »Ich habe eine hübsche Zedernholztruhe für dich . . .«

»Dray!« sagte sie, und in ihren Augen tanzte ein Licht, und ihre Wangen waren gerötet. »Wieder ein Geschenk!«

»Wie ich mich erinnere«, sagte Zenkiren trocken, »kann er seine Finger nicht von magdagschem Gold oder Silber lassen. Wenn er dir kein Geschenk brächte, müßte Lord Strombor schon ein leeres Meer vorgefunden haben.«

»Was dich angeht, Zenkiren«, sagte ich und wickelte den blaugravierten und goldgeschmückten Fristle-Krummsäbel aus, den ich an Deck des Magdag-Piraten erbeutet hatte, »so dachte ich, daß du hieran vielleicht Freude hättest.«

»Großartig!« sagte Zenkiren und fuhr mit der Fingerspitze an der gekrümmten Schneide entlang. »Vielen Dank.

Und jetzt«, fuhr er fort, und eine ungewohnte Feierlichkeit lag in seiner Stimme, »jetzt möchte ich dich mit jemandem bekannt machen.« Er wandte sich an den anderen Mann, der sich während unserer Begrüßung ruhig und unauffällig im Hintergrund gehalten hatte, mit unbewegtem Gesicht, in eine schneeweiße Tunika gehüllt, das lange Schwert nach Art eines Kämpfers an der Seite gegürtet.

»Ich möchte dir Lord Strombor vorstellen.« Und Zenkiren wandte sich an mich. »Ich habe die Ehre, dir Pur Zuzz, den Ersten Abt der Krozairs von Zy, vorzustellen.«

10

Auch heute noch erinnere ich mich deutlich an den Schauder der Erregung, der mich damals überlief.

In der Zeit, die ich bei den sanurkazzischen Korsaren verbracht hatte, war mir ab und zu ein Wort zu Ohren gekommen, Bruchstücke eines Gesprächs, unvorsichtige Bemerkungen – und so wußte ich etwa soviel, wie der sorglose Durchschnittsbürger von Sanurkazz über die Krozairs von Zy wußte.

Jetzt stand dieser große, ruhige Mann vor mir, in dem vertrauten Zimmer der Zitadelle von Felteraz – auf den ausdrücklichen Wunsch Zenkirens – so mußte es jedenfalls scheinen. Der Abt der Krozairs!

Was nun kam, mußte ihm sehr vertraut gewesen sein, denn er

war seit vielen Jahren Vorsteher des Ordens. Gewissen Hinweisen entnahm ich, daß Zenkiren als sein Nachfolger vorgesehen war, daß mein Freund Zenkiren später einmal Erster Abt werden sollte. Pur Zuzz musterte mich mit kühlem Blick. Instinktiv richtete ich mich auf und reckte meine ungewöhnlich breiten Schultern. Er betrachtete mich von Kopf bis Fuß, und ich hatte das Gefühl, als risse er mir mit den Augen das Fleisch von den Knochen, um mein innerstes Ich darunter zu erkunden. Ich hatte mich auf dem Binnenmeer ausgetobt, ich hatte das Leben in vollen Zügen genossen, ich hatte Reichtum aufgehäuft und Freunde gefunden. All das kam mir in diesem Augenblick irgendwie unbefriedigend und unzureichend vor, ein bloßes Vorspiel der Dinge, die dieser Mann mir abverlangen würde.

Wenn ich die Ereignisse des Jahres nach diesem Gespräch nicht sehr eingehend behandle, so liegt das daran, daß ich an Schweigegelübde gebunden bin, die ich auch hier und jetzt nicht brechen möchte – nicht einmal gegenüber einem Publikum, das vierhundert Lichtjahre von jenem Ort entfernt ist, an dem jenes harte Training durchgeführt wurde, an dem der Prozeß der Auslese und der Annäherung an die Prinzipien der Verehrung Zairs durch die Krozairs von Zy stattfand.

Der Orden unterhielt eine Inselfestung in der schmalen Wasserstraße zwischen dem Auge der Welt und dem Meer der Schwerter, dem zweiten Binnenmeer, das sich südlich vom Auge der Welt erstreckt. Die Insel war ursprünglich ein Vulkan gewesen; im Laufe der geologischen Entwicklung hatte sich der Krater jedoch gefüllt, die unterirdischen Feuer waren erloschen, und frisches Wasser war nach oben gedrungen und trat in plätschernden Quellen zutage. Die Inselberge ragten kahl und zerklüftet auf; in diese Formationen waren Hohlräume geschlagen worden, die kaum weniger kahl und ungastlich aussahen. Der Orden nahm seinen Schwur sehr ernst. Die Ordensbrüder hielten sich abseits von anderen, weniger ritterlichen Orden – etwa von den Roten Brüdern von Lizz; sie hatten sich der Hilfe für alle Anhänger Zairs, dem Ruhme Zim-Zairs und dem ewigen Widerstand gegen Grodno den Grünen und seine Helfer verschrieben.

Nachdem der Novize seine Ausbildung durchgemacht hatte, galt er als Krozair und erhielt Titel und Symbol seines Amtes – ein Mann, der im ewigen Kampf gegen die Ketzer in die vorderen Reihen Zim-Zairs treten durfte. Nur würdige Männer wurden je angesprochen. Viele lehnten ab, denn die Regeln waren äußerst hart.

Viele gaben vorzeitig auf und erreichten niemals das innere Wissen.

Sobald ein Kandidat Krozair geworden war, durfte er – ebenso wie die Angehörigen anderer Orden – seinen Namen mit der ehrenvollen Vorsilbe Pur versehen. Pur war kein Rang oder Titel, sondern ein Symbol der Tapferkeit und Ehre, ein Signum, daß der Mann, der diesen Namen führte, ein wahrer Krozair war. Dabei hatte nun der frisch gebackene Krozair die Wahl zwischen mehreren Möglichkeiten. Wenn er sich entschloß, ein Geistlicher zu werden, so konnte er das tun. Wenn er ein Bold werden wollte, einer der ausgewählten Ordensbrüder, die die Festungsinsel Zy bemannten – und andere Zitadellen des Ordens überall im Zairgebiet des Binnenmeers –, so stand ihm das frei. Wollte er jedoch in sein normales Leben zurückkehren, so hatte er auch diese Möglichkeit, denn der Orden sah seine Aufgabe in der Welt durchaus richtig. *Eine* Beschränkung wurde diesem Manne jedoch auferlegt.

Sobald er den Ruf der Krozairs erhielt, wo immer sie seine Hilfe brauchten, war er durch einen Eid auf die heiligsten Dinge seines Lebens verpflichtet, alles stehen und liegen zu lassen und so schnell wie möglich auf Sectrix oder Galeere zu seinen Ordensbrüdern zu eilen.

»Solche berühmten Hilferufe sind schon mehrmals an die Mitglieder ergangen, Pur Dray«, sagte Pur Zenkiren, nachdem wir eines Tages im Waffensaal mit Morgensternen aufeinander eingedroschen hatten. »Ich selbst hatte die Ehre, einem solchen Ruf zu folgen, vor etwa dreißig Jahren, als die magdagschen Teufel sogar an die Türen Zys klopfen wollten. Aus allen Himmelsrichtungen kamen die Brüder zusammen.« Er lachte, und ein seltsam abwesender Blick lag in seinen Augen. »Ich sage dir eins, Pur Dray – wir mußten uns ziemlich anstrengen, ehe der Orden zusammen war und die Langschwerter gegen das verhaßte Grün vorgehen konnten.«

Ich war inzwischen lange genug auf Zy, um in allem Ernst zu antworten: »Ich hoffe, daß der Ruf wieder ergeht, Pur Zenkiren, und zwar bald und zum Kampf gegen Magdag selbst.«

Er verzog das Gesicht. »Das ist unwahrscheinlich.« Er lächelte und schlug mir auf die Schulter. »Unsere Zahl ist gering. Männer des richtigen Kalibers zu finden, wie es in den Lehren heißt, ist schwierig. Wir sehen uns um und achten auf alle, die Schwert und Kettenhemd anlegen. Wir sind ein fauler, sonnenhungriger Haufen, wir Männer aus Sanurkazz.«

»Das stimmt.«

Die Anforderungen des Ordenslebens waren hoch. Der Gebrauch der Waffen war dabei für sich schon fast eine Religion. Das Schwerttraining wurde wie ein Ritual durchgeführt. Wie die japanischen Samurai unterwarfen wir unseren Willen und unseren Körper dem Streben nach Vollkommenheit, dem Kampf gegen einen Gegner, den wir nicht so zu sehen versuchten, als stünde er vor uns. Wir versuchten unseren Gegner durchsichtig zu machen. Wir erahnten seinen Angriff, die Richtung seines Hiebes, die Bewegung seines Stichs – durch einen intuitiven Prozeß, der die Vernunft überstieg, der wie an einen sechsten Sinn gekoppelt war. Wir vermochten eine Parade zu unterlaufen, noch ehe ein Gegner seine Bewegung zu Ende gedacht hatte.

Schon als junger Seemann an Bord eines 74-Kanonen-Schiffes war ich als guter Fechter bekannt gewesen, und ich habe wiederholt von der Notwendigkeit körperlicher Wendigkeit gesprochen, die mir gleich zu Anfang zupasse kam, als es darum ging, auf Kregen zu überleben. Seither bin ich in zahlreichen Situationen gewesen, in denen ein guter Umgang mit dem Schwert lebenswichtig war. Ich gestehe jedoch offen ein, daß ich bei den Ordensbrüdern von Zy eine Geschicklichkeit mit dem Schwert errang, die mich zu einem ganz neuen Schwertkämpfer machte.

Atemtechnik, Isometrie, anstrengende Körperertüchtigung, ständige Übung, Kontemplation, stundenlange Konzentration auf den Willen – dadurch wurde ein einziges schlagkräftiges Instrument aus Willen und Waffe geformt, durch das sich ein Mann selbst erkennen und seinen Feind durchsichtig machen konnte, seinen Gegner, den er zu überlisten und auszumanövrieren und schließlich zu besiegen vermochte –, all dies füllte meine Tage in dem Jahr, das ich auf Zy, der Inselfestung der Krozairs, verbrachte.

Von der mystischen Seite meines Aufenthalts will ich an dieser Stelle nicht sprechen.

Schließlich kam der Tag, da mich der Erste Abt durch die letzten Zeremonien führte, und geläutert wurde ich zum Krozair erklärt und für würdig befunden, die Silbe »Pur« vor meinem Namen zu führen.

»Und jetzt, Pur Dray, wofür wirst du dich entscheiden?«

Ich nehme an, sie wußten, wie meine Entscheidung aussehen würde. Der Orden unterhielt seine eigene kleine Galeerenflotte, und ich war entschlossen, das Kommando des besten Schiffes anzustreben. Das kostete natürlich Zeit. Inzwischen gedachte ich nach Felteraz zurückzukehren, um unter Zenkiren, der inzwischen

Kommodore der Königlichen Flotte geworden war, schneller zu einem Kommando zu kommen. Und ich wollte mein früheres Leben wieder aufnehmen, denn ich gedachte Felteraz nicht zu verlieren.

Meine Entscheidung wurde auch durch den Gedanken an die Herren der Sterne und die Savanti bestimmt. Ich wußte, daß sie noch Pläne mit mir hatten, daß sie mich manipulieren würden, wie es in ihre Absichten paßte. Und – meine Delia aus den Blauen Bergen! Würde ich sie vergessen können?

»Ich habe nach der *Zorg* schicken lassen«, sagte Zenkiren zu mir, als wir auf einem Aussichtspunkt an einem der Steilhänge der Insel standen. Eine Überraschung.

»Zenkiren, es hat mir viel bedeutet zu wissen, daß Zorg hier war, in diesen Sälen, Kapellen und Waffenkammern. Manchmal kommt es mir vor, als spürte ich seine Gegenwart, wenn wir die gleichen Dinge tun, die auch er getan hat.«

»Und die von vielen Männern nach uns getan werden – nach der überlieferten Tradition.«

Als die *Zorg* eintraf und unter dem mächtigen Felsenbogen verschwand, der zu dem Naturhafen unter der Insel führte, war ich bereit. Ich legte meine weiße Tunika mit dem runden Zeichen von Felteraz an. Ich sah Nath und Zolta am Bug stehen, bereit, im richtigen Augenblick an Land zu springen. Nath sprang fast zu früh und wäre ins Wasser gefallen, wenn ich nicht zugegriffen hätte.

Grinsend und grimassenschneidend begrüßten sie mich, versetzten mir leichte Schläge, um zu sehen, ob ich nicht verweichlicht wäre. Für sie war die Tatsache, daß ich nun Krozair war und einen weiteren Titel führte, lächerlicher Unsinn – und darin war ich ihrer Meinung.

»Schreiber!« riefen sie, und wir umarmten uns.

Zenkiren stand mit verschränkten Armen abseits und rieb sich das Kinn. Der Erste Abt Purr Zazz stieß einen Laut aus, der ein Räuspern sein mochte. Unsere Gruppe umfaßte fünf weitere neue Krozairs, die ebenfalls mit der *Zorg* zurückfahren sollten, die nun unter dem Kommando von Sharntaz stand. Auch sie wußten nicht so recht, was sie von den beiden bärtigen Seeleuten halten sollten, die in die nüchterne Enklave Zys einfielen.

Aber die alles durchdringende äußere Würde und das Geheimnis der Insel fielen schließlich auch Nath und Zolta auf, die darauf schnell ruhiger wurden.

Als die Zeit unserer Abreise gekommen war, sagte mir Zenkiren, er würde noch eine Weile auf Zy bleiben.

»Pur Zazz ist alt. Im Rat sind viele wichtige Dinge zu besprechen, Kapitel um Kapitel, Sprache um Sprache. Du wirst dich mit diesen Dingen später auch befassen müssen, Pur Dray, warte es ab.«

Ich wußte, daß der Orden weitgehend durch Spenden der Krozairs aus allen Städten Zairs unterhalten wurde, die deshalb ihre Stimme im Rat hatten. Jenseits des Meeres der Schwerter – wie auch hinter dem Marschmeer – lagen die großen Salzfelder, und Zy bezog einen erheblichen Teil seines Einkommens aus dem Salz. Doch ohne die ständigen Zuwendungen der Ordensbrüder überall im Zair-Gebiet wäre die finanzielle Lage der Krozairs von Zy nicht gut gewesen.

Sharntaz begrüßte mich mit einem freundlichen Wort und mit dem Zeremoniell, das einem Kapitänskollegen zustand – und auch mit dem Zeichen der Krozairs, das mehr als ein Gruß war. Auch er war also ein Ordensbruder. Er lächelte. »Ich habe keine Ahnung, welchen Ruderer du bekommst, Pur Dray – aber du wirst das Schiff sicher *Zorg* nennen wollen.«

»Allerdings.«

»So mag es denn sein. Wir stehen jetzt auf dem Ruderer *Lagaz-el-Buzro.*«

Ich nickte. »Auch nehme ich die beiden nutzlosen Kerle mit – Nath und Zolta.«

Er lachte. »Gern sollst du sie haben – bei all ihrer Trinkerei und ihren Mädchengeschichten! Aber nutzlos? Ich hätte lieber eine Mannschaft aus solchen Burschen als all die verdorbenen Sprößlinge des sanurkazzischen Adels.«

Wieder nickte ich. Er hatte recht.

Die *Zorg,* die nun *Lagaz-el-Buzro* hieß, legte ab. Meine Aufgabe auf dieser Insel war erfüllt. Ich kehrte nach Sanurkazz zurück, um mich beim Hohen Admiral vorzustellen, mit einer Empfehlung von Zenkiren. Meine Zukunft im Auge der Welt schien gesichert. Auch wollte ich Mayfwy wiedersehen und ihre Kinder Zorg und Fwymay.

Wir legten in Sanurkazz an. Ich ließ mich sofort beim Hohen Admiral melden, der mich nicht mochte und der auch wußte, daß dieses Gefühl auf Gegenseitigkeit beruhte. Doch der König war mir gewogen, dem ich niemals Grund zur Klage gegeben hatte; außerdem hatte ich ihm während meiner letzten Kaperfahrten mehr Gold, Juwelen und andere kostbare Waren eingebracht als jeder andere seiner Kapitäne.

Also bekam ich mein Schiff.

Ich habe bereits ausführlich geschildert, welche Kontroversen am Binnenmeer über die Vorteile oder Nachteile jener Schiffbautheorien bestanden, die ich die Langkiel- und Kurzkieltheorien genannt habe.* Langkiele – also lange, schmale Ruderer – sind für hohe Geschwindigkeiten erforderlich. Aber die Anhänger der Kurzkielschiffe, die der Meinung waren, man müsse dieselbe Ruderkraft auf kürzerem Raum unterbringen, behaupteten, ein kürzeres Fahrzeug wäre zwar einen oder zwei Knoten langsamer, jedoch bedeutend manövrierfähiger. Ich selbst hatte mir noch keine Meinung gebildet. König Zo unterstellte mir nun einen Fünf-Hundertruderer in Kurzkielbauweise, und ich machte mich sofort daran, Wege und Möglichkeiten zu finden, die Geschwindigkeit meiner neuen *Zorg* zu erhöhen. Ich habe sechshundert Sklaven an Bord, was mir die Einteilung vernünftiger Wechsel- und Ruheschichten erlaubte.

»Ich danke dir, Licht von Zim«, sagte ich förmlich. »Sei beruhigt, ich werde dir reiche Beute an magdagschen Breitschiffen bringen.« Meine Worte entsprachen der üblichen Formel, doch ich meinte sie ernst.

Ich begann also wieder meine Kaperfahrten auf dem Auge der Welt.

Die Jahre vergingen; Felteraz blieb so schön wie eh und je, Nath wurde noch dicker, und Zolta entkam mehrfach einer Form der Ehe, die ihm beträchtlich die Flügel gestutzt hätte. Wir segelten und ruderten über das Meer und hinterließen brennende Wracks und Tote, und wir passierten den Leuchtturm von Sanurkazz selten ohne Prise im Schlepp.

Doch all mein Vermögen, mein Erfolg, der Luxus, mit dem ich mich umgeben konnte, wenn ich wollte, die guten Freunde, die ich gewann – immer wieder zu meiner Überraschung, denn ich halte mich für einen Einzelgänger –, dies alles bedeutete mir wenig. Als die langen See-Expeditionen ihren Fortgang nahmen, wurde ich immer unruhiger. Ich hungerte nach etwas, das ich nicht klar beschreiben konnte.

Der schlaue und verschlagene Harknet von Hoch-Haysh setzte seine Versuche, mich herabzuwürdigen, fort, doch ich hielt ihn verächtlich, fast gelangweilt auf Distanz. Ich hatte keine Lust, mich mit ihm abzugeben.

---

* Offenbar bezieht sich Prescot hier auf Passagen aus den verlorenen Kassetten.

A. B. A.

Zu Beginn eines neuen Seefahrtsommers, als die beiden Sonnen Scorpios so dicht standen, daß sie sich beim morgendlichen Aufgang fast zu berühren schienen, kehrten wir von unserer ersten erfolgreichen Fahrt zurück: Isteria hatte am Abend zuvor meine wilden Mannschaften erleben müssen, und wir hatten in vielen Häfen unsere Spuren hinterlassen. Es war meine letzte Fahrt an Bord dieser Galeere, denn ich sollte einen neuen Sechs-Sechs-Hundertundzwanzigruderer übernehmen, der versuchsweise nach dem Langkielprinzip gebaut worden war. Auch er sollte den Namen *Zorg* führen.

Nath trug eine Binde um den Kopf.

Ein magdagsches Ruderblatt hatte ihn bei unserem letzten Kampf getroffen, und er hörte noch immer die Glocken von Beng-Kishi läuten.

»Du brauchst dir keine Sorgen um ihn zu machen«, höhnte Zolta. »Der würde ja nicht mal merken, wenn ihm der Turm Zim-Zairs auf den Kopf fiele! Er hat einen Schädel wie ein Vosk!«

Ich lachte und sagte: »Vielleicht sollte er dafür dankbar sein, Zolta. Er hat die Varters in Betrieb gehalten . . .«

»Voskschädel!« sagte Zolta, und Nath warf einen nassen Putzlappen nach ihm. Ich verzog mich in meine Achterkabine, denn es schickt sich nicht für einen Kapitän des Königs, mit der Mannschaft herumzualbern. Doch wieder überkam mich die seltsame Unzufriedenheit, die sich schon mehrmals bemerkbar gemacht hatte.

Ich habe von meinem Versuch berichtet, das Schicksal meiner Galeerensklaven zu erleichtern, und von dem nachfolgenden Aufstand, der mich und meine Mannschaft fast das Leben gekostet hätte.* Sowohl die Roten als auch die Grünen hielten Sklaven – die Roten nur für Galeerenarbeit und Leibdienste, die Grünen für alle körperlichen Arbeiten. Ich war zu dem Schluß gekommen, daß meine Loyalität den Zairern gehörte, und haßte die Magdager aus vollem Herzen – doch versuchte ich mir auch vor Augen zu führen, daß mich die Savanti vielleicht hierhergeschickt hatten, um etwas gegen die schreckliche Sklaverei zu unternehmen. Wenn das der Fall war und wenn die Herren der Sterne ebenfalls eigene Anforderungen an mich stellten, mußte ich gehorchen – doch mit der klaren Maßgabe, daß ich dann so schnell wie möglich den Weg nach Vallia oder Zenicce einschlagen würde.

---

* Vermutlich spielt hier Prescot auf Informationen aus den fehlenden Kassetten an.

A. B. A.

Die Proconia, jenes blonde Volk, das die gesamte Ostküste des Binnenmeers beherrscht, führten wieder einmal untereinander Krieg. Wie ich schon erwähnte, hielten wir uns aus diesem Konflikt stets heraus, denn wir hatten mit Magdag genug zu schaffen. Diesmal hatte Magdag selbst versucht, sich einzumischen und womöglich Einfluß auf das einzige Gebiet am Auge der Welt zu gewinnen, wo weder Grodno noch Zair angebetet wurden.* Meine neue *Zorg* erhielt Befehl, zu einer Flotteneinheit zu stoßen, die eine Expedition nach Osten unternahm – ein völlig neuer Teil des Meeres für mich. Plötzlich hatte ich wieder Interesse am Leben, und Mayfwy hatte ein neues Kettenhemd für mich anfertigen lassen, das an Geschmeidigkeit nicht zu überbieten war.

Auf dem Rückweg von Felteraz nach Sanurkazz saß ich nachdenklich im Heck meiner Barke und betastete das feine Eisengewebe, das fälschlicherweise noch immer mit dem Namen »Ketten«-Gewebe belegt wird, und dachte an nichts Besonderes. Die Sonnen, die noch dicht zusammen standen, versanken vor uns im Meer. Das Wasser schimmerte und erglühte in herrlichen Farben. Wir ertranken förmlich in funkelndem Licht. Die Leuchtturmwärter stiegen die gewundene Treppe ihres Turms hinauf. Einige Fischerboote verließen den Hafen, und Vögel segelten vor den Klippen vorbei. Überall in der Stadt flackerten Lampen und Fackeln auf.

Vielleicht war ich betäubt, müde, vielleicht ausgelaugt, was auch der Grund sein mochte – ich bemerkte nicht das Näherkommen von Männern in dunklen Mänteln über ihren Rüstungen. Wir hatten eben die Kaimauer berührt, der vordere Ruderer zog uns mit dem Boothaken heran, und ich sprang, wie es sich geziemte, als erster auf die Stufen. Die Männer griffen ohne Warnung an, in der Absicht, uns heimtückisch niederzumachen, bevor wir uns wehren konnten. Nath zog sofort sein Langschwert und kämpfte um sein Leben. Zolta warf sich fluchend in den Kampf. Meine Männer stolperten aus dem Boot hinterher. Wir hätten große Schwierigkeiten bekommen und ich hätte die Attacke vielleicht nicht überlebt, wenn nicht zwei Männer unerwartet auf der Kaimauer erschienen wären. Ich hörte ein zweifaches Surren, gefolgt von dumpfen Lauten, und als zwei Männer schreiend zu Boden sanken, erkannte ich, daß ich zum erstenmal seit langer Zeit wieder einen Terchick, das ausbalancierte Wurfmesser der Segesther, in Aktion erlebte.

---

*Weitere Informationen aus den fehlenden Kassetten.

A. B. A.

Beide Opfer waren ins Gesicht getroffen worden, wo ihre Rüstungen keinen Schutz boten.

Zolta brüllte wie ein Wahnsinniger los. Mein Langschwert kam gerade noch rechtzeitig aus der Scheide, um einen Angreifer niederzuhauen, der wie ein wildgewordener Graint auf mich eindrang. Ich sah die beiden Neuankömmlinge, die sich entschlossen an die Arbeit machten.

Schwerter blitzten in der Abenddämmerung. Männer brüllten, und Körper klatschten ins Wasser. Die Angreifer waren von dem unerwarteten Flankenschutz überrascht worden, und als immer mehr von meinen Männern die Stufen emporhasteten, die schlüpfrig waren von Algenbewuchs, trieben Zolta, Nath und ich sie schließlich zurück. Wir hatten Glück gehabt; ohne die überraschende Hilfe von der Flanke wären wir zahlenmäßig unterlegen gewesen. Nath atmete heftig mit geöffnetem Mund, Zolta enthielt sich aller groben Flüche, was mich überraschte. Er betrachtete die Neuankömmlinge.

»Bei Zim-Zair!« sagte er staunend. »Ist das ein Schwert? Oder ein Zahnstocher?«

Da wußte ich Bescheid.

Eine leise, arrogante und doch angenehme Stimme antwortete ihm.

»So im Auge ist das Ding so ziemlich das Ungesündeste, was es gibt, mein Freund. Niemand mag das.«

Der Mann, der sich bückte, um den Terchick wieder an sich zu nehmen, trug weite Beinkleider, am Schenkel eng untergeschlagen; seine Beine steckten in langen schwarzen Stiefeln. Doch was mir den letzten Zweifel zerstreute, woher dieser Mann kam, war der kecke breitkrempige Hut mit der lustigen Feder und den beiden seltsamen Schlitzen in der Krempe über der Stirn.

Er richtete sich auf, den gesäuberten Terchick in der Hand. Mit flinker Bewegung ließ er die Waffe in der Scheide an seinem Nacken verschwinden.

»Der kleine Deldar«, sagte er, »hat seine Vorteile wie der Hikdar.« Und er brachte den langen, mit der Linken zu führenden Dolch an seinem Gürtel unter. »Und der Jiktar, mein Zahnstocher, wie du so respektlos die Königin der Waffen nennst.«

Sein Rapier war lang, dünn, elegant und ein wenig zu verziert am Griff; außerdem befanden sich Blutflecke daran, die er nicht abgewischt hatte.

Nath und Zolta hatten ihre Überraschung inzwischen überwunden. Sie waren lange genug auf dem Binnenmeer unterwegs gewesen, um die Krieger aus Vallia zu kennen.

Der andere Vallianer, der älter und stämmiger war als sein Begleiter und dessen eckiges Gesicht mißmutig verzogen war, als er seinen Rapiergriff umfaßte, sagte einige leise Worte, die seinen jungen Begleiter erstarren ließen.

Der ältere Mann musterte uns im Licht des Sonnenuntergangs; mehrere blutüberströmte Tote lagen zwischen uns. Er machte einen Schritt vorwärts. Er nahm seinen Hut nicht ab, dessen Feder schwarz war. »Wer von euch«, fragte er mit harter, metallischer Stimme, »wird Dray Prescot genannt?«

11

Ich kehrte nach Hause zurück.

Ich kehrte in ein Zuhause zurück, das ich noch nie gesehen hatte.

Wie war es in Vallia? Vallia, das Inselreich, das Land sagenhaften Reichtums und ozeanumspannender Flotten von Schiffen und Luftbooten, ein Land der Macht und Schönheit? Was bedeutete mir dieses Land – außer daß Delia dort wohnte, Delia aus Delphond, Delia von den Blauen Bergen? Ich hatte nicht vergessen, daß meine Delia auch als Prinzessin Majestrix von Vallia bekannt war.

Tharu von Vindelka, Kov, der ältere der beiden Vallianer, behandelte mich mit einer eisigen Höflichkeit, die mich verwirrte. Als ich mich nach Delias Vater, dem Herrscher Vallias, erkundigte, fuhr er nachdenklich mit einem Daumennagel über eine schmale Wangennarbe. »Er ist ein mächtiger Mann – voll Willkür, allmächtig und unberechenbar. Sein Wort ist Gesetz.«

Tharu hatte alle Vorbereitungen getroffen. Vomanus, sein Helfer, war überschwenglich in seiner Begeisterung für das Leben und hatte eine einnehmende Art, eine Mischung aus Schalk und gespielter Hochnäsigkeit. Ich erfuhr von Zolta, daß Vomanus auch meine beiden Raufbolde ins Herz geschlossen hatte, die ihn aus Dankbarkeit einmal auf ihre Zechtour mitnahmen. Tharu von Vindelka tadelte Vomanus am nächsten Morgen mit scharfen Worten. Ich hatte darauf bestanden, daß die beiden Männer in meiner Villa im besten Teil von Sanurkazz wohnten, und hörte die erbarmungslose Stimme Tharus und die niedergeschlagenen Antworten Vonamus', der dringend eine Handvoll Palines brauchte.

Gleich am ersten Morgen kamen wir zum Thema.

Delia, Prinzessin von Vallia, war sofort nach einer ausgedehnten Durchsuchung der Enklave Strombor nach Hause zurückgekehrt. Auch das übrige Zenicce, das für die Suchgruppen der verbündeten Häuser der Ewards, der Reinmans und der Wickens erreichbar war, hatte man durchforscht; außerdem waren die Klansleute von Felschraung und Longuelm mit Flugbooten aufgesucht und nach meinem Verbleib befragt worden. Natürlich fand man mich nicht. Zu der Zeit versuchte ich gerade zu erklären, was ich nackt an einem Küstenstreifen in Portugal zu suchen hatte – vierhundert Lichtjahre entfernt.

»Nachdem wir dich jetzt gefunden haben, Lord Strombor«, sagte Tharu mit metallischer Stimme, »segeln wir sofort nach Pattelonia an der Südostküste von Proconia ab. Dort wartet ein Flugboot auf uns. Du weißt, wovon ich spreche.«

Ich nickte. Ich spürte mein Herz heftig schlagen. Delia war nach Vallia zurückgekehrt und hatte eine Suchaktion eingeleitet, in deren Verlauf sie fast die ganze Welt durchkämmt hatte.

Sie hatte gewußt – und das war bei ihr ganz verständlich –, daß ich von einem Geheimnis umgeben war. Ich hatte ihr von meiner Herkunft nichts erzählt, obwohl das für später meine Absicht gewesen war. Doch hatte sie das unheimliche Abenteuer mitgemacht, als ich in einer Geste der Verachtung aus dem heiligen Taufbecken des fernen Aphrasöe vertrieben worden war – um sie schließlich an einem segesthischen Strand wiederzufinden. Sie mußte sich gesagt haben, daß mir etwas Ähnliches noch einmal widerfahren war – und diesmal nur mir allein. Also hatte sie sich daran gemacht, mich zu suchen. Der junge Vomanus berichtete mir von den Anstrengungen, die man unternommen hatte. Er entschuldigte sich dabei vielmals, daß er und Tharu mich schon einmal verpaßt hatten. Ich schloß daraus, daß sie in Magdag gesucht, mich jedoch in all dem Durcheinander von Sklaven und Arbeitern nicht gefunden hatten – was auch kein Wunder war! Der Zufall bestimmte, daß die beiden Sanurkazz besuchten, als ich gerade auf Zy war. Sie hatten aber auf meine Rückkehr gewartet, da sie den Abt des Ordens nicht belästigen wollten.

»Nun muß sofort Nachricht nach Vallia geschickt werden«, sagte Tharu. »Daraufhin wird die Prinzessin Majestrix untertänigst all die Hunderte von anderen Gesandten zurückziehen, die sie auf der Suche nach dir in die Welt geschickt hat.«

Sein Tonfall gefiel mir nicht.

Ich sah, wie Vomanus seinem Begleiter einen besorgten Blick zuwarf, und da ich mir meiner Position bewußt war, hielt ich es für besser, nichts zu sagen. Ich bat Zolta und Nath, sich um Vomanus zu kümmern; ich hielt ihn für einen Freund.

In meinen Gesprächen mit den Vallianern wurde Tharus Haltung schnell verständlich. Auch in Vallia schienen zahlreiche Intrigen zu gedeihen. Es gab verschiedene politische Gruppen – ganz zu schweigen von der Religion, die offenbar in Vallia in einer Art Umsturz begriffen war. Tharu war wütend, daß seine Gruppe nicht die wichtige eheliche Verbindung mit Delia hergestellt hatte, mußte aber all diese Gefühle unterdrücken, da er, wie er sich ausdrückte, auf Befehl der Majestrix handelte und ihr nicht untreu werden dürfe. Tharu mochte mich nicht. Er glaubte nicht nur, die Chance verloren zu haben, seinen Lieblingssohn oder Neffen an Delia zu verheiraten, sondern war auch der Überzeugung, daß Delia weit unter ihrem Stande heiratete.

Damit hatte er natürlich recht.

Shellen, mein Agent, hatte ein Breitschiff gefunden, das mit Vorräten für die bevorstehende Expedition nach Pattelonia fahren sollte. Daraufhin führte ich ein unangenehmes Gespräch mit König Zo, dem ich nicht recht erklären konnte, warum ich plötzlich mein Kommando, Sanurkazz und ihn im Stich ließ. Als ich den Saal verließ, war ich praktisch in Ungnade gefallen – aber das war nicht wichtig. Ich wollte dem Binnenmeer ein für allemal den Rücken kehren.

Auf das Gespräch mit Mayfwy will ich erst recht nicht eingehen. Sie hatte die Nachricht schon gehört und hatte geweint, doch sie trocknete ihre Tränen und gab sich gefaßt. Ich küßte sie zärtlich, küßte auch Fwymay, die zu einer Schönheit heranwuchs wie ihre Mutter, und gab schließlich dem jungen Zorg die Hand.

Das Problem Harknels von Hoch-Heysh mußte ich leider ungelöst lassen. Nach seinem letzten Mordversuch am Pier war ich geneigt gewesen, meine Männer zu sammeln, zu seiner Villa zu marschieren und das Gebäude in Schutt und Asche zu legen – ungeachtet des Hohen Admirals und des Königs. Die fröhlichen Mobilen hätten sich vielleicht noch um das Feuer geschart, die Flaschen geschwenkt und ihrerseits die eine oder andere Fackel angezündet.

Aber ich mußte mich zurückhalten. Ich konnte keine Racheakte der Harknels an Felteraz riskieren. Felteraz war mir wichtig, sehr wichtig. Ich mußte also die Probleme ungeklärt lassen. Aber ich war froh, daß ich fort konnte. Ich verstand nun, was an mir gefressen hatte.

Doch Nath und Zolta waren ein Problem – ein doppeltes Problem.

Ich bat sie, bei Mayfwy zu bleiben, die des Schutzes ihrer Schwerter bedurfte.

»Was, Schreiber? Wir sollen dich jetzt verlassen? Niemals!«

Tharu von Vindelka brummte unwillig, erklärte sich jedoch bereit, an Bord des Flugboots für die beiden Platz zu schaffen. Vomanus verhehlte seine Freude nicht.

»Auf jeden Fall«, sagte Zolta, »werden es die Krozairs nicht zulassen, daß Felteraz etwas zustößt. Und auch der König wird die Zitadelle schützen, die immerhin seine Ostflanke hält. Keine Sorge, alter Voskkopf.«

Mein Abschied von Pur Zazz, dem Ersten Abt der Krozairs von Zy, verlief formell, aber freundschaftlich und herzlich. Es schien ihn nicht im geringsten zu stören, daß ich gut tausend Dwaburs weit reisen wollte.

»Wenn die Krozairs dich brauchen, Pur Dray, wirst du kommen, wo immer du bist – das weiß ich.«

Ich umfaßte den Griff meines Langschwerts und nickte. Er hatte recht.

»Du wirst über Proconia hinausreisen, das die Ostküste des Auges der Welt beherrscht und dessen Einfluß weit nach Osten reicht – bis zu den Stratemsk. Diese Berge haben angeblich keine Gipfel, sie stoßen glatt an den orangefarbenen Schein Zims und bilden einen Pfad für den Geist zur Majestät Zairs.« Er lächelte und schenkte mir Wein nach. »Das ist natürlich Unsinn, Pur Dray. Doch diese Worte veranschaulichen die Furcht und Verehrung, die die Menschen den Bergen der Stratemsk entgegenbringen.«

Gebildete Männer wußten natürlich – und das war mir bekannt –, daß die rote und die grüne Sonne eben Sonnen und keine denkenden Wesen waren. Doch die weniger erleuchteten Menschen aller Schattierungen und Überzeugungen hielten die Gestirne in ihrer Schönheit für eigenständige Wesen und nicht nur für das Heim der Gottheiten Grodno und Zair. Die Astronomie war auf Kregen eine seltsame und überaus komplizierte Kunst – durch besondere Umstände auf Nebenpfade gedrängt, die den irdischen Astronomen unbekannt waren. Die astrologischen Überlieferungen und überraschend präzisen Vorhersagen der Zauberer von Loh sollten später sogar mich überraschen.

»Und hinter den Bergen wirst du etwas finden, das kein Mensch kennt.« Pur Zazz war so gebildet und kultiviert, wie man es hier am Binnenmeer erwarten durfte. Jetzt sagte er: »Es heißt, jenseits der Berge, im feindlichen Gebiet, gibt es Stämme, die auf dem Rücken gewaltiger Lufttiere reiten.« Wieder lächelte er mich an, nicht ironisch, sondern mit der Ernsthaftigkeit, die dieses Thema in einer von Ruderschiffen bestimmten Gesellschaft verdiente. »Ich würde mich über Schilderungen deiner Erlebnisse freuen, Pur Dray, über Beschreibungen der Dinge, die du dort siehst.«

»Ich werde dies als eine erste Ordenspflicht ansehen, Pur Zazz.«

Als ich ihm, der hoch aufgerichtet in seiner weißen Tunika sitzen blieb, mit dem flammenden Symbol auf der Brust, das Langschwert nach Kämpferart gegürtet, lebe wohl sagte, da ahnte ich merkwürdigerweise, daß ich ihn nie wiedersehen würde.

»Remberee, Pur Dray.«

»Remberee, Pur Zazz.«

Mein Abschied von Zenkiren war nicht so einfach. Doch ich erzählte ihm, daß mich eine Nachricht nach Strombor stets erreichen würde und daß mein Eid gültig bleiben würde, solange ich lebte. Ich erwähnte nicht, daß ich vermutlich gar nicht zurückkehren *konnte*, wenn es die Herren der Sterne oder die Savanti nicht wollten.

»Remberee, Pur Dray, Lord Strombor.«

»Remberee, Pur Zenkiren.«

Wir reichten uns zum letztenmal die Hände, und ich ging zu meiner Barke hinab.

Nath und Zolta, die seltsam still waren, stießen uns ab. Die verschlossenen Gesichter meiner Freunde, eine Verletztheit, die sie nicht hatten verbergen können, sollte mich lange nicht loslassen.

Zwei Männer waren aus einer anderen Welt gekommen, von einem unbekannten Ort jenseits des Ozeans, der mit dem Auge der Welt nichts zu tun hatte, und ich war japsend wie ein Hund aufgesprungen, um zu meinem Herrn zu eilen. Wer war diese seltsame Prinzessin Majestrix, die den bekanntesten Korsarenkapitän des Binnenmeers zu sich rief? Diese Frage stellten sich meine Freunde.

Aber . . . sie kannten Delia nicht – meine Delia aus Delphond.

Das Breitschiff bewegte sich wie eine Badewanne durch das Meer. Ich litt. Ich hätte diese Reise in unbekanntes Gewässer am liebsten an Bord einer Galeere gemacht, doch ich stand nicht mehr in den Diensten des Königs.

Der Magdager erwischte uns, als die Zwillingssonnen dicht beieinander im Westen untergingen und lange Schatten über das ruhige Meer warfen. Die Galeere kam auf uns zu, die Ruder vorzüglich ausgerichtet, das Wasser aufpeitschend – und wir konnten nicht mehr fliehen.

»Bei Zantristar!« brüllte ich und zog mein Langschwert. »Ohne Kampf sollen sie uns nicht besiegen!«

Unsere Seeleute liefen ängstlich durcheinander wie aufgeschreckte Hühner. Nath und Zolta, deren Schwerter in dem ersterbenden Licht wie Feuer blitzten, versuchten sie mit Gewalt zum Widerstand anzutreiben. Doch das Handelsschiff hatte keine Chance. Es hatte eine Mannschaft von nur etwa dreißig Mann, die keine Lust hatten, einen Kampf zu riskieren, den sie ohnehin nicht gewinnen konnten. Sie setzten ein Langboot aus und wollten offenbar zu der nahe gelegenen Insel rudern, hinter der der Magdager auf der Lauer gelegen hatte.

»Meine Befehle von der Prinzessin Majestrix besagen, daß ich dich sicher nach Vallia bringen soll«, sagte Tharu tonlos. »Steck dein Schwert in die Scheide.«

»Du Dummkopf!« sagte ich. »Ich bin Pur Dray, Lord Strombor, der Mann, den die Ketzer von Magdag am liebsten in ihrer Gewalt sähen! Für mich gibt es keine Gefangenschaft!«

»Es wäre ein Kampf, den du nicht gewinnen kannst«, sagte Vomanus und betastete sein Rapier, doch der Ausdruck auf seinem hageren Gesicht bewies mir, daß er am liebsten mitgemacht hätte.

»Wir sind neutral«, sagte Tharu ungeduldig. »Die Barbaren aus Magdag würden es nicht wagen, uns etwas anzutun. Schon möglich, daß sie alle ihre Feinde aus Sanurkazz töten, doch mich oder Vomanus werden sie nicht anrühren – und auch dich nicht, Dray Prescot.«

»Warum?«

Der lange Bronzebug der Galeere pflügte rauschend durch das Wasser und erzeugte zwei Bugwellen, die an ihrer langen Flanke entlangstrichen, wo sich ihre Ruder wie die weißen Flügel einer Möwe auf und nieder bewegten. Sie war ein Hundertundzwanzigruderer mit zwei Ruderdecks und sehr schnell. Ich sah die Entermannschaften, die sich am Bug bereitmachten, und die Bedienungen der Bugvarters. Die Segel waren gestrichen worden, doch der einzelne Mast stand noch.

Tharu von Vindelka trat nun an die Reling, und ich drehte mich um, um ihn im Auge zu behalten. Nath und Zolta versuchten verzweifelt, die Mannschaft zu organisieren. Vomanus verschwand nach hinten. Das Beiboot war im Wasser, und in dem verzweifelten Durcheinander zerbrach ein Ruder an der Bordwand des Frachtschiffes.

»Sie werden dich nicht gefangennehmen, Dray Prescot.«

»Warum? Was soll es diesen Leuten ausmachen, daß ich Prinzessin Delia von Delphond kenne? Daß jeder meiner Gedanken ihr gehört? Ich habe Delphond nie gesehen, Tharu, und auch nicht die Blauen Berge. Doch ich betrachte sie als meine Heimat.«

Sein hartes Gesicht entspannte sich, wenn er auch nicht lächelte.

»Meine Pflicht liegt auf der Hand, Dray Prescot, der du einmal Prinz von Delphond sein wirst.« Sein Gesicht wurde kurz zur Grimasse – ein Ausdruck seiner Abneigung. »Also machen wir dich am besten zu einem Chuktar – nein, wenn ich es mir richtig überlege, steht dir die Würde eines Kov besser. Die Magdager lassen sich dadurch eher beeindrucken. Wie du wissen solltest, bin ich ebenfalls ein Kov, wenn auch von etwas besserer Herkunft.«

Ich starrte ihn an. Ich wußte nicht recht, wovon er eigentlich sprach oder was er wollte. Dann hörte ich leise Schritte hinter mir. Ich war schnell, und der Schlag ging fast daneben, doch nur fast – er streifte noch meinen Hinterkopf und betäubte mich. Ich ging zu Boden, wo mich der zweite Schlag fertigmachte.

Als ich wieder zu mir kam, war ich an Bord eines magdagschen Ruderers und trug den farbenfrohen Mantel und die schwarzen Stiefel eines Vallianers, und ein Rapier und ein Dolch hingen an meinem Gürtel. So war ich denn doch zum geschätzten Gast Magdags geworden. Wie mir Tharu zuflüsterte, hieß ich nun Drak, Kov von Delphond.

12

Da die Schiffe des Binnenmeers fast jede Nacht einen Hafen anlaufen oder auf einen Strand gezogen werden, hatten sie nur selten Kojen oder Hängematten an Bord. Ich lag auf einer Holzkiste, die man mit einem grüngefärbten Ponshofell gepolstert hatte.

Grün.

Tharu, Kov von Vindelka, beugte sich über mich. »Denk daran, daß du jetzt Drak heißt und ein Kov von Delphond bist.«

»Ich habe ein gutes Gedächtnis«, sagte ich kühl und dachte an

Nath und Zolta. »Kov von Delphond – das kann ich ja noch verstehen. Aber Drak? Was bedeutet das?«

Tharus Gesicht verdunkelte sich, und er warf Vomanus, der im Hintergrund stand, einen bösen Blick zu.

Der junge Mann sagte: »Ich habe dich so genannt, Dray . . . äh, Drak . . . der erste Name, der mir in den Sinn kam.«

»Sehr einfallsreich.«

»Als dich der junge Dummkopf so angeredet hatte«, sagte Tharu, »blieb mir nichts anderes übrig, als auf den Namen einzugehen. Die Magdager sind ja keine Narren.«

Nach seinem Gesichtsausdruck zu schließen, hatte Vomanus gelogen.

Tharu sprach weiter. »Drak war der Name des Vaters unseres Herrschers, als er auf den Thron kam. Auch wird so ein halb legendäres Wesen, teils Mensch, teils Gott genannt, das wir aus den alten Mythen kennen.«

»Ihr habt es also geschafft«, sagte ich. »Aber wenn die magdagschen Teufel herausfinden, wer ich bin, werdet ihr beide über offenem Feuer geröstet und den Chanks zum Fraße vorgeworfen.«

Vomanus' Gesicht verfärbte sich bei der Erwähnung der Chanks, der Haie des kregischen Meeres. Ich mußte wieder an Nath und Zolta denken und erkundigte mich nach ihnen. »Wir haben gesehen, wie sie im Beiboot ablegten«, sagte Vomanus.

»Sie sind entweder ertrunken oder wurden gerettet«, bemerkte Tharu. »Interessiert mich nicht. Sie waren unwichtig.«

Das hätte er nicht sagen sollen. Es waren meine Rudergefährten. Ich richtete mich auf, ging an ihm vorbei und trat an Deck. Wir lagen in Lee der Insel. Wachfeuer flackerten. Die Sterne des kregischen Nachthimmels blitzten und formten sinnverwirrende Muster, die die Zauberer von Loh lesen und verstehen können – das behaupten sie jedenfalls. Ein kühler Wind blies und bewegte die Blätter an Land. Wachen standen auf dem Achterdeck, und ich sah Gold aufblitzen, als sich ein Offizier bewegte.

Der Gedanke an ein Gespräch mit einem Magdager bereitete mir Unbehagen. Hungrig blickte ich zur Küste hinüber. Vielleicht warteten Nath und Zolta dort draußen auf den richtigen Augenblick zum Angriff. Aber welche Chance hatten wir zu dritt gegen eine ganze Galeerenmannschaft? Ich wußte, daß sich ein Pfeil in mich bohren würde, wenn ich über Bord sprang, und beschloß, dieses Risiko einzugehen. Ich konnte tauchen und zur Insel schwimmen, und der Teufel sollte die Chanks holen. Wenn ich den Mittelgang entlangging und am Strand hinabzuspringen versuchte, würde man mich bestimmt aufhalten. Ich kannte die Angewohnheiten magdagscher Kapitäne, wie auch die Eigenheiten sanurkazzischer Schiffsführer. Ich hätte jedenfalls auf jede Bewegung an Bord achten lassen.

Vomanus trat zu mir, und dann kam auch ein magdagscher Hikdar, der uns, wie sich herausstellte, seine Kabine zur Verfügung gestellt hatte. Er schien darüber nicht besonders verbittert zu sein. Ich entschuldigte mich und ging wieder unter Deck. Der Gestank der Sklaven und ihr ewiges Stöhnen und Kettengerassel machten mich nervös.

Im Rückblick möchte ich sagen, daß mich nicht der Mut verlassen hatte, weil ich doch an Bord blieb. Es gab oft Momente in meinem Leben, da ich Entscheidungen fällte, die für den Außenstehenden von Feigheit bestimmt zu sein schienen – doch ich bin dafür niemandem Rechenschaft schuldig – niemandem außer Delia. Doch wenn ich fiel, wäre Delia allein gewesen, und ich kam immer mehr zu der Überzeugung, daß sie mich in der kommenden Zeit an ihrer Seite brauchte. Unvorstellbare Mächte waren in Bewegung geraten und schoben sich irgendwie, irgendwo in Position, um loszuschlagen . . .

Wir lichteten mit den aufgehenden Sonnen den Anker und nahmen westlichen Kurs.

Es hatte schlechte Nachrichten gegeben. Pattelonia, die Stadt der Proconia, wo das Flugboot wartete, war überfallen worden und stand in Flammen. Die Sanurkazzer hatten eine Niederlage hinnehmen müssen. Die *Lady von Garles*, der Fünf-Fünf-Hundertzwanzigruderer, auf dem wir uns befanden, war beschädigt worden und hatte einen Teil der Ruderer verloren. Er führte Depeschen für die Admiralität in Magdag an Bord, und der geschickte Überfall auf das alte Handelsschiff, das wir zur Reise benutzt hatten, war ein netter Bonus gewesen. Tharu fügte sich in das Unvermeidliche und war einverstanden, nach Magdag zu reisen. Ohne Flugboot war die Reise über die Stratemsk und durch die dahinterliegenden feindlichen Gebiete zum Hafen Tavetus unmöglich. Also mußten wir mit nach Magdag reisen und dort auf ein Schiff aus Vallia warten, das in Kürze fällig war, wie Tharu mir sagte.

Ich hatte den Eindruck, daß Tharu ziemlich froh war, nicht wieder über die Stratemsk und den weiten feindlichen Landstrich fliegen zu müssen. Diese Erkenntnis ließ mich erzittern. Welche Mühsal hatte Delia ihren Untergebenen aufgezwungen, um mich zu finden!

Sie hatte mich nicht vergessen und liebte mich noch immer! Ich hatte sie so sehr enttäuscht, doch sie hatte mich nicht vergessen ...

Wenn die ärztliche Wissenschaft auch weitaus fortgeschrittener war als alles, was ich zu meiner Zeit auf der Erde erlebt hatte, tat man doch gut daran, um die Ärzte Kregens einen weiten Bogen zu machen. Sie liegen mit ihren Errungenschaften doch noch weit hinter den neuesten irdischen Entwicklungen zurück – beispielsweise in der Frage der Herztransplantationen. Allerdings arbeiteten sie viel mit Kräuterdrogen, die anscheinend wundersame Heilungen bewirkten, und die Chirurgen hatten Akupunkturtechniken entwickelt, die ich großartig fand. Es kam oft vor, daß ein Patient, dem man den Kopf oder den Leib aufgeschnitten hatte, Palines kaute und sich lebhaft mit dem Arzt unterhielt.

Dennoch hatte ich nicht den geringsten Wunsch, mich mit einem kregischen Arzt einzulassen, als ich mich etwas fiebrig zu fühlen begann. Offenbar begann mir der intensive Wunsch, nach Vallia zu reisen, in den Kopf zu steigen. Seit meinem Bad im heiligen Taufbecken des Zeph-Flusses war ich noch keinen Tag krank gewesen und wollte es auch jetzt nicht werden.

Die Ankunft in Magdag war, wie Sie sich vorstellen können, ein unangenehmes Erlebnis für mich, einen ehemaligen magdagschen Galeerensklaven.

Magdag ragte in seiner architektonischen Gigantomanie in den hellen Himmel auf. Möwen kreischten, und Flaggen und Banner bewegten sich in der Brise. Die Doppelsonne warf ihr intensives Mischlicht auf das glatte Hafenwasser. Die *Lady von Garles* glitt an den Hafenforts mit ihren zahlreichen Varters vorbei und erreichte den zweiten Schutzwall und ein inneres Becken – einen der zahlreichen Magdag-Häfen, die ich noch nie gesehen hatte.

Vallia unterhielt keine Konsulate in den Städten des Binnenmeers, wohl um nicht in die Politik dieser Region verwickelt zu werden. Die Vallianer sind schließlich in erster Linie eine Handelsnation. Tharu vermochte dennoch schnell eine Unterkunft für uns zu besorgen – in einem Palast, der mir sehr luxuriös vorkam.

Sein Kommentar war frostig: »Du bewegst dich jetzt in Kreisen, die die Grenzen deiner gewohnten Welt sprengen. Ich bin ein Kov von Vallia – wie du auch, bei meinen Sünden –, und wir erwarten einen gewissen Lebensstil. Etwas anderes wäre undenkbar, und dieser Palast genügt nur knapp unseren Ansprüchen, wie ich Glycas auch schon gesagt habe.«

»Glycas?«

Wir magdagschen Sklaven kannten uns in der Oberschicht des Landes nicht so gut aus.

»Ein sehr mächtiger Mann, ein Mann, der das Vertrauen des Königs genießt. Wir haben diesen Palast von ihm gemietet . . .« Wenn er nun hatte sagen wollen, daß ich mich vorsehen sollte, damit die Einrichtung nicht beschädigt wurde, so überlegte er es sich anders.

Vomanus hatte mit erleichtertem Aufseufzen seinen Umhang abgenommen und trug nun außer seinen Hosen und den schwarzen Stiefeln nur ein weißes Hemd mit zahllosen Rüschen. »Ein ganz annehmbarer Ort, Tharu«, sagte er.

Der ältere Mann starrte ihn düster an, ging jedoch nicht weiter auf das Thema ein.

Wir hatten es alle sehr eilig, Magdag zu verlassen und nach Vallia zurückzukehren, und bald traf die Nachricht ein, daß ein vallianisches Schiff angekündigt war. Vermutlich hatten die Todalpheme von Akhram ihre Hand mit im Spiel.

Wir verbrachten die Zeit mit Spaziergängen durch die Stadt und besuchten am Abend die Tavernen, sahen den Tanzmädchen zu und verschiedenen Spielen. Die Tänzerinnen waren Sklavinnen und trugen außer ihren Glöckchen kaum ein Kleidungsstück. Sie hatten wenig Ähnlichkeit mit den Mädchen, die fröhlich in den Wagenlagern meiner Klansleute für uns tanzten.

Mich bedrückte die Schmach der Sklaverei, und mir gefiel das alles nicht.

Die Zimmerflucht, die man mir im Palast des Glycas zugeteilt hatte, benutzte ich kaum. Als ich unter fadenscheinigem Vorwand bewußtlos an Bord der *Lady von Garles* gebracht worden war, hatte es Tharu in seiner gewohnten Autorität durchgesetzt, daß der magdagsche Kapitän auch unsere Besitztümer mit an Bord nahm. Tharus eisenbeschlagene Truhen standen nun in seinem Zimmer, wie auch meine Kisten mit Erinnerungsstücken an Sanurkazz – Seidenstoffe und Pelze, Juwelen, Münzen, Waffen, mein Langschwert und das Kettenhemd, das Mayfwy mir geschenkt hatte. Ich erkannte durchaus die Gefahr, die diese Stücke heraufbeschwören konnten – schließlich waren sie in der Tradition Zairs gearbeitet. Sie hätten mir große Schwierigkeiten machen können, wenn sie entdeckt worden wären.

Also hatte ich meine drei bronzebeschlagenen Holztruhen unter meinem Bett versteckt und erklärte meinen magdagschen Gastgebern, daß ich als Erinnerung an meinen angenehmen Aufenthalt in ihrer Stadt ein Langschwert und ein Kettenhemd erworben hätte – und als man bemerkte, die Rüstung sei doch von sanurkazzischem Schnitt, zwang ich mich zu einem Lachen und sagte, es handle sich zweifellos um ein Beutestück, das man zum Ruhme Grodnos gemacht habe. Das gefiel den Anhängern der grünen Sonne.

Doch es war ein angenehmeres Gefühl, wieder mit einem langen Rapier an der Hüfte durch die Straßen zu schreiten.

Glycas war ein düster wirkender Mann mittleren Alters – was auf Kregen bedeutete, daß er etwa hundert Jahre alt war –, und sein schwarzes Haar war noch dicht und modisch geschnitten, die Hände und Arme weiß, die Finger schwer von Ringen. Doch er war kein Dummkopf. Er trug das Langschwert offen und konnte damit umgehen. Er war klein und stämmig gebaut und für seine Erregbarkeit bekannt. Alles in allem war er ein gefährlicher Mann.

Seine Schwester, die Prinzessin Shusheeng – die außerdem eine Handvoll anderer vornehmer Namen trug, die von ihrem hohen Rang und ihrem riesigen Besitz einschließlich unzähliger tausend Sklaven kündeten – war schlank und dunkelhaarig – ein bezauberndes Kind. Vom Augenblick unseres Kennenlernens an schienen mich ihre Augen mit liebevollen Blicken zu verschlingen. Ich verglich sie unwillkürlich mit der fröhlichen, quirligen Einfachheit Mayfwys und bewunderte die geradezu tierische Vitalität dieser Frau, ihren brennenden Blick, die Intensität des Gefühls, mit dem sie alles an sich riß, das sie haben wollte. Ihr vornehmes Gerede amüsierte mich. Von neuem wurde mir klar, wie gelassen meine Delia die vielen langen Titel ertrug, die sie geerbt hatte, wie unauffällig und sicher sie sich in die Rolle der Prinzessin Majestrix von Vallia fügte.

Prinzessin Shusheeng machte mir unverkennbar Avancen. Ich ärgerte mich darüber wegen der Komplikationen, die das heraufbeschwören mußte, und fühlte mich doch geschmeichelt. Vomanus beneidete mich sichtlich um mein Glück, wie er es nannte. Tharu runzelte nur die Stirn und ließ sich seinen Ärger ansonsten nicht anmerken.

Als wir eines Tages auf der oberen Galerie standen und über eins der Hafenbecken blickten, das sich unter unserem Palast erstreckte, erwähnte ich, daß ich mich auf meine Rückkehr nach Hause freute.

»Aber mein lieber Kov von Delphond, was hat dein Vallia zu bieten, das du nicht reichlicher und besser im Heiligen Magdag finden könntest?«

Ich zuckte innerlich zusammen und antwortete: »Ich habe Heimweh, Shusheeng. Das wirst du doch verstehen können?«

Mit unverständlichem Stolz erwiderte sie: »Ich habe noch keinen Fuß außerhalb der Gebiete Magdags gesetzt!«

Die Frau widerte mich an! Ich wollte so schnell wie möglich nach Vallia weiterreisen.

Und sie erkannte meine Gefühle; sie spürte meine Ablehnung.

Am nächsten Tag wanderten Vomanus und ich durch eine der Gassen, in denen erstklassige Schmuckwaren feilgeboten wurden, als wir auf Prinzessin Shusheeng mit ihrem Gefolge stießen – einer Gruppe Chulikwächter und zahlreichen angeberischen Adligen, die um sie herumstolzierten wie aufgeplusterte Hähne. Sie behandelte sie natürlich alle wie Dreck.

»Was für ein Schmuckstück kaufst du denn da, Kov Drak?«

Ich hob das Stück hoch – ein herrlicher Reif aus geschnitztem Chemzite, das im Licht der Sonne blitzte. Es stammte von einem sanurkazzischen Künstler.

»Ein hübsches Stück«, sagte ich.

»Es kommt aus Zair«, bemerkte sie mit herabgezogenen Mundwinkeln. »Es müßte auseinandergebrochen und zu einem richtigen Stück aus Grodno umgestaltet werden.«

»Vielleicht – aber es ist nun mal hier.« Ich zwang mich zum Weitersprechen. »Sicher ist es die Beute eines erfolgreichen Galeerenkapitäns.«

Sie lächelte mich an. Ihr Mund war kirschrot, ein wenig zu groß, und verhieß in seiner Weichheit große Leidenschaft.

»Und es ist für mich – ein Abschiedsgeschenk, Kov Drak?«

»Nein!« erwiderte ich etwas zu heftig. »Ich will es mit nach Vallia nehmen – als Erinnerungsstück an das Auge der Welt.« Das war nur die halbe Wahrheit, wie Sie erkennen werden.

Sie verzog schmollend den Mund, lachte fröhlich, als hätte ich einen Witz gemacht, und fügte eine herabwürdigende Bemerkung an, die offenbar an ihre Begleitung gerichtet war. Dann schritt sie hastig weiter und ging zu ihrem Sectrix, mit dem sie wirklich gut umzugehen verstand.

Heute weiß ich, daß mir diese Szene das Leben rettete.

Am gleichen Abend wurde das vallianische Schiff am Kap gesichtet; es würde noch in derselben Nacht in Magdag anlegen. Bisher hatte ich noch kein Schiff aus Vallia gesehen, denn sie waren im Binnenmeer sehr selten. Sie pflegten in Flotten zu reisen, um die jahreszeitlichen Winde gut auszunutzen, und ich war immer unterwegs gewesen, wenn Handelsfahrer aus Vallia in Sanurkazz angelegt hatten. Einmal hatte ich versucht, Kurs auf einen Vallianer zu nehmen, der an Isteria vorbeikommen mußte, doch aus irgendeinem Grund verfehlte ich das Schiff.

Nun freute ich mich auf die Begegnung.

Vomanus ging zum Hafen, um den vallianischen Kapitän zu begrüßen, doch gleich darauf kam er fluchend zurück, um einen Sectrix zu satteln und zu einem entfernten Ankerplatz zu reiten, der dem vallianischen Schiff unerklärlicherweise vom Hafenkapitän zugewiesen worden war. Ich rief ihm ein Scherzwort nach; ich hatte mitreiten wollen, doch Tharu war dagegen gewesen.

»Ein Kov reitet nicht zum Kai hinunter, um einen einfachen Schiffskapitän zu begrüßen«, sagte er tadelnd – und damit war das Thema erledigt.

Ich hatte mir inzwischen zusammengereimt, daß ein Kov etwa einem irdischen Herzog entsprach – und diese Information deprimierte mich. Ich hielt nichtssagende Titel für überflüssig.

Auf Kregen wird mit Begeisterung ein Brettspiel gespielt, das Jikaida heißt. Wie der Name schon sagt, hat es mit Kämpfen zu tun. Das in Quadrate unterteilte Spielfeld sieht wie ein längliches Schachbrett aus, und das Spiel ähnelt in seinen Zügen dem irdischen Halmaspiel, wenn sich eine Armee Jikaidasoldaten gegen die andere wendet. Wenn Sie nun annehmen, daß die Farbe der Spielsteine Rot und Grün war, so irren Sie. Die Färbungen sind Blau und Gelb oder Weiß und Schwarz. Rot und Grün sind allein dem wirklichen Kampf vorbehalten. Um uns die Zeit zu vertreiben, begannen Tharu und ich ein Spiel Jikaida.

Ich hatte es mir angewöhnt, niemals mit dem Rücken zur Tür zu sitzen, wenn ich es vermeiden konnte.

Als nun die Tür unseres Zimmers aufgestoßen wurde und Männer in Rüstungen hereindrängten, die Gesichter mit roten Tüchern bedeckt, sprang ich sofort auf. Tharu, der sich erst hätte umdrehen müssen, wurde über den Tisch gestoßen. Jikaidasteine flogen wie ein blau-gelber Schauer durch das Zimmer. Der Tisch prallte mir gegen die Beine. Mein Rapier lag auf dem Boden neben mir – leicht zu erreichen, aber leider noch in der Scheide. Immerhin war Magdag eine große Stadt, und wer rechnete mit einem Angriff in einem Palast? Als ich die Klinge blankgezogen hatte, saß mir bereits eine Dolchspitze an der Kehle, und jede weitere Bewegung hätte mich das Leben gekostet.

In diesem Augenblick hatte ich das Gefühl, alt geworden zu sein

– ich, Dray Prescot, der im heiligen Taufbecken Aphrasöes gebadet hatte und tausend Jahre alt werden würde!

Ich wurde wie ein Vosk gefesselt und wie eine Teppichrolle zwischen zwei stämmigen Angreifern aus dem Raum und durch einen Geheimgang geführt, der hinter dem riesigen Porträt eines siegreichen magdagschen Galeerenkapitäns begann. Einige Stockwerke tiefer wurde ich auf einen Mistkarren geworfen, der mich mit seinem Duft an die Bänke der Galeerensklaven erinnerte. Wir holperten über Basaltpflaster dahin, ohne daß ich einen Blick auf meine Angreifer werfen konnte; ich hörte sie auch nicht.

Schließlich wurde ich in einen feuchten Steinkeller geworfen. Ich starrte auf die roten Halstücher, die vor die Gesichter gebunden waren. Nur die Augen meiner Gegner schimmerten im Dunkeln.

Hinterher erfuhr ich, daß ich fünf Tage gefesselt in jenem Keller gelegen hatte, nur von einem widerwärtig schmeckenden Brei ernährt, ohne Bewegung, mit einem Eimer als Toilette, und stets von zwei Männern bewacht. Tharu war nicht bei mir.

Am sechsten Tag wurde ich gerettet. Als Männer in Rüstungen eintraten, standen meine Wächter langsam auf, dann erstarrten sie, und obwohl ich ihre Gesichter nicht sehen konnte, vermochte ich mir doch ihr Entsetzen vorzustellen. Die Neuankömmlinge stachen sie erbarmungslos nieder. Als der zweite Wächter leblos zu Boden sank, riß ihm einer der Neuankömmlinge das rote Halstuch ab, hielt es hoch und spuckte darauf.

»Siehst du!« brüllte er. »Dies ist das Werk der Ketzer von Sanurkazz! Die stinkenden Vosks von Zair haben dies getan . . .«

Er beugte sich herab und durchtrennte hastig meine Fesseln. Seine Männer halfen mir beim Aufstehen. »Aber jetzt bist du frei, Kov von Delphond!«

13

»Lord Kov«, sagte Glycas förmlich zu mir, »ich möchte dir meine Entschuldigung aussprechen. Es ist mir unvorstellbar, wie einem geehrten Gast in Magdag solches Schicksal widerfahren kann. Aber . . .« Er breitete die Hände aus. Seine blitzenden dunklen Augen waren auf mich gerichtet. »Wir leben in einer unruhigen Zeit. Die Macht der Roten macht sich überall bemerkbar . . .«

»Drak müßte eigentlich dankbar sein, daß wir ihm das Leben gerettet haben«, sagte Prinzessin Shusheeng. Sie lag lässig auf einer hängemattenähnlichen Liege aus Seide, an der Quasten aus Goldfäden hingen; einen Arm hatte sie über den Kopf erhoben und ihren Körper aufreizend gekrümmt. »Die See-Leem aus Sanurkazz werden eines Tages bis auf den letzten Mann vernichtet. Aber ich bin froh, daß wir dich vor ihnen errettet haben, Drak.«

Auf dem Balkon hoch über dem Hafen umspielte uns eine kühlende Brise, für die ich dankbar war, denn die Hitze war erdrückend. Magdag, das nördlich von Sanurkazz lag, hatte ein etwas kühleres Klima, doch keine der beiden Städte genießt die starken Winde, die über das ferne Sonnenuntergangsmeer heranwehen und Zenicce kühlen. Ein mächtiger Meeresstrom, der sogenannte Zim-Strom, zieht von Süden an der Küste Donengils herauf, vorbei am südlichen Turismond. Im Bogen nach Nordwesten schwenkend, zieht er sich als andersfarbige Wasserstraße durch das Cyphrenmeer zwischen Turismond und Loh und umspielt also die gesamte West- und Südküste Vallias. Der südliche Zweig erreicht zuweilen auch Zenicce, das an der Westküste von Segesthes liegt.

»Ich danke euch von Herzen«, sagte ich, faßte mich und fuhr fort: »Anscheinend haben die Kerle all meine Besitztümer an sich genommen.«

Glycas nickte. »Alles, was du bei dir hattest. Wertvolle Dinge, daran zweifle ich nicht.«

»Aus Vallia«, bemerkte Susheeng.

Ich merkte auf.

»Kaum«, erwiderte ich leichthin. »Ich habe Kuriosa des Auges der Welt gesammelt – kunsthandwerkliche Dinge aus Magdag – und aus Sanurkazz.«

»Ah – natürlich«, sagte Glycas mit einer seidenweichen Stimme, der ich nicht traute.

»Hätte euer vallianischer Kapitän sein Schiff nicht so weit weg ankern lassen, wäre euer mutiger Begleiter Vomanus hier gewesen.« Vomanus war außer sich vor Wut gewesen, als ich ihm schließlich wieder gegenüberstand. Tharu, der gestrenge Vallianer, war seit dem Überfall nicht mehr gesehen worden. Alle hielten ihn für tot. Und wenn er nicht tot und womöglich auf die Galeeren geschickt worden war, dann mochte ihm der Tod jetzt als etwas Wünschenswertes erscheinen.

»Es gibt immer wieder solche dummen Rückschläge«, bemerkte Glycas leichthin. »Die Sklaven, die an den Bauten zum Ruhme Grodnos arbeiten, suchen die ketzerische Hilfe Zairs, dieses elenden

Gottes. Wir werden Nachforschungen anstellen und die Schuldigen bestrafen.«

»Und bis dahin?«

Prinzessin Shusheeng erhob sich wie ein anmutiger und gefährlicher Leem. Sie lächelte mich verführerisch an, und ihre sinnlichen Lippen schimmerten feucht. »Oh, wir übernehmen natürlich die volle Verantwortung für deinen Schutz, mein lieber Drak, bis ein anderes vallianisches Schiff eintrifft.«

»Es wäre unklug, weiter allein in diesem Palast zu wohnen«, sagte Glycas energisch.

»Wir hoffen, du erweist uns die Ehre, in unser Heim überzusiedeln – das immerhin der Palast des Smaragdenen Auges ist. Nur der König, über den sich kein Sterblicher zu erheben wagt, hat einen schöneren Palast in Magdag.«

»So sei es denn«, sagte ich und fügte mich in das Unvermeidliche. Dann hatte ich die Klugheit hinzuzufügen: »Und ich danke euch sehr.«

So kam es, daß ich zu Glycas und seiner raubgierigen Schwester Susheeng in den Palast des Smaragdenen Auges zog. Der Palast war riesig, prunkvoll, zugig, laut und nicht besonders bequem – und er war von Sklaven erbaut worden.

Bei jeder sich bietenden Gelegenheit streifte ich durch die Stadt. Obwohl Vallia mein Ziel war, musterte ich die Befestigungen der Stadt noch mit dem Auge des feindlichen Krozairs aus Sanurkazz. Glycas hatte darauf bestanden, daß ich stets eine Eskorte von sechs Chuliks mitnahm. Ich hatte protestiert, doch sein Ton verriet mir, daß er nicht nachgeben würde. Ich dachte an den Skorpion, den ich auf den Uferfelsen des großen Kanals gesehen hatte; so kam mir auch Glycas vor – schnell, unberechenbar, gefährlich.

Ich wanderte durch die Straßen und Boulevards, betrachtete die Architektur, suchte einige Schänken und Amüsierlokale auf. Ich zwang mich sogar einmal dazu, in eine kleine Arena zu blicken, in der sich Gruppen rauschgiftsüchtiger Sklaven zum kreischenden Vergnügen des magdagschen Adels zerfleischten. Angewidert zog ich weiter.

Nach einigen Tagen kam ich auf den Gedanken, auf einen Sectrix zu steigen und die Stadt – natürlich in Begleitung meiner Leibwächter – landeinwärts zu verlassen, um den megalithischen Baukomplex aufzusuchen.

Mehrmals zuvor hatte ich mit Architekten gesprochen, oft bei den intimen Abendessen, die Shusheeng mit Begeisterung arrangierte. Die parfümierten und prachtvoll frisierten Männer hatten mir versichert, daß die Gebäude wichtig waren für die Seele Magdags. Nur in der beständigen Errichtung gewaltiger Steinmonumente konnte Magdag seinen Daseinszweck finden. Dabei hörte ich wieder von dem Großen Tod, dem Zeitpunkt des Sterbens, und wußte nun, daß damit die Zeit der Sonnenfinsternis gemeint war, die Zeit, da die grüne Sonne von der roten verdeckt war. Dieses astronomische Ereignis hatte natürlich eine gewaltige Bedeutung für Menschen, die die Gottheit der grünen Sonne, Grodno, verehrten – in gewisser Weise war diese Finsternis ein Tod. Wenn dagegen die grüne Sonne vor der roten vorbeizog – und dabei, da sie die kleinere war – keine totale Bedeckung zustande kam –, begann für die Magdager regelmäßig eine Periode der Gewalt und der Eroberungen. In dieser Zeit bemannten die Zairer all ihre Bastionen, schärften ihre Schwerter und schickten sämtliche Schiffe auf das Binnenmeer.

Was die Magdager taten, wenn die grüne Sonne hinter der roten verschwand, wenn der Große Tod anbrach, sollte ich noch erfahren . . .

Die massiven Gebäude hatten sich überhaupt nicht verändert. In meinem Herzen regten sich Mitleid und Wut, als ich die unzähligen Sklaven schuften sah.

Die Gebäude, die ich als halb vollendet in Erinnerung hatte, waren inzwischen fertiggestellt. Ich sah Aufseher, die die Sklaven zu immer schnellerer Arbeit antrieben. Meine Chuliks ließen mich nicht zu nahe heran; sie hatten ihre Langschwerter und fühlten sich doch nicht sicher genug. Ich roch ihre Nervosität.

»Sie sind hinter dem Plan zurück«, erzählte mir ein rastgesichtiger Kommandant der Wache, ein Oberherr der zweiten Klasse. Er war der erste Vertreter seines Standes, den ich seit meiner Ankunft in Magdag traf; ich hatte mich stets in Gesellschaft von Oberherren der ersten Klasse und Adligen bewegt – Zair möge mir verzeihen.

»Die Zeit des Großen Todes rückt heran«, fuhr er fort. Er schien sich zu freuen, mit einem Mann von hohem Stand sprechen zu dürfen. »Wir müssen bis dahin mindestens noch eine neue Halle vollendet haben.«

Von unangenehmen Erinnerungen an Sklaven und Arbeiter bedrängt – besonders an Genal, Holly und Pugnarses –, betrachtete ich die fantastische Szenerie, die ich nun mit neuen Augen zu schauen vermochte. Es wimmelte von Männern und Frauen. Die graugekleideten Gestalten bewegten sich verwirrend wie eine Insektenarmee über den Boden und auf den Gerüsten. Gewaltige Steinmassen wurden in die Luft gehievt, die Steinhaufen wuchsen, und endlose Ketten von Sklavenkindern trugen neue Steine heran. Das Gebrüll, das Knallen der Peitschen, der Dunst aus Staub und Steinsplittern, der in der Luft hing, der Gestank der vielen tausend Menschen – dies alles umgab mich wie ein Pesthauch der Hölle. So hatte es vielleicht beim Turmbau in Babylon ausgesehen – nur daß hier jeder seinen Nachbarn verstehen konnte.

Ich gab mir Mühe, jeden Teil der Baustelle zu besichtigen, und entdeckte zahlreiche mir unbekannte Orte. Da waren die Metallschmiede, die aus ihrem Material herrliche Ornamente formten, die Steinmetze, die vollkommene Formen aus dem Gestein herausarbeiteten, die Künstler, die ihre Fresken und Friese malten mit der Sicherheit von Männern, die die gleiche Figur in derselben Position und in den gleichen Farben schon hundertmal geschaffen hatten. Strikte Routine herrschte bei diesen Ausschmückungen, und betrat man einen der riesigen Säle mit ihren unzähligen Säulen, Monumenten und Gemälden, so hatte man manchmal das Gefühl, dasselbe Gebäude vor sich zu sehen, das man eben erst verlassen hatte.

Die Fertigungsmethoden mit ihrer Präzision und rationellen Gestaltung erstaunten mich. Auf der Erde wurde dieser Stand der Produktionstechnik erst mit der Erfindung der Autofließbänder erreicht. So standen etwa in langen Reihen Männer nebeneinander und stellten fässerweise Eisennägel her, die für die Holzgerüste verwendet wurden. Sie arbeiteten festgekettet und in einer Art Betäubung.

Ich sah, daß die Sklaven auch an die riesigen Steine gefesselt waren, die mit Booten aus den Bergen des Landinneren herangeschafft wurden – ein schwarzgrauer Basaltstein, der wenig Ähnlichkeit hatte mit den gelben Mauersteinen, aus denen die Häuser der Adligen in der Stadt bestanden. Hier unten an den Anlegestellen lagen auch die gewaltigen Küchenanlagen. Holly hatte in kleinem Umfang für eine Gruppe der Ziegelmacher gekocht, die meisten Sklaven jedoch wurden aus Riesenküchen versorgt. Hier stank es entsetzlich nach verfaulten Nahrungsmitteln, und es wimmelte von Rasts und Ungeziefer. Unten am Fluß, der hier eine rote Färbung hatte, sah ich gewaltige Knochenhaufen und Abfallberge, die sich meilenweit erstreckten. Die Umweltverschmutzung – etwas, das ich auf Kregen nicht erwartet hatte – war in Magdag zum Problem geworden.

Meine Chulikwächter machten keine Anstalten, mir die Sklavenbezirke zu zeigen, und ich wußte auch, daß ich mich dort in meiner Aufmachung und mit nur sechs Leibwächtern nicht sehen lassen durfte. Glycas hatte mich zu einer Sklavenjagdpartie eingeladen, wie er es nannte, doch ich hatte schaudernd abgelehnt und Unpäßlichkeit vorgeschützt.

Wie schon so oft zuvor war mir mein Leben unerträglich geworden. Etwas mußte geschehen, etwas mußte unternommen werden – und wenn ich, Dray Prescot, überhaupt noch eine hohe Meinung von mir haben wollte, mußte ich den Anstoß geben.

Prinzessin Shusheeng begann mir mit ihrer Geilheit auf die Nerven zu gehen. Meine Tür war nachts verschlossen, doch sie kratzte zwei- oder dreimal daran. Ich wußte, daß sie es war, denn ich roch ihr schweres, reichlich aufgetragenes Parfum. Ich vermutete, daß sie wohl bald zu direkterem Angriff übergehen würde, und legte mir in Erinnerung an Prinzessin Natema einen kleinen Plan zurecht. Im Norden jenseits der riesigen Farmen lag ein Landstrich mit gewaltigen Präriegebieten, die gut für die Jagd geeignet waren – dabei dachte ich mit Sehnsucht an die Savanti und an Maspero, der sich für das atavistische Verhalten seiner Rasse entschuldigt hatte, als er mich auf eine Graintjagd mitnahm, die allein für die Jäger gefährlich werden konnte.

Die Vorbereitungen für meine Jagd liefen bald an, und Vomanus, der sich wohl irgendwo in der Stadt eine Freundin zugelegt hatte, wurde aufgetrieben und mußte uns begleiten. Glycas und seine Schwester informierte ich nicht. Wir wurden von einigen Chulikwächtern und einer Gruppe Sklaventräger begleitet und stiegen schließlich auf unsere Sectrixes. Ich entfernte mich bald von der Safari. Ich hatte Vomanus angewiesen, so zu tun, als erwarte er mich draußen auf der Ebene. Ich stellte den Sectrix unter, zog meine Jagdkleidung aus und legte das graue Lendentuch an, das ich einem Palastsklaven gestohlen hatte. Dann suchte ich nach Einbruch der Dunkelheit das Gebiet der Baustellenarbeiter auf.

Ich fühlte mich dort ganz und gar nicht zu Hause, doch vertraut war mir die Umgebung noch. Es gab Augenblicke, da hätte ich mein dummes Vorhaben am liebsten aufgegeben. Doch ich schritt weiter. Dies, so überlegte ich immer wieder, gehört zu den Wünschen der Herren der Sterne.

Als mich der vertraute Gestank der Slums umgab und ich wieder das verrückte Durcheinander aus schiefen Mauern und Türmen und einsackenden Dächern sah, mußte ich an mich halten, um nicht umzukehren.

Ein Arbeiter, der eine Flasche Dopa gefunden hatte, lehnte schnarchend an einer Wand. Mich umgaben die unruhigen Laute von vielen tausend Menschen, die in winzigen Hütten schliefen oder sich wegen der Hitze auf die Gassen gelegt hatten.

Ich erreichte die vertraute Hütte. Genal richtete sich auf seiner Strohmatratze auf und blinzelte mich an.

»Wer . . .? Das ist doch nicht möglich! Schreiber? *Schreiber?*«

Ich trat hastig ein und nahm seine Hand. »Lahal, Genal. Es geht dir gut?«

Er starrte mich an und schluckte. »Lahal, Schreiber.« Plötzlich sprang er auf, eilte durch den Raum, wobei er einen irdenen Krug umstieß, und beugte sich über ein anderes Lager, das ich noch gar nicht bemerkt hatte. Er schüttelte den Schläfer.

»Pugnarses – wach auf, wach auf! Schreiber ist wieder da, er ist zurückgekehrt aus dem grünen Paradies von Genodras!«

Ich erstarrte. Pugnarses erwachte schlecht gelaunt und starrte mich schläfrig an. Sein struppiges Haar, sein bösartiger Blick, dies alles stieß mich ab – doch ich bezwang meine Gefühle, streckte ihm die Hand hin und sagte: »Lahal, Pugnarses!«

»Lahal, Schreiber.«

Ich fühlte mich fehl am Platze. Beide starrten mich an, als wäre ich ein Gespenst. Gewissermaßen war ich das auch – jedenfalls für sie.

Aber beide verhielten sich ganz natürlich. Was hätte Pur Zenkiren – oder Pur Zazz – in dieser Situation gemacht? fragte ich mich unsicher und nahm mich zusammen.

»Ich kann nicht lange bleiben«, sagte ich, »und darf mich draußen im Bezirk nicht sehen lassen.«

Genal sagte eifrig: »Du kannst so lange hierbleiben, wie du willst. Du bist hier sicher.« Er bückte sich und hob seine graue Tunika an, die das grüne Abzeichen eines Aufsehers trug: »Auch ich führe nun einen Balass. Wir können dir helfen.« Er musterte mich mit prüfendem Blick und betrachtete besonders meine Schultern und Armmuskeln. »Bist du auf die Galeeren gekommen?«

»Ja, Genal, auf die Galeeren.«

»Und du hast fliehen können!« Pugnarses pfiff durch die Zähne. Vermutlich ärgerte er sich, daß Genal den Balass-Stock errungen hatte, während er noch nicht zum Oberaufseher befördert worden war, was er seit langer Zeit anstrebte.

»Was ist aus dem Fristle Follon geworden?« fragte ich.

Pugnarses schnaubte verächtlich durch die Nase. Genal verzog das Gesicht und machte eine unzüchtige Handbewegung; ich hatte die rauhen Sitten der Sklaven vergessen und wurde nun lebhaft daran erinnert. Ich durfte nicht vergessen.

»Auch er ist Balassträger. Er hat Informationen über eine Flucht weitergegeben, als du verschwandest – und wurde belohnt.«

»Ich war froh, daß du so vernünftig warst, bei ihm nicht mitzumachen, Genal.«

»Aber wir werden uns eines Tages erheben . . .«

»Ja«, sagte ich. »Und wie geht es Holly?«

Ihre Reaktion war interessant. Beide warfen sich einen kurzen Blick zu und sahen mich dann ausdruckslos an.

»Es geht ihr gut, Schreiber«, antwortete Genal.

»Sie ist schöner als alle herausgeputzten Frauen in den magdagschen Palästen«, sagte Pugnarses heftig.

So stand die Sache also. Ich war allerdings nicht in den Sklavenbezirk gekommen, um Holly zu sehen, obwohl ich gehofft hatte, ihr wiederzubegegnen. Ich mußte mich bei diesen Männern richtig einführen. Schon glaubten sie, ich sei ein geflohener Galeerensklave und suchte Hilfe. Das war ein Anfang.

»Ich brauche vielleicht eure Hilfe – ihr müßt mich verstecken«, sagte ich. »Wenigstens von Zeit zu Zeit. Denn ich habe große Pläne.« Ich verstummte. Im Rechteck der Tür erschien ein Schatten, und eine leise Stimme hauchte ein einziges Wort:

»*Schreiber!*«

Holly war noch immer unglaublich schön. Sie war gereift, doch ich wußte, daß sich hinter ihrer gespielten mädchenhaften Naivität eine eiserne Entschlossenheit verbarg. Neben ihr war Prinzessin Shusheeng eine aufgedonnerte Herbstblume.

»Lahal, Holly!« begann ich.

Doch sie eilte auf mich zu und warf mir die Arme um den Hals. Ihr schlanker, biegsamer Körper preßte sich nackt gegen den meinen. Ihre heißen und überwältigenden Lippen schockierten mich mit ihrer ungestümen Berührung, preßten sich auf meinen Mund. Und während sie mich so überschwenglich küßte, sah ich über ihre Schulter, wie mich Genal und Pugnarses entsetzt anstarrten.

14

Von nun an wurde das Leben interessant und aufregend.

Ich verbrachte viele Nächte in den Sklavenslums. Nachdem ich wieder zu meiner Safari gestoßen und nach einem schnellen Jagdzug nach Magdag zurückgekehrt war, sorgte ich für ein Versteck in der Nähe des Sklavenbezirks, das ich vom Palast des Smaragdenen Auges mit einem Sectrix mühelos erreichen konnte. Ich versteckte dort Waffen, Kleidung und Geld. Ich verließ den Palast ohne Chulikwächter, die ich durch ein Täuschungsmanöver los wurde, zog mein graues Lendentuch an und stahl mich in das Gewirr aus Gassen und Innenhöfen. Vor Anbruch der Morgendämmerung war ich zurück.

Den sechsten Tag vermochte ich fast vollständig bei den Sklaven und Arbeitern zu verbringen, da Glycas und Shusheeng mit irgendwelchen Riten beschäftigt waren. Besonders zu dieser Zeit, da der Tag des Großen Todes herannahte, ließen sich die Magdager in ihrem religiösen Leben nichts zuschulden kommen.

Das Problem mit dem Fristle Follon löste sich auf eine seltsame Weise, die sich als mein Vorteil herausstellte.

Zu behaupten, alle Fristles sähen gleich aus, wäre unrichtig. Ich vermochte einzelne Wesen zu erkennen, wenn das nötig war. Als eines Abends die letzte der Sonnen vom Himmel verschwand und die Jungfrau mit dem Vielfältigen Lächeln hell über den Wolken stand, ritt ich zum Fluß hinab und band meinen Sectrix an einem Baum fest. Hinter mir erstreckten sich die Slums am Ufer. In Sekundenschnelle hatte ich meine vallianische Ausrüstung verstaut und den grauen Lendenschurz angezogen. In meinem Gürtel, der einen Knüppel enthielt, steckte außerdem ein scharfes, leicht gebogenes Messer in einer Scheide. Mich den ersten Häuserreihen nähernd, hörte ich einen Schrei – gedämpft, doch ganz in der Nähe.

Im nächsten Augenblick taumelten zwei Fristles kämpfend aus dem Dunkel ins Mondlicht. Offenbar versuchte ein männlicher Fristle ein Weibchen zu vergewaltigen. Sie konnte nicht mehr schreien, weil ihr der Mann einen Arm um den Hals gelegt hatte.

Dann erkannte ich, daß der Mann Follon war.

Ich sprang hinzu, packte ihn am Hals und stemmte ihm ein Knie in den Rücken. Follon versuchte zu schreien, und meine Finger verkrampften sich um seinen Hals. Er konnte seinen Krummsäbel nicht ziehen, denn im nächsten Augenblick warf ich mich über ihn, und wir rollten zu Boden.

Das Fristlemädchen blieb leblos liegen und wimmerte. Sie war nackt. Ihr mit kurzem Fell bedeckter Körper schimmerte im rosa Mondlicht. Ein anderer Fristle, eine ältere Frau, kniete neben ihr nieder, hielt ihr den Kopf und begann ihr in der Fristle-Sprache schluchzend zuzureden. »Er hätte meine Sheemiff mißbraucht«, schluchzte sie. »Und sie getötet!«

Follon bäumte sich unter mir auf, doch ich hielt ihn fest und lehnte mich zurück – und dann, Zair ist mein Zeuge, geschah etwas, das durch seine Bewegung oder meinen Griff oder mein Unterbewußtsein bewirkt wurde – ich weiß es nicht. Jedenfalls brach plötzlich knackend sein Rückgrat.

Mir war ein tausendjähriges Leben geschenkt worden – und jetzt sah ich einen langen, dunklen und sehr schmalen Tunnel vor mir liegen – den Weg eines Lebens, in dem es mein Schicksal zu sein schien, nicht nur mit den Konsequenzen meines eigenen Handelns, sondern auch mit dem Widerhall der Wesenszüge anderer Völker und Individuen fertig werden zu müssen. Es lag in der Natur jenes Skorpions, mich umbringen zu wollen; es war meine Natur, mich zu verteidigen. Aber was war natürlich an der versuchten Tat dieses Fristle? Und war es natürlich, daß ich ihn daran hinderte? In jenem Augenblick, als ich Follons Gestalt zu Boden sinken ließ, begann ich wohl zum erstenmal das düstere Geschick zu spüren, das mich bedrohte. Ich war verdammt. O ja, jeder ist verdammt, auf jeden wartet der Tod. Doch in jenem Augenblick wurde ich mir der Drohung eines Unheils bewußt, das außerhalb von Zeit und Raum lag, und mit jedem Schritt und jeder Entscheidung mußte ich meine Vernichtung nur um so sicherer heraufbeschwören.

In jenem Augenblick verfluchte ich die Herren der Sterne – und haßte sie und alle ihre Pläne.

Als ich den toten Fristle in den Fluß werfen wollte, eilte die alte Fristlefrau herbei. Ich hielt sie davon ab, die Leiche zu verstümmeln, was sie am liebsten getan hätte, konnte aber nicht verhindern, daß sie die Kleidung und das Geld und den Krummsäbel an sich nahm.

»Die Sachen gehören mir«, sagte sie und sah mich an. »Und meine Sheemiff gehört dir, wenn du sie willst, denn du bist ein großer Jikai!«

Ich erschauderte. Jikai! Wie oft war dieses große Wort hier im Auge der Welt schon mißbraucht worden! Mit hastigen Worten verabschiedete ich mich und verschwand. Um ehrlich zu sein, erregte mich der pelzige Mädchenkörper der jungen Fristle. Ich eilte durch die rosagefärbten Schatten in den Sklavenbezirk.

Wie ich bei meinem letzten Besuch angeregt hatte, wartete der Prophet auf mich.

Es scheint mir klar zu sein, daß Delias aufwendige Suche nach mir die Pläne der Herren der Sterne gestört hatte – doch inzwischen hatte ich das Gefühl, wieder dort zu sein, wo mich diese Himmelsmächtigen haben wollten.

Und ich ahnte auch, was sie von mir erwarteten.

Der Prophet schien sich nicht verändert zu haben.

»Die Arbeiter werden sich erheben, Schreiber«, sagte er mit eindringlicher Stimme. »Zu lange haben sie gelitten. Die Zeit ist gekommen!« Er starrte die versammelten Arbeiter mit fanatischem Blick an.

Die Männer machten Pläne. Ich hörte zu. Diese Menschen hatten mich als einen Mann akzeptiert, der sich bewährt hat, und als ich versprach, ihnen zum Beweis meiner guten Absichten Waffen zu besorgen, gehörte ich dazu.

Doch viel wurde von Gefühlen und Leidenschaften, von Haß und Wut geredet, und es gab lange Schilderungen der Dinge, die man den Oberherren antun wollte, sobald man sie besiegt hatte. Ich wurde unruhig.

»Ihr redet wirr durcheinander«, sagte ich schließlich. Sie reagierten unwillig, doch ich brachte sie zur Ruhe. »Ihr redet davon, die Oberherren in den Sklavengruppen anzuketten und sie zu zwingen, Steine zu schleppen. Habt ihr denn alles vergessen? Die Oberherren tragen Rüstungen und Schwerter. Sie sind ausgebildete Kämpfer! Aber was seid ihr?«

Genal sprang mit wutverzerrtem Gesicht auf. »Wir sind Arbeiter und Sklaven, aber wir können kämpfen!«

»Ich kann euch Schwerter, Speere und einige Rüstungen bringen, aber nicht genug. Und wie willst du dann die Oberherren bekämpfen, mein mutiger Genal?«

So stark war der Zorn und die Leidenschaft der Verzweiflung in diesen Slums, daß die Sklaven nicht die Zeit oder Energie aufbrachten, sich zu fragen, wo ich denn die Waffen für sie hernehmen wollte. Ich hatte Nahrungsmittel mitgebracht, um ihnen nicht zur Last zu fallen, und schon lag ein halbes Dutzend Schwerter sorgfältig eingewickelt in einem Loch unter Genals und Pugnarses' Hütte.

Die Diskussion geriet erneut in Gang und lief endlos im Kreise. Ich ließ die Sklaven gewähren. Sie mußten allein auf die Wahrheit kommen.

Endlich wurde es still. Pugnarses knetete seine Fäuste, und ab und zu hieb er damit auf den Boden. Genal war offenbar den Tränen nahe, doch er beherrschte sich. Er sah mich an. Ich bemerkte diesen Blick und wußte, daß es nun bald Zeit war für die harten Tatsachen. Bolan, ein riesiger Sklave mit kahlrasiertem Schädel, wandte sich unmittelbar an mich. »Was meinst du, Schreiber?« wollte er wissen. »Du hast nur Elend und Verdammnis für uns – kannst uns nicht andere Dinge bringen?«

»Ja, Schreiber!« rief Genal. »Gib uns einen Plan!« Ich bemerkte, daß Pugnarses mit dieser Wendung der Dinge offenbar nicht einverstanden war.

Und ich berichtete ihnen alles.

Der Plan war nicht übermäßig raffiniert. Nur Träumer bilden sich ein, etwas völlig Neues zu schaffen, das die kregischen Sonnen noch nicht geschaut haben.

»Die Vorteile des Plans sind klar«, sagte ich schließlich. »Ebenso seine Nachteile. Der ganze Vorgang dauert länger, als wir eigentlich wollten.«

Pugnarses fuhr auf. »Lange! Ja, viel zu lange! Gib uns die Waffen, und wir töten die Oberherren und all ihre Wächter!«

»Aber Pugnarses!« mahnte Bolan und rieb sich den glatten Schädel. »Schreiber hat es uns doch gerade erklärt, und ich glaube, er hat recht. Du kannst die Oberherren und ihre Söldner nicht mit einem Mob aus Sklaven und Arbeitern besiegen, der nur ein paar Schwerter und Balass-Stöcke hat!«

»Ihr müßt trainieren«, sagte ich nachdrücklich. »Wir bilden eine Armee aus Arbeitern und Sklaven von Magdag, und mit dieser Armee soll die Sklaverei in Magdag beendet werden.«

Sie nickten, noch nicht so recht überzeugt. Ich erklärte im einzelnen, was ich wollte, und fand meine Vorstellungen vernünftig und einleuchtend – aber für einen Mann, der in der Sonne schuftet, ist der Gedanke an jeden weiteren Tag, den er unter der Peitsche verbringen muß, natürlich unerträglich.

»Helft mir, unterstützt mich, gebt mir die Macht, damit ich dafür sorgen kann, daß sich die Arbeiter zu einer starken, wirksamen Streitmacht zusammenfinden.« Ich blickte herausfordernd in die Runde. Ich begann mich wieder am Leben zu fühlen, und wenn der Zweck hier nicht die Mittel heiligte, so muß ich doch daran erinnern, daß ich nach meiner Natur lieber zuerst zuschlage, wenn es um Leben und Tod geht.

»Ich werde euch eine Truppe bilden, die die Waffen führt, die ich bringe und die wir herstellen. Ich will gewisse Waffen entwerfen und selbst fabrizieren. Die Freiheit bedeutet mir mehr als den meisten, denn sie ist mir schon mehrfach genommen worden – auf eine Weise, die ihr nicht versteht. Jedenfalls kann ich euch sagen, daß ein Galeerensklave die Sklaverei vielleicht noch besser versteht als ihr!« Ich redete unzusammenhängend, doch meine Intensität überzeugte sie, und ich erhielt das Kommando über das Unternehmen. Ich konnte den bevorstehenden Kampf nur in militärischen Begriffen sehen. Ich wünschte mir eine kleine, gut ausgebildete Armee, die wirksam gegen die Oberherren vorgehen und die Massen der Sklaven und Arbeiter mitreißen konnte.

Jedes Gefühl schob ich von mir. Ich hatte das Elend der Sklaven gesehen und mitgemacht und hoffte aus der Rebellion eine erfolgreiche Revolution zu machen. Das stellte ich mir auch als Absicht der Herren der Sterne vor.

Und meine Krozairs von Zy und meine Freunde in Sanurkazz würden ebenfalls einen Vorteil davon haben.

In den folgenden Tagen und Nächten ging ich immer größere Risiken ein, den Palast des Smaragdenen Auges zu verlassen. Ich stieg aus meinem hohen Fenster und hangelte mich an den efeuähnlichen Pflanzen hinunter und über die hohe Außenwand, vor der mein Sectrix wartete. Vomanus war natürlich in mein seltsames Verschwinden eingeweiht, vertuschte meine Abwesenheit und wartete manche schlaflose Nacht hindurch auf meine Rückkehr. Er glaubte, ich hätte irgendwo in der Stadt ein Mädchen. Zwar verfluchte er mich wegen meiner Dummheit, nicht aus dem Kelch zu trinken, der mir hingehalten wurde, andererseits bewunderte er meine Tollkühnheit, diesen Trunk woanders zu suchen.

Unsere Armee begann mit Holzstäbchen zu üben, die ich auf bescheidene drei Meter schneiden ließ. Holly lockte eine Anzahl versklavter Soldaten in unsere Gruppe – wobei ihr Verschwinden mit plötzlichen Todesfällen erklärt wurde, wie sie bei Sklaven alltäglich waren. Obwohl die Oberherren wußten, daß sich Sklaven in den Bezirken versteckten, gab es nur selten Suchexpeditionen, die dann aber mit allen militärischen Vorsichtsmaßregeln durchgeführt wurden. Dabei tat sich besonders Glycas hervor. Die neugewonnenen Sklavensoldaten wurden zur Verschwiegenheit verpflichtet und mußten dann die freiwilligen Arbeiter ausbilden und an die Disziplin einer Armee gewöhnen. In diesem Stadium prüfte ich noch jeden Mann. Die Soldaten – zumeist Zairer, doch es gab auch blonde Proconia und eine Gruppe Ochs, Fristles und Rapas darunter – vermochten wenig mit den drei Meter langen Stangen anzufangen. Doch ich gab ihnen keinen weiteren Aufschluß; das hatte noch Zeit.

Eines Abends hatte sich eine Gruppe um mich versammelt, von der ich annahm, daß sie bis zuletzt durchhalten würde.

»Ein magdagscher Oberherr greift euch an«, sagte ich. »Er trägt eine Rüstung, sitzt auf dem Rücken eines Sectrix und hebt sein Langschwert, um euch den Schädel zu spalten. Was tut ihr?«

Die Männer, die im Kreis um mich saßen, bewegten sich unruhig, und Bolan sagte: »Ich springe auf den Rücken des Sectrix und erledige den Vosk mit einem Dolchstoß ins Gesicht.«

»Schön. Aber wie kommst du an seinem Schwert vorbei?«

Genal sagte: »Wir werfen etwas – ein bleibeschwertes Seil – und bringen damit den Sectrix zu Fall.«

»Gut. Aber dazu muß man dicht an den Gegner heran. Die Oberherren rücken in Schwadronen an, und die nachfolgenden Kämpfer machen dich nieder.«

»Also was dann?«

Ich breitete die Hände aus. »Militärisch gesehen gibt es zwei Methoden, gegen Männer in Rüstungen vorzugehen. Man schlägt ein ziemlich kleines Loch in die Rüstung oder haut eine gewaltige Kerbe hinein. Bei der ersten Methode braucht man einen Pfeil, einen Bolzen, einen Wurfspieß oder einen Speer. Um einen Gegner mit einem Hieb zu erledigen, braucht man ein Langschwert, eine Axt, eine Keule oder, wenn man geschickt genug ist, einen Morgenstern. Zum Zuhauen kann man auch wirkungsvoll eine Pike, eine Hellebarde oder ein Breitschwert benutzen. Und auf diese Waffen werden wir uns bei unserer Eigenproduktion konzentrieren.«

Wir verbrachten den Rest der Nacht damit, die Waffen zu besprechen, die für die Sklaven zum Teil völlig neu waren.

Kurz bevor ich verschwand – die Männer wußten noch nicht, wo ich die Tage verbrachte –, tat ich ihnen etwas sehr Schlimmes an. Ich habe schon erwähnt, daß die Segesther einen Schild als Zeichen der Feigheit ansehen, etwas, das sie nicht als Teil der Bewaffnung zulassen würden. Sie wissen nicht, wie man einen Schild auch als Angriffswaffe benutzen kann.

Ich holte also tief Luft und sagte schließlich: »Wir werden übrigens auch Schilde herstellen.«

Ich beruhigte die Männer. Auch die Bewohner des Auges der Welt hatten wenig für Schilde übrig, und nach längerem Hin und Her mußte ich die Diskussion abbrechen: »Es bleibt dabei. Wenn ich euch die Muster für die Speere, Breitschwerter und Hellebarden gebe, erhaltet ihr auch Einzelheiten über Schilde. Sie werden hergestellt. Und jetzt genug für heute.«

Ich stand auf und blickte in die Runde. »Bis morgen abend. Remberee.«

Und ich ging.

15

Prinzessin Shusheeng von Magdag war ein lebensfrohes, sinnenverwirrendes Wesen – daran bestand kein Zweifel, um so mehr, als sie nun auf einem verzierten niedrigen Diwan aus grüner Prunkseide lag und helle schattierte Seide ihren verführerisch weißen Körper mit seinen fließenden Kurven nur zum Teil bedeckte. Der arme Vomanus in seinem bunten Mantel und schwarzen Stiefeln wirkte seltsam fehl am Platze; auch ich kam mir so vor, obwohl ich einen Morgenmantel im gleichen verachteten Grün trug. Ursprünglich hatte ich diese Maßnahme für einen passenden Schachzug gehalten, jetzt erkannte ich ihn als Fehler. Das kleine intime Abendessen war vorüber, und nun versuchte Shusheeng Vomanus loszuwerden. Ich konterte mit einer Beredtheit, die ich selbst bewundern mußte.

»Oh, Vomanus, mein Kleiner«, sagte Shusheeng mit honigsüßer Stimme. »Ich möchte mit Drak unter vier Augen sprechen.«

Sie hätte auch einfach sagen können: »Vomanus, verschwinde!« Da sie nicht so sprach, hatte Glycas sie offenbar auf die Bedeutung Vallias hingewiesen.

Vomanus warf mir einen schiefen Blick zu, stand auf und entfernte sich mit artigen Abschiedsworten. Shusheeng richtete ihre schimmernden Augen auf mich. Ihre Brust hob und senkte sich unter dem dünnen Seidengewand.

»Warum gehst du mir immer aus dem Weg, Drak? Immer wieder suche ich dich auf – und du bist nicht da. Warum?«

Ich war verblüfft. Diese stolze, hochmütige Frau, eine wahre Schönheit, flehte mich an. Sie neigte sich anmutig vor, und die grüne Seide geriet in Bewegung.

»Ich habe eben viel zu tun, Prinzessin.«

»Du magst mich nicht!«

»O doch!«

»Nun, denn – wenn du nur wüßtest, wie einsam ich bin! Glycas ist stets mit Staatsdingen beschäftigt. Mit dem Feldzug in Proconia steht es nicht gut.« Ich mußte einen Freudenschrei unterdrücken. Das Gefühl des Alleinseins beschwor offenbar neue und andere Gefühle in der Prinzessin herauf. »Er redet nur von den Piraten aus Sanurkazz. Jeder fragt sich, wann der Erzpirat Lord Strombor wieder zuschlagen wird. Er hat mich letztes Jahr drei Handelsschiffe gekostet! Dieser Pur Dray, dieser Lord Strombor, ist ein schlimmerer Krozair als der elende Pur Zenkiren!«

Mir war seltsam leicht zumute, obwohl ich kaum etwas getrunken hatte. So also sprachen meine Feinde von mir, von Zenkiren, von den Krozairs von Zy! Plötzlich kam ich mir befreit vor, und ich war glücklich über die Macht, die Sanurkazz im Auge der Welt ausübte.

»Du tust mir leid, Prinzessin«, sagte ich. »Aber im Gegenzug fallen auch eure Flotten über die Menschen der Südküste her. Ist das nicht so?«

»Natürlich! Und sie verdienen es nicht anders; sie sind Rasts im Angesicht Grodnos!«

Ihre Schultern erbebten, und sie griff nach dem Weinkrug und trank daraus. Ihr Gesicht war hektisch gerötet.

Heute nacht kam ich bestimmt nicht mehr aus dem Palast. Bei den Sklaven waren die Vorbereitungen in vollem Gange, und schon produzierten die ›Fließbänder‹ lange Schäfte für Speere und Hellebarden, und die Schmiede fertigten die dazu passenden Spitzen.

»Mein lieber Drak«, sagte Shusheeng tadelnd. »Ich könnte schwören, daß deine Gedanken ganz woanders sind.«

Ein galanter Mann hätte gemurmelt, daß in Shusheengs Gegenwart niemand an etwas anderes denken könnte – sonst hätte er leicht seinen Kopf verlieren können.

Ich jedoch sagte: »Ja.«

»Oh!« Sie hob die Augenbrauen und sah mich streng an.

»Ich habe überlegt, es ist doch seltsam, daß du und der noble Glycas nicht verheiratet seid.«

Sie hielt den Atem an. »Du wolltest . . .«

»Nicht ich, Prinzessin Shusheeng.« Ich atmete tief. »Ich bin in Vallia versprochen.«

»Ah!«

Ich hatte gehofft, das Thema damit zu beenden. Sie hatte mitbekommen, daß mein Drang, nach Vallia zurückzukehren, geringer geworden war – offenbar ihretwegen. Doch jetzt hatte ich sie eines anderen belehrt – und das war ein großer Fehler.

Am nächsten Tag vermochte ich den Entwurf für die Schilde in die Sklavenbezirke zu bringen. Sie waren groß und rechteckig und zu einem Halbzylinder gebogen. Ich verlangte, daß sie gegen einen Pfeil der Kurzbögen, mit denen die magdagsche Söldnergarde ausgerüstet war, Schutz bieten müßten. Wenn sie dazu mit Metall verkleidet werden mußten, dann war das Metall eben von den Baustellen zu stehlen. Das Gewicht der Schilde war nicht wichtig – ich wollte sie als eine Art Schutzwall einsetzen lassen. Ich zeigte meinen Männern, wie sich ein solcher Schild als »Schildkröte« verwenden ließ – und meine Kommandierenden waren überzeugt.

Als ich durch mein Fenster zurückkletterte, wartete Shusheeng auf mich.

»Ich habe die ganze Nacht auf dich gewartet, Drak.«

Ich beherrschte mich. »Ich war unruhig, Shusheeng, und bin spazierengegangen, um meine Gedanken zu ordnen.«

»Du lügst!« schrie sie mich leidenschaftlich an. »Du hast ein Mädchen da draußen in der Stadt – eine Hure, die du mir vorziehst! Ich bringe sie um!«

»Nein, nein, Prinzessin! Es gibt kein anderes Mädchen in Magdag!«

»Schwörst du bei Grodno, daß diese Worte wahr sind?«

Bei Grodno hätte ich auf alles geschworen; falsche Gottheiten bedeuteten mir wenig. Ich hatte kein Mädchen in Magdag – doch dann mußte ich an Holly denken. Ich sagte verächtlich: »Ich brauche dir nichts zu schwören, Prinzessin.«

»Ich glaube dir nicht. Schwöre es, du Rast, schwöre es!«

Sie hob die weiße Hand mit den grünen Ringen, und ich ergriff ihr Handgelenk. Einen Augenblick lang starrten wir uns an, dann stöhnte sie leise und sank mir in die Arme. »Sag mir, Drak – es gibt keine andere?«

»Keine andere, Prinzessin.«

»Und – bin ich dir nicht schön genug? Bin ich nicht begehrenswert?«

Da mußte ich an Natemas ähnliche Worte und an meine Antworten denken – als ich Delia für tot gehalten hatte. Inzwischen war ich um einige Jahre reicher an Erfahrungen.

»Du bist wirklich die schönste Blume in Magdag, Shusheeng«, sagte ich.

Ein Klopfen an der Tür beendete die peinliche Szene. Vomanus trat ein und verzog bekümmert das Gesicht, als er Shusheeng erblickte. Als die Prinzessin mit einem letzten verlangenden Blick gegangen war, sagte er neidisch: »Du lüsterner alter Teufel! Du hast es also doch geschafft.«

»Nein, so ist das nicht, Vomanus«, sagte ich. »Und solltest du einen Kov nicht mit Respekt behandeln, junger Mann?«

Er lachte fröhlich. »Natürlich! Aber ich habe den alten Tharu gebeten, dir nicht zu sagen, wer ich bin – und jetzt sollst du es auch nicht herausfinden. Nur sollst du wissen, mein lieber Freund Drak, daß Kov und Kovs für mich zweierlei sind!«

Ich starrte ihn wütend an. »Willst du damit sagen, du hast selbst Absichten auf die Prinzessin Delia, guter Vomanus? Daß ich dein Rivale bin?«

»Drak – Dray! Was willst du damit sagen?«

Ich entschuldige mich nie. Langsam wandte ich mich ab. »Vomanus«, sagte ich. »Ich danke dir für deine Hilfe und deine Kameradschaft. Aber ich muß befürchten, daß mich Shusheeng jetzt bespitzelt. Ich bin also gezwungen zu verschwinden.«

»Was?«

»Ich habe eine wichtige Arbeit vor. Ich liebe Prinzessin Delia wie kein Mann zuvor auf Kregen und auf der Erde eine Frau geliebt hat . . .« Da starrte er mich seltsam an und dachte offenbar, ich hätte den Verstand verloren. »Aber ehe ich zu ihr zurückkehren und sie in die Arme schließen kann, muß ich eine Verpflichtung erfüllen, die mir auferlegt ist. Gestern nacht wurde ein vallianisches Schiff angekündigt – hast du das nicht gewußt?« Er war zusammengefahren und begann zu lächeln. »Hör mir gut zu, Vomanus. Deine Freundschaft und deine kluge Hilfe waren mir sehr viel wert – hör mir zu! Ich möchte, daß du an Bord des Schiffes gehst und Delia berichtest, daß es mir gutgeht und ich mich nach ihr sehne. Ich kehre zu ihr zurück, sobald eine gewisse Sache hier erledigt ist. Sie wird das verstehen, das weiß ich.«

»Aber Drak – ich wage es nicht, ohne dich zurückzukehren!«

»Du wagst es nicht? Wenn die Prinzessin Majestrix Nachrichten über mich erwartet, mich vielleicht für tot hält und bei dem Gedanken leidet? Reise nach Vallia zurück, guter Vomanus. Überbring der Prinzessin diese Nachricht.«

»Aber was hält dich hier? Gewiß doch nicht Shusheeng!«

»Nicht Shusheeng und auch kein anderes Mädchen. Ich kann es dir nicht erklären.« Ich wollte ihn außerdem aus dem Weg haben, wenn meine Sklavenarmee zuschlug. Ich hatte keine Lust, seinen Kopf auf den Befestigungsmauern aufgespießt zu sehen.

Nach langer Diskussion erklärte er sich bereit, meinen Wunsch zu erfüllen. Wir trafen alle Vorbereitungen, und ich verabschiedete mich und begann all die Dinge zusammenzusuchen, die ich auf meiner Expedition brauchte. Ich wollte eben auf die Fensterbank steigen, als Shusheeng mich rief. Es war ein Impuls der Schwäche, ich weiß. Doch ich meinte, ich dürfe sie nicht ohne Warnung lassen. Schließlich handelte sie nur so, wie es ihre Natur vorschrieb.

Also ging ich zur Tür und ließ sie ein.

Sie bot einen großartigen Anblick. Sie trug einen prachtvollen Umhang voller kostbarer Stickereien, die Ereignisse aus alten Legenden darstellten. Ihr Haar war aufgetürmt und schimmerte vor Edelsteinen, ihr Körper war von zahlreichen Juwelenschnüren geschmückt. Mir stockte der Atem.

»Drak – mein Prinz – finde ich keine Gnade in deinen Augen?«

Sie schwankte auf mich zu. In meinem Kopf vermischten sich Holly, Natema und Mayfwy, überlagert von einem Bild Delias aus den Blauen Bergen, in weiße Lingpelze gehüllt, die ihre vollkommene Figur vorteilhaft zur Geltung brachten, die schimmernden Augen auf mich gerichtet, jede Einzelheit ihres Körpers so viel schöner, so viel . . . ich finde nicht die Worte, sie zu beschreiben. Ich stieß Shusheeng von mir.

»Steh auf, Shusheeng!« sagte ich mit harter Stimme. »Du machst dich ja lächerlich!«

Das war natürlich das Ende. Langsam richtete sie sich auf. Schwer atmend versuchte sie sich zu beherrschen. Mit eisiger Stimme sagte sie: »Ich habe dir alles geboten, Kov Drak aus Delphond. In deiner Dummheit hast du mich von dir gestoßen. Jetzt . . .« In ihrer Wut war sie unglaublich schön und bösartig, nachdem sie nun alle Zurückhaltung abgeworfen hatte. »Es wird dir leid tun, mein lieber Drak. Sehr leid.«

Da wußte ich, daß ich nur noch wenige Murs Zeit hatte.

Die Wächter, die sie jetzt rief, wußten bestimmt nicht, daß ein gesattelter Sectrix außerhalb der Mauer auf mich wartete; ich hatte also eine Chance. Aber es wurde knapp. Als ich aus dem kleinen Hof galoppierte, über den sich ein schläfriger Sklave in sein Quartier schlich, hörte ich den Hufschlag der Verfolger bereits hinter mir.

Doch ich entkam. Ich preschte in vollem Galopp auf die Sklavenbezirke zu, und nachdem die Entscheidung nun gefallen war, überkam mich ein seltsames Gefühl der Befreiung. Shusheeng konnte meine Pläne nicht mehr stören. So dachte ich jedenfalls.

Genal, Pugnarses und Bolan erwarteten mich bereits. Sie waren wütend, weil ein guter Schmied ausgepeitscht worden war. Er hatte seine Quote an Eisennägeln nicht erfüllt – weil er Speerspitzen für uns geschmiedet hatte.

»Wir müssen die Arbeitslast besser verteilen«, sagte ich. »Schließlich gibt es genügend fachkundige Sklaven.«

»Aber er war ein *guter* Schmied!«

»Um so mehr Grund haben wir, ihn vorsichtiger einzusetzen, Pugnarses!« Ich sprach mit lauter Stimme, und Pugnarses warf mir einen bösen Blick zu. Doch ich behielt die Oberhand. »Wir alle sind Brüder, Pugnarses. Wir müssen zusammen kämpfen – oder zusammen auf die Galeeren gehen!«

»Dazu kommt es nie!« sagte Genal heftig.

»Also gut. Hört zu. Wir kommen jetzt zur wichtigsten Waffe in unserer Armee.« Und ich schilderte meinen Leuten, was ein gewaltiger Pfeilsturm anrichten konnte.

»Wir sollen Langbögen herstellen?« fragte Pugnarses.

»Man muß viele Jahre üben, um den Langbogen zu beherrschen. Sprich mir nicht von Langbögen, wenn nicht Männer aus Loh zu uns gehören.«

»Wir haben ein paar!«

»Gut, Bolan. Für sie machen wir Langbögen. Doch für unsere Hauptartillerie stellen wir Armbrüste her.«

Meine wilden Klansleute mit ihren Kurzbögen hatten durchaus Respekt vor den schußstarken Armbrüsten der Zeniccer.

»Armbrüste?« fragte Bolan erstaunt.

»Armbrüste«, sagte ich entschlossen. »Wir stellen Armbrüste her, und mit diesen Waffen schlagen wir die Magdager.«

16

Die bloße Herstellung von Armbrüsten und Pfeilen reichte natürlich nicht aus, um die magdagschen Oberherren zu besiegen. Zusätzlich mußten die Schützen entsprechend ausgebildet werden.

Beim Training wendete ich die Prinzipien von Strafe und Belohnung an, die ich bei meinen Kanonenmannschaften auf den Fregatten der Erde vorteilhaft gefunden hatte. Salvenbeschuß wurde verlangt; ein gewaltiger Pfeilregen mußte auf die angreifende Kavallerie der Oberherren niedergehen.

Die Produktion begann, sobald die erste Armbrust getestet worden war. Mit Hilfe eines versklavten Waffenmeisters, ohne den das

Unternehmen unmöglich gewesen wäre, hatte ich diese Waffe entworfen – einen einfachen, handgespannten Bogen. Sobald die erste Gruppe der ausgesuchten Schützenkandidaten die Grundprinzipien begriffen hatte und einigermaßen genau schießen konnte, gingen wir zu den windengespannten Armbrüsten über.

Das Problem bei den Armbrüsten ist die Schußgeschwindigkeit. Ich schuf also ein System, das ich das Sextett nannte und auf das ich nicht wenig stolz war.

Eine Gruppe von sechs Leuten stand hinter einer Barrikade gruppiert. Am vorderen Ende lauerte der Schütze, der den Pfeil abschoß. Hinter ihm stand oder kniete der Zureicher. Er nahm dem Schützen die leere Armbrust ab und reichte ihm eine geladene. Hinter ihm standen zwei Lader. Sie nahmen die gespannten Armbrüste, legten abwechselnd den Bolzen hinein und gaben die Waffe an den Zureicher. Den Abschluß nach hinten bildeten die Spanner, deren Aufgabe es war, die Winden einzuhaken und wie wild zu kurbeln, bis die Armbrüste gespannt waren, woraufhin sie an die Lader weitergegeben wurden.

So arbeiteten sechs Männer mit sechs Armbrüsten – und das Endergebnis ihrer Mühen war der Abschuß eines einzelnen Pfeils. Der große Unterschied jedoch war, daß hier die Schußgeschwindigkeit gleichmäßiger war, als wenn jeder der sechs für sich geschossen hätte. Und natürlich wollte ich die besten Schützen nach vorn stellen. Und notfalls – etwa am Höhepunkt eines Angriffs – konnten sich alle sechs zusammentun und gleichzeitig schießend eine gewaltige vernichtende Breitseite abgeben.

Auch Mädchen und junge Frauen standen in den Reihen der Zureicher, Lader und Spanner. Holly bestand darauf, an der Armbrust ausgebildet zu werden, und entwickelte sich zu einer ausgezeichneten Schützin.

So gerüstet, nahm ich nicht an, daß wir mit einer soliden Phalanx von Lanzenträgern zu rechnen hatten oder eine Attacke der Oberherren abschlagen mußten. Doch sobald die Sklaven und Arbeiter diese Probleme begriffen, bestanden sie darauf, so ausgebildet zu werden, als müßten sie den Oberherren in offener Feldschlacht gegenübertreten. So übten wir also in der Enge der Sklavenbezirke den Umgang mit Speeren und marschierten in Kolonnen, in denen die vordersten Reihen nach schweizerischem Muster mit Hellebarden bewaffnet waren.

Als ich die disziplinierten Reihen der Bewaffneten zum erstenmal durch die Gassen der Slums marschieren sah, stolz auf ihren neuen

Status, fragte ich mich, was aus ihnen werden mochte, sobald die erstrebte Freiheit gewonnen war.

Doch das war ein Problem der Revolution, das später zu lösen war.

Inmitten der vielfältigen Gerüche des Ghettos schmiedeten wir unsere Waffe. Wir drillten unsere Leute und bildeten sie aus. Wir bauten Barrikaden, in deren Schutz wir Armbrustattacken übten. Ich dachte mir Tricks und Fallen aus, die auf einen Angriff der Oberherren in den Slums angelegt waren, den ich mir am Tage des Aufstandes vorstellte.

Doch mit dieser Ansicht stand ich zu meiner Überraschung allein.

»Bald«, sagte Genal kampflustig, »wird Genodras verschwinden. Der verfluchte Zim wird für kurze Zeit verhindern, daß wir das wahre Licht des Himmels schauen. In dieser Zeit des Großen Todes ziehen sich die Oberherren in ihre riesigen Gebäude zurück, und wir Arbeiter müssen in unseren Ghettos bleiben.«

»Aye!« brüllten die Arbeiter.

»Das ist der Augenblick zum Losschlagen!« rief Genal. »Wir dürfen nicht an den Gottesdiensten zu Ehren Grodnos teilnehmen, an den Opferfeiern, die sicherstellen sollen, daß Genodras, die allmächtige grüne Sonne, wiederkommt. Dies ist der richtige Zeitpunkt für unseren Angriff!«

Offenbar hatte Genal viel Zeit beim Propheten verbracht; sein Tonfall und seine Wortwahl deuteten darauf hin. Es war ein guter Plan; wir konnten in einer gewaltigen bewaffneten Aktion in die Stadt einfallen, ohne auf Oberherren zu treffen. Ich war sicher, daß wir mit den Söldnerwächtern fertig wurden. Dann kam es darauf an, von einer riesigen Religionsfeier zur nächsten zu stürmen und die Magdager zu überrumpeln und niederzumachen. Im Prinzip hatte ich nichts gegen diese Behandlung der magdagschen Oberherren; man darf nicht vergessen, daß ich damals nicht nur sehr jung, sondern auch der zairschen Lehre verhaftet war, die alle grodnischen Dinge haßte und ablehnte. Ich empfand es als meine Pflicht gegenüber den Krozairs von Zy, alle Anhänger des Grün im Binnenmeer zu vernichten.

Doch zugleich überkam mich bei dem Gedanken an den Tag des Aufstands wieder ein starkes Gefühl des Verhängnisses – ich schüttelte es ab. Haßte ich nicht Magdag und seine Sklaventreiber aus vollem Herzen? Ich hielt mich an den Plan. Er war gut. Wir würden die Oberherren überrumpeln.

Holly sah mich zweifelnd an, und auch Pugnarses wandte sich an mich. »Nun, Schreiber?« fragte er. »Was meinst du?«

»Ein guter Plan«, sagte ich. »Wir warten also bis zum Fest des Großen Todes.«

So gewannen wir auch mehr Zeit, unsere kleine Armee auszubilden und ihr einen Begriff von taktischem Vorgehen zu vermitteln. Ein wenig sehnsüchtig dachte ich an die vorbereiteten Barrikaden, wenn ich auch im Grunde stets im Angriff die beste Verteidigung sah.

Als ich eines Abends die Phalanx meiner Freunde mit erhobenen Speeren auf dem kleinen Platz exerzieren sah, kam mir ein Gedanke. Bolans Kopf schimmerte hell im Licht der Zwillingssonne. Einige Männer hatten sich Lederkappen gemacht, doch die meisten waren barhäuptig, und ihre struppigen Haarschöpfe beunruhigten mich.

Als das junge Fristlemädchen Sheemiff auf den Platz kam, winkte ich sie zu mir. Sie war eine eifrige Schützin geworden und strebte danach, an der Spitze ihres Sextetts eingesetzt zu werden.

»Was will mein Jikai von mir?« fragte sie.

Als ich ihr meinen Befehl gab, sah sie mich überrascht und zugleich enttäuscht an. Doch dann lief sie bereitwillig los. Es gab Männer, die behaupteten, ein Fristlemädchen kenne sich in der Kunst der Liebe besser aus als ein Tempelmädchen aus Loh. Damals konnte ich mir dazu kein Urteil erlauben und schlug mir den Gedanken aus dem Kopf. Als Sheemiff zurückkam, standen Holly, Genal, Pugnarses und Bolan, die die Phalanx entlassen hatten, mit einigen anderen Anführern zusammen und besprachen unsere Pläne. Sheemiff kam zu mir und reichte mir den Voskschädel.

Das Gebilde rief ziemlich viel Aufregung hervor, wie Sie sich vorstellen können – ein Hauch von Komik inmitten der tragischen Situation, die sich zusammenbraute. Was hatte ein Voskschädel mit der Revolution zu tun?

Ich zeigte den magdagschen Arbeitern und Sklaven, was ein Voskschädel mit der Revolution zu tun haben konnte.

Ich hob das Gebilde in die Höhe und überzeugte mich, daß Sheemiff es im Fluß gesäubert hatte. Dann setzte ich mir den Schädel auf den Kopf und starrte durch die beiden leeren Augenhöhlen. Die Nasenknochen zogen sich tief herab und schützten mein Gesicht wie das Nasenstück eines Helms.

»Die Oberherren nennen uns Vosks!« rief ich. »Sie nennen uns Dummköpfe und Cramphs und Calsanys – dumme, störrische

Vosks. Also gut. Der Vosk hat einen harten Schädel, meine Freunde; er ist von sagenhafter Härte, wie wir alle wissen – dafür sprechen die Schädelhaufen am Fluß und die zerbrochenen Mahlsteine in den Knochenmühlen. Wir nehmen also voller Stolz die störrische Dickköpfigkeit des Vosk in Anspruch!« Ich schlug mir mit der Flachseite des Schwertes gegen den Kopf. »Wir sind die Vosksoldaten, meine Freunde!«

Die Männer nahmen den Vorschlag gut auf. Während einige noch diskutierten und andere bereits losliefen, um sich Voskschädel zu holen, spürte ich noch das Dröhnen des Schlags auf den Kopf. Die Helme mußten gut mit Gras und Tüchern und Moos gepolstert werden.

Wir setzten einen Voskschädel auf einen Felsen und versuchten ihn mit verschiedenen Waffen zu zerschlagen. Ich war überrascht, wie zäh der Knochen war.

Holly faßte mich am Arm. »Oh, Schreiber – du bist so klug! Damit rettest du manchem Mann das Leben . . .«

Genal und Pugnarses blickten herüber, und ich sagte: »Wir sind unterdrückt wie die Vosks, wir werden für dumm gehalten. Also wählen wir den Voskschädel zum Zeichen unseres Stolzes.«

Der Prophet stand in der Nähe; ich hatte nicht widerstehen können, solche großen Worte zu äußern. Später kam ich mir lächerlich vor. Doch das Volk reagierte positiv darauf, und die Arbeit ging weiter.

Die meisten Armbrüste waren mit einem Bogen aus Horn und Holz versehen, einige bekamen sogar eine Stahlschleuder. Doch die Quantität war in diesem Augenblick wichtiger als die Qualität. Ich teilte alle Stahlbögen einer besonderen Einheit zu und sorgte dafür, daß hier die besten Schützen zusammenkamen. Wir färbten unsere Voskhelme gelb, wobei wir die Farbe von dem Farbenmeister der großen Friese bekamen. Auch teilte ich farbige Tuchstreifen als Rangabzeichen aus. Langsam wurde unser wilder Haufen zur Armee.

Und die ganze Zeit über setzten die Sklaven und die Arbeiter ihre Arbeit an den riesigen Gebäuden fort. Alles Bemühen war darauf gerichtet, die am weitesten fortgeschrittene Halle fertigzustellen; es war nötig, daß zur Zeit des Großen Todes mindestens ein neues Gebäude errichtet war.

Wegen des Problems feindlicher Spione in unseren Reihen beruhigten mich meine Gruppenführer. Wir konnten unsere Arbeit im Sklavenbezirk ruhig fortsetzen – Aussichtsposten würden uns vor jedem Angriff der Oberherren warnen. Mit Spionen kannten sich die Sklaven aus. Ein Mann, der den Sklaven nur spielt, benimmt sich anders als jemand, der schon die alte Schlange auf dem nackten Rücken gespürt hat. Ich war mir dessen nicht so sicher, mußte mich jedoch auf die anderen verlassen.

Ich merkte, daß sich die Sklaven trotz aller Begeisterung ungern der Disziplin fügten. Ihre Vorstellung von Rebellion beschränkte sich darauf, ein Schwert und eine Fackel an sich zu reißen und wie wild durch die Straßen zu rennen. Je näher die Feier des Großen Todes heranrückte, um so schwerer waren sie im Zaum zu halten. Auch Pugnarses und Genal waren nicht zufrieden. Sie hatten sich in letzter Zeit enger zusammengeschlossen, und das freute mich. Oft waren sie in lange, leidenschaftliche Diskussionen verwickelt, die sie beendeten, sobald ich in ihre Nähe kam. Ich freute mich, daß sie nun freundlicher miteinander umgingen als früher.

Bolan war ein Fels in der Brandung. Sein kahler Kopf war nun von einem riesigen gelben Voskschädel gekrönt. Er formte die Speerträger zu einer Streitmacht, die vielleicht tatsächlich eine Chance gegen die Kavallerie der Oberherren hatte. Eine Chance, ehe sie in Stücke gehauen wurde – doch mehr als diese Chance konnten wir nicht erwarten.

Obwohl ich es bewußt für besser gehalten hatte, weder Rot noch Grün als Farben der Sklavenarmee zu verwenden – wir benutzten gelbe und blaue und schwarze Zeichen – wurde unsere Kampagne bald weniger zum Religionskrieg, als ich damals erkannte. Zair möge mir verzeihen – ich bildete mir tatsächlich ein, es sehr schlau anzustellen, indem ich die grodno-verehrenden Arbeiter gegen ihre gleichgläubigen Herren führte. Da die Mehrzahl der Sklaven für Zair war, schmiedete ich sogar noch weitergehende Pläne und übersah dabei völlig, daß unser Kampf zum Klassenkampf geworden war. Ich war für Sanurkazz und Zair und die Krozairs von Zy – und darin versagte ich. Ich hätte einen umfassenderen Standpunkt einnehmen müssen . . .

Eines Abends kehrte ich von einer Armbrustübung mit den Stahl-Sextetten zurück und verhielt auf der Schwelle der Hütte. Genal hatte Holly umarmt und streifte ihr das Shushchiff über die Schultern.

»Nein, Genal! Laß mich! Bitte . . .«

»Aber ich liebe dich, Holly! Das weißt du doch . . .«

»Du zerreißt mein Shushchiff!«

»Wenn Pugnarses nicht wäre . . .«, sagte Genal schluchzend.

»Nein . . . nein! Wie kannst du das sagen! Ich liebe euch beide nicht!«

Ich stapfte mehrmals laut mit den Füßen auf und trat ein. Wir benahmen uns alle drei, als wäre nichts geschehen. Ich bin sicher, die beiden hatten nicht gemerkt, daß ich die unschöne kleine Szene mitbekommen hatte.

Wenn ich nur aufmerksamer gewesen wäre . . .! Aber ich fand, diese Sache ging mich nichts an. Beide waren erwachsen; sie müßten eigentlich in der Lage sein, ihre sexuellen Probleme selbst zu lösen. Vielleicht war ich zu sehr mit Kleinigkeiten wie Stahlarmbrüsten beschäftigt, um die Sorgen meiner Mitkämpfer zu beachten, von denen schließlich das Ergebnis der Revolution abhing.

Wir alle warteten nun mit steigender Spannung, denn Tag für Tag näherte sich Genodras mehr der roten Sonne Zim, und die Zeit des Großen Todes rückte heran.

Sobald Genodras hinter Zim verschwand, war der Augenblick für unseren Aufstand gekommen. Die Arbeiter, die zum überwiegenden Teil Grodno-Anhänger waren, kümmerten sich nicht darum, daß dies eines ihrer wichtigsten religiösen Feste war – für sie ging es darum, daß endlich die Unterdrückung ein Ende hatte. Peitschen und Ketten würden verschwinden – und daran konnte kein Glaube etwas ändern.

Am letzten Abend kam Holly zu mir. Sie hatte ihr Shushchiff angelegt und ihren Körper eingeölt. Sie sah sehr hübsch aus.

»Holly«, sagte ich, »du siehst bezaubernd aus.«

»Ist das alles, Schreiber? Nur – bezaubernd?«

Holly und ich waren allein in der Hütte; Genal und Pugnarses waren irgendwo unterwegs und unternahmen einen Versuch, noch im letzten Augenblick Verbindung zu den Sklaven der Dockgebiete aufzunehmen, die uns mit einer Kampfabteilung zu Hilfe kommen wollten, sobald der Angriff begonnen hatte.

Ich war unruhig – was ich Hollys Gegenwart zuschrieb.

Ein leises Geräusch ertönte draußen, doch Holly achtete nicht darauf. Sie kam langsam auf mich zu, das Gesicht angespannt, als wolle sie mir etwas anvertrauen, das eigentlich gegen ihre Natur ging – etwas, das ihr sehr wichtig war. Ich trat unmerklich einen Schritt zurück.

»O Schreiber – warum bist du so blind?«

Ihre langsamen Bewegungen ließen mich noch einen Schritt zurücktreten – fort von dem Bett, unter dessen Stroh mein Kettenhemd und mein Langschwert versteckt waren.

»Es ist bald soweit, Holly«, sagte ich.

»Ja, der Krieg beginnt. Aber hast du nur den Krieg im Sinn?«

»Eigentlich nicht!« erwiderte ich.

Ich sah sie an, blickte in ihre schimmernden Augen, betrachtete ihre schlanke, schmiegsame Gestalt unter dem Shushchiff – und sah die Männer, die hinter ihr eintraten. Sie waren in das Grau der Sklaven gekleidet, trugen ihre Bärte jedoch im Stil der Oberherren – und sie waren mit Schwertern bewaffnet.

Ich versuchte mein Langschwert zu erreichen – und war schon auf halbem Wege, als der erste Pfeil an mir vorbeizischte. Ich stoppte meine Bewegung nicht und fuhr mit der Klinge herum. Doch dann erstarrte ich.

»So ist es besser, Cramph!« sagte der Oberherr.

Der auf mich gerichtete Bogen, der aufgelegte Pfeil – das schreckte mich nicht, denn die Krozairs machen sich einen Sport daraus, heranfliegende Pfeile mit dem Schwert zur Seite zu schlagen. Nein – mich bekümmerte der Pfeil, der direkt auf Hollys Herz gerichtet war, die mich mit schreckgeweiteten Augen anstarrte.

Ich ließ das Langschwert fallen und schob es mit dem Fuß unter das Stroh. Dann wurde ich kampflos gefangengenommen, und die ganze Zeit war die Armbrust erbarmungslos auf Holly gerichtet.

17

In meinem langen Leben habe ich viele Gefängnisse von innen gesehen, und die Verliese unter dem riesigen magdagschen Saal na Priags waren besser als manche andere.

Nackt an eine feuchte Wand gekettet, Arme und Beine von rostigen Metallringen umgeben, ein Eisenreif um die Hüfte, so wartete ich im Halbdämmer.

Jeder Gedanke an die Rebellion war mir vergangen. Nicht weil ich verzweifelt wäre, sondern weil ich eine große Zahl meiner Gruppenkommandanten tot vor der Hütte hatte liegen sehen. Bolan war brüllend in einer Gasse verschwunden; sein kahler Kopf hatte im Licht des vierten Mondes geschimmert, der Frau der Schleier. In seiner linken Schulter steckte ein Pfeil. Sobald die grüne Sonne zurückkehrte, war jede Revolte im Keim erstickt.

Meine Wächter brachten mich zur Verhandlung. Sie waren Menschen – Oberherren zweiter Klasse – denn halbmenschliche

Söldner durften sich während des Großen Todes und der Großen Geburt in den heiligen Hallen Magdags nicht aufhalten.

Der Raum, in den ich gestoßen wurde, hatte Wände aus unbehauenen Steinen. Ein Sturmholztisch stand schräg darin. Dahinter saß der Kommandant der Wache in schwerer Rüstung, das Langschwert an der Hüfte. Während er sprach, strich er sich mit der Hand über seinen dünnen Bart.

»Du wirst uns die Rebellionspläne verraten, Rast, sonst stirbst du einen unangenehmen Tod.«

Wahrscheinlich erkannte er sofort, daß er mich nicht überzeugt hatte; er wußte so gut wie ich, daß man mich ohnehin töten würde. Doch darin sollte ich mich irren.

»Wir wissen von euren Plänen, Schreiber – so wirst du doch von deinen Genossen genannt. Wir haben Muster eurer armseligen selbstgemachten Waffen. Aber wir möchten Genaueres wissen.«

Sie waren so unvorsichtig gewesen, mir die Kette zwischen den Fußgelenken zu lassen, und die Kette um meine Handgelenke würde mir natürlich als Waffe dienen. Ich gab mich nicht damit ab, gegen die Wächter neben mir vorzugehen, sondern hechtete mich unmittelbar über den Tisch, wickelte dem Kommandanten der Wache die Kette um den Hals und zerrte ihn zurück.

»Ich lasse dir so viel Luft, daß du diesen Cramphs Befehle geben kannst«, zischte ich ihm ins Ohr. Er kreischte seinen Leuten zu, sie sollten nichts unternehmen.

In diesem Moment ging die Tür auf, und Glycas trat ein.

Mit befehlsgewohnter Stimme ergriff er das Wort, ehe er über die Schwelle war. »Laßt den gefangenen Schreiber holen. Mit dem Mann ist irgend etwas los, das . . .« Dann sah er mich, und sein Langschwert zuckte aus der Scheide. »Ich steche dich nieder, Sklave, ob du den elenden Kommandanten nun erdrosselst oder nicht. Vielleicht lasse ich ihn ohnehin töten, weil der Schwachkopf es soweit hat kommen lassen.«

Der Tod dieses magdagschen Oberherrn konnte niemandem nützen, und ich ließ ihn bedauernd los.

Mein braunes Haar war lang geworden, mein Schnurrbart ungepflegt, und ich war völlig verdreckt. So stand ich vor dem Tisch.

»Ich bin dieser Schreiber«, sagte ich.

»Deine Freunde haben mir viel verraten. Aber sie wissen wenig über dich. Du wirst mir alles sagen, was ich wissen will.«

»Etwa, wo ich herkomme? Wohin ich verschwunden bin? Oder vielleicht, daß du ein widerlicher Risslaca bist, Glycas?«

Er riß den Mund auf. Einen Augenblick verlor er die Beherrschung. Mit ruckhaften Schritten kam er auf mich zu, das Schwert in der Hand. Er packte meinen Bart und drehte mir den Kopf ins Licht. Seine Faust zitterte. *»Drak von Delphond!«*

»Jetzt nimmst du mir vielleicht endlich die entwürdigenden Ketten ab und gewährst mir eine Erklärung und Entschuldigung!«

»Schweig!« brüllte er und trat zurück. »Daß du der Sklavenverräter Schreiber bist, genügt mir. Was du meiner Schwester angetan hast, ist eine Sache zwischen uns beiden.«

»Ich habe Prinzessin Shusheeng nichts angetan«, sagte ich, ehe er mich schlug. »Das ist ihr Problem.« Und dann tobte er sich aus.

Ich sollte an den Riten teilnehmen, die die Rückkehr der grünen Sonne Genodras und die Wiedergeburt Grodnos sicherstellen sollten.

Widerstreitende Gefühle durchströmten mich. Wenn ich sage, daß ich irgendwie auch froh über das Bevorstehende war, ist das wohl schwer verständlich. In dieser dritten Periode auf Kregen war mein wahres Ich eingeengt gewesen. Stets hatte ich den unsichtbaren Zwang der Herren der Sterne – und womöglich auch der Savanti – gespürt und hatte Dinge tun müssen, die eigentlich nicht meiner Natur entsprachen. Doch hier im großen Saal na Priags von Magdag war ich von den übernatürlichen Mächten verlassen worden, denn ihre Pläne waren verraten, ich konnte ihnen nichts mehr nützen.

Plötzlich war mir ganz leicht zumute, plötzlich war ich bereit, wieder nur Dray Prescot von der Erde zu sein und mich mit allem Mut, den ich aufbringen konnte, in mein bevorstehendes Schicksal zu ergeben.

Die bedeutenden Gefangenen waren für rituelle Opferungen bei den großen Feiern vorgesehen. Wir wurden in eiserne Käfige gesteckt, von denen aus wir den Saal na Priags überschauen und sehen konnten, was uns erwartete.

Ich umklammerte die Käfigstangen und starrte auf die fantastische Szene in der prunkvollen Halle, die von flackernden Fackeln erhellt wurde.

Am Rand der freien Fläche, auf der wir mit unvorstellbaren Methoden zu Tode gefoltert werden sollten, warteten die magdagschen Oberherren. Sie warteten auf den Einzug des Hohen Oberherrn dieser Halle, auf Glycas. Ein Seufzen wurde laut, als Rauch aufwallte und die Priester und die heiligen Wächter feierlich in den riesigen Saal einmarschierten. Über Glycas wurde ein heiliger goldener Baldachin gehalten. Ich sah mich verblüfft um.

Jeder Anwesende trug rote Kleidung.

Ganz in Rot gehüllt schritten sie in rhythmischen Bewegungen dahin, an ihren Hüften baumelten abgebrochene Schwerter, deren Bruchkanten aus ebenfalls abgerissenen Scheiden ragten.

Alle trugen Rot – hier in der Hauptstadt Grodnos des Grünen!

Dort unten lag nun ein Teil des Geheimnisses offen vor mir, der Grund, warum nur Oberherren und Adlige an diesen Feiern teilnehmen durften. Die grüne Sonne Genodras war von der roten Sonne Zim verschlungen worden. Was war also natürlicher, als daß sich die Anbeter Grodnos bemühten, Zair, die Gottheit der roten Sonne Zim, die als einzige noch am Himmel stand, gnädig zu stimmen? Doch was für eine Schande war dieser Umstand für die Gläubigen Grodnos – wie sehr mußten sie es hassen, in die roten Roben gekleidet zu sein und eine Feier zur Ehre Zairs zu veranstalten, die Rückkehr Grodnos erflehend.

»Diese Heuchler!« sagte ein Mann neben mir. Die anderen Gefangenen in den Opferkäfigen begannen zu schreien, doch die Magdager waren daran gewöhnt. Sie ignorierten uns.

Hätte ich in diesem Augenblick Mitleid empfinden können, dann hätte ich die Magdager bedauert, die durch astronomische Gesetze gezwungen waren, bei jeder Sonnenfinsternis um ihre Gottheit zu bangen.

Doch nun begannen bereits die Opferfeiern; Gefangene wurden mit Schwertern auf die freie Fläche getrieben, wo die Folterknechte warteten. Was hier geschah, war ungeheuerlich – und es geschah im Namen der Religion, dieses entsetzlichen Aberglaubens.

Der Weihrauchgestank, der stets Übelkeit in mir hervorruft, das Gebrüll, der widerhallende Chorgesang, die schrillen Schreie der Opfer, die harten Eisenstäbe in meinen Fäusten – dies alles wurde zu einem Trauma für meinen Geist. An den Wänden ringsum hingen riesige Banner aus rotem Tuch, darin waren Zeichen von Sanurkazz und anderen südlichen Städten eingestickt – Zami, Tremzo, Zond – und auch die Symbole von Zitadellen wie Felteraz und von Einzelkämpfern wie Zazz und Zenkiren und – Dray, Lord Strombor! und von Organisationen und Orden wie den Roten Brüdern von Lizz und den Krozairs von Zy.

Dann erkannte ich den diabolischen Denkprozeß, der hinter der Feier stand. Sobald die Folterknechte wieder einmal ihr Werk getan hatten, wurde eines der roten Banner herabgerissen, in Stücke geschnitten und auf das Opferfeuer geworfen. Ein abscheuliches Beispiel für die verdrehte Logik von Fanatikern. Und doch war jeder rituelle Akt so teuflisch ausgetüftelt, daß das Opfer eine winzige Chance hatte, die vielleicht eins zu tausend stand. Wenn der Gefangene überlebte, wurde das Banner, das er vor dem Feuer gerettet hatte, fortgebracht, doch er kam sofort in die Käfige, um eine weitere Probe zu bestehen.

Ich hatte die Hoffnung, meine Chance wahrzunehmen.

Mein Test war teuflisch und einfach.

Ich mußte über einen Balken rennen, unter dem sich eine Reihe rasiermesserscharfer Klingen ruckartig bewegte. Dabei mußte ich einen noch jungen Leem tragen. Der Leem ist ein achtbeiniges Pelztier, das katzenähnlich, bösartig und schnell wie ein Wiesel ist. Es hat einen keilförmigen Kopf mit gewaltigen Hauern. In voller Größe entspricht ein Leem etwa einem irdischen Leoparden. Mein Exemplar war etwa so groß wie ein Spaniel und versuchte sofort, seine Hauer in mein Fleisch zu versenken. Ich packte das Tier am Hals und drückte fest zu, während mich schon Schwerter antrieben, den Lauf über die Planke zu beginnen. Ich hastete los, Männer und Frauen aus Magdag ruckten lachend an der schmalen Planke herum, so daß ich taumelte und fast das Gleichgewicht verloren hätte, um kopfüber in die tödlichen Messer zu stürzen. Doch ich packte den Leem, der mit seinen acht Beinen strampelte, und rannte weiter. Als ich das andere Ende erreichte, wurde ich von Männern mit Schwertern erwartet, und ich schleuderte ihnen den Leem entgegen, den sie sofort töteten. Dann richteten sich die Klingenspitzen auf meine Brust, und ich mußte in den Käfig zurückkehren.

Doch das Banner Pur Zenkirens wurde vom Opferfeuer genommen, und ich triumphierte innerlich. Nun mußte ich meine nächste Prüfung bestehen.

Während die armen Männer und Frauen geopfert wurden, nahm das rituelle Singen und Tanzen ringsum seinen Fortgang. Langsam, aber beständig verringerte sich die Zahl der roten Banner.

Die schrecklichen Burs vergingen. Wie durch einen Schleier sah ich plötzlich neben ihrem Bruder Prinzessin Shusheeng sitzen. Sie lachte und trank Wein aus einem Kristallkrug – ein barbarisch schönes Mädchen, ganz in Rot gekleidet, mit gerötetem Gesicht und blitzenden Augen.

Sie hatte mich laufen sehen. Sie hatte mich nackt gesehen, schweißüberströmt, mit verzweifelt angespannten Muskeln, während ich den Leem gepackt hielt und über die Todesgrube eilte.

Als ich nach dem qualvollen Aufschrei eines Sterbenden wieder hinschaute, war Shusheeng fort.

Von den Opferkäfigen führten kleine, gutbewachte Türen in die große Halle. Hinten lagen die größeren Eingänge, durch die man uns hereingebracht hatte. Und über allem lag der Komplex des riesigen Bauwerks, das wahrscheinlich noch mehrere ähnliche Säle enthielt, in denen jetzt gleiche Feiern im Gange sein mochten.

Innerhalb der Gebäude gab es zahlreiche Küchen, Schlafzimmer und Ankleideräume – all die Dinge, die die Oberherren während der Feiern brauchten.

Jetzt öffnete sich die rückwärtige Tür, und weitere Verurteilte wurden hereingestoßen. Ein Oberherr packte mich am Arm und zerrte mich von den Stäben fort.

»Hier entlang, Rast. Und kein Wort!«

Ich folgte ihm. Ich verließ den Käfig und wurde von Wächtern durch einen Steinkorridor geführt. Ich begriff, daß jemand, der mich kannte, diese Männer geschickt hatte. Sieben Wächter, alles Oberherren, waren für die Aufgabe eingeteilt worden. Im Korridor begegnete ich anderen Wächtern und Opfern und den umhätschelten Tieren der Palasthaushalte.

Der Leem, den ich getragen hatte, war mir mit einer Klaue über die Brust gefahren. Aus der Wunde sickerte noch Blut.

Die sieben Wächter waren Oberherren zweiter Klasse. Ihre Schnurrbärte hingen lang herab. Sie hatten die Schwerter blankgezogen. Sie wußten über mich Bescheid.

Wir betraten einen hohen schmalen Raum voller schimmernder Wandteppiche. Die Wächter zogen sich sofort wieder zurück; sie gingen rückwärts, und das letzte, was ich von ihnen sah, waren ihre Schwertspitzen.

Die andere Tür ging auf, und Prinzessin Shusheeng trat ein. Sie wirkte bleich, und rote Flecken schimmerten auf ihren Wangen. Sie machte einen verschreckten Eindruck.

»Drak – Drak! Ich habe dich gesehen . . .« Sie biß sich auf die Lippen und starrte mich an. Dann hielt sie mir einen grauen Lendenschurz und eine Tunika hin, in die das schwarzgrüne Symbol eines Balass-Aufsehers eingestickt war. Unter dem Arm trug sie den Balass-Stock. Sie war noch immer ganz in Rot gekleidet und atmete heftig.

»Warum das, Shusheeng?« fragte ich.

»Ich kann dich nicht sterben sehen! Ich weiß es nicht. Beeil dich, du Calsany!« Ich legte die Kleidung an und nahm den Balass.

»Du mußt dich verstecken, bis Genodras zurückkehrt . . .«

»Es wäre besser, Shusheeng, wenn ich jetzt ginge, nicht wahr?«

»Ach, Drak – kannst du nicht bleiben, nicht einmal jetzt?«

»Ich danke dir für deine Hilfe, Prinzessin. Ich hoffe, du hast mir verziehen.«

»Nein!« Sie starrte mich wütend an. »Ich habe dir alles geboten, doch du hast dich über mich lustig gemacht! Oh, wie ich mich gefreut habe, als dich die beiden Cramphs an meinen Bruder verrieten! Wie ich auf deinen Tod, deine Qual gewartet habe! Aber ... aber ...«

»Wer?«

Sie zuckte schmollend die Schultern. »Spielt das eine Rolle? Zwei Arbeiter. Sie sind längst verurteilt ...«

»Wer!«

Mein Gesicht muß fürchterlich ausgesehen haben, denn sie fuhr erschrocken zurück. »Zwei Balass-Aufseher – Pugnarses, glaube ich, hieß der eine und der andere Genal ...«

»Nein!« sagte ich. Ich spürte den Schmerz, die Pein, wie ich sie nie empfunden habe, wenn eine Schwertklinge ihr Ziel fand, wenn eine Leemkralle sich in meine Haut bohrte.

Sie erkannte die Wahrheit, und ein triumphierender Ausdruck trat auf ihr Gesicht. »Die beiden haben dich verraten! Pugnarses, weil er die Rüstung eines Oberherrn tragen wollte! Und der andere, weil ihn Pugnarses überredete und ihn auf ein Mädchen eifersüchtig machte ...«

»Holly!« sagte ich.

»Ja«, erwiderte sie boshaft. »Ein widerliches Flittchen, ein Cramph, die jetzt meinen Bruder erfreuen wird.«

»Und Pugnarses und Genal?«

Wieder bewegte sie gleichgültig die Schultern. »Sie sollen geopfert werden ...«

»Ist das die magdagsche Gerechtigkeit? Ich muß die beiden finden!«

»Willst *du* sie töten? Willst *du* dich an ihnen rächen?« Sie bewegte sich widerstrebend in meinem Griff. »O nein, Drak! Nein! Laß sie! Flieh! Ich habe für alles gesorgt. Wenn Genodras zurückkehrt und die Welt wieder grün ist – dann können wir reiten!«

»Wohin? Nach Sanurkazz?«

Sie schüttelte den Kopf und preßte sich an mich. »Nein. Ich habe riesige Besitztümer. Niemand wird einer Prinzessin Shusheeng Fragen stellen. Ich verschaffe dir eine neue Identität, Drak. Wir können später nach Magdag zurückkehren. Mein Reichtum reicht für uns beide, und außerdem ...«

Für den Augenblick hatte ich genug von neuen Namen, neuen Lebensgeschichten.

Mit entschlossenem Blick ging ich zur Tür. »Wohin willst du – Drak? Nein! Bitte – *nein!*«

»Ich danke dir nochmals für deine Hilfe, Shusheeng. Ich werfe dir nicht vor, was du bist – daran trägst du keine Schuld.« Ich öffnete die Tür. »Wenn du die Wachen rufen willst, so steht dir das frei.«

Sie lief mir nach, wollte mich an meiner Tunika festhalten. Draußen gingen zwei Wächter vorbei, einen schluchzenden Gefangenen zwischen sich.

»Drak! Ich komme mit!«

Wir traten zusammen hinaus. Sie ging mir voraus, wie es sich geziemte, und führte mich durch das Gewirr der Korridore. Wir mieden die großen Säle, aus denen die Geräusche der schrecklichen Riten des Großen Sterbens drangen. Im Augenblick konnte ich nichts für die armen Zairer tun, die dort hingemetzelt wurden. Doch mein Blut geriet in Wallung, und mein Herzschlag beschleunigte sich, und ich mußte mich beherrschen, sooft wir an Magdagern vorbeikamen.

Genal und Pugnarses waren zusammen in einer Zelle angekettet und erwarteten ihren Ruf zu den Opferspielen.

Sie sahen niedergeschlagen und heruntergekommen aus. Ich freute mich, daß sie wenigstens keine Angst zu haben schienen. Sie hatten genug Zeit zum Nachdenken gehabt.

Sie sahen mich hinter dem Wächter und rissen die Augen auf, und sie hätten den Mund aufmachen und mich erneut verraten können, wenn ich dem Wächter nicht einen Schlag ans Kinn versetzt und ihm Schlüssel und Schwert abgenommen hätte.

Ich stand vor ihnen und starrte auf sie herab, während Shusheeng unsicher an der Tür wartete und nervös den Korridor entlangblickte. Ich schüttelte die Schlüssel vor den beiden.

»Schreiber . . .« Genal schluckte. Ihm schien nicht wohl bei meinem Anblick zu sein. »Wenn du uns umbringen willst, tu's. Ich habe es verdient, denn ich habe dich verraten.«

Pugnarses starrte mein Schwert an, als sei es eine Schlange. »Schlag schon zu, Schreiber!«

»Ihr seid Dummköpfe!« sagte ich aufgebracht. »Ihr habt mich wegen Holly verraten. Habt ihr nicht die Toten gesehen? Unsere eigenen Leute? Unsere Gruppenkommandanten leben nicht mehr, unsere schöne Revolution ist im Keim erstickt!«

»Wir . . .«, krächzte Genal.

»Ich habe Genal überredet«, sagte Pugnarses. »Ich wollte Oberherr werden! Ich dachte, die Magdager würden zwei Männern eher glauben als mir allein. Ich trage die Schuld, Schreiber . . .«

»Und siehst nun, was die Magdager tun, wie sie dir deinen Verrat vergelten!« Mein Gesicht schien sie zu überzeugen, daß sie nun am Ende ihres Weges angekommen waren. »Ich kann verstehen, daß ihr beide aus Liebe für ein Mädchen alles tut – und wahrscheinlich dachtet ihr, sie müßte einen von euch wählen. Der Verrat eines Rivalen bedeutet einem Manne nichts, der von einem Mädchen besessen ist. Aber ihr habt alles verraten, wofür wir gearbeitet, worum wir gekämpft haben. Du hast mehr als nur mich verraten, Genal!«

Ich hob das Schwert. Beide starrten mich reglos an.

Ich hob die Schlüssel, warf das Schwert fort und öffnete ihre Fesseln.

»Und jetzt, ihr alten Voskköpfe, werden wir kämpfen!«

Aber zunächst mußten wir uns um Holly kümmern.

Ich reichte Shusheeng das Schwert. Sie zögerte. Eine Gruppe Wächter ging draußen im Korridor vorbei. Ich deutete auf sie. »Wenn du einen Schrei ausstößt, Prinzessin, mußt du die Sache hier erklären.«

Widerwillig machte sie kehrt und führte uns zu den Räumen ihres Bruders innerhalb des Zeremoniengebäudes.

»Wartet hier«, sagte sie vor der Tür. »Ich bringe euch das Mädchen.«

Als sie gegangen war, fragte Pugnarses: »Können wir ihr trauen?«

Genal erwiderte: »Wir müssen. Sie und Schreiber sind unsere einzige Hoffnung.«

»Und was soll aus ihr werden, wenn wir wieder in den Sklavenbezirken sind?« fragte ich.

Genal sah mich an und wandte den Blick ab. Er spürte, daß er in Ungnade gefallen war. Pugnarses sagte etwas, das ihm gar nicht ähnlich sah: »Zu anderer Zeit hätte ich geraten, sie zu töten, Schreiber. Aber das wirst du wohl nicht tun.« Er sah mich an. »Liebst du sie?«

»Nein.«

»Aber sie liebt dich.«

»Sie bildet es sich jedenfalls ein. Sie wird darüber hinwegkommen.«

»Und – Holly?«

»Holly ist ein liebes Kind. Doch meine Liebe gilt einem Mädchen in einem anderen Land. Und ich bin nur hier, weil mir eine Verpflichtung auferlegt wurde. Sobald meine Arbeit getan ist, verlasse ich Magdag und all seine schlechten Menschen und kehre zu dieser Frau zurück.«

Ich sprach mit überzeugender Leidenschaft. Im nächsten Augenblick trat Holly hinter Shusheeng auf den Korridor, und als sie mich sah, rötete sich ihr Gesicht.

Ich sagte nur: »Beeil dich, Prinzessin.«

Wir hatten keine Zeit für Gefühlsausbrüche. Ich wollte in die Sklavenbezirke zurück. Wir alle wußten, was passieren würde, sobald Genodras wieder am Himmel über Kregen erschien und die magdagschen Oberherren von ihrem abergläubischen Bann in den megalithischen Bauwerken befreit waren.

Shusheeng schien offenbar noch zu glauben, daß sie mich auf ihre Seite ziehen konnte. Ihr mußte ihr Plan logisch und vernünftig erscheinen – die einzige Handlungsweise, die in Frage kam. Ja, warum sollte Kov aus Delphond freiwillig in das stinkende Rattennest der Sklaven und Arbeiter zurückkehren?

Wir eilten durch die Korridore, und ich begann bereits zu hoffen, daß wir ohne Widerstand fliehen konnten.

»Hier entlang«, sagte Shusheeng atemlos. »Hinter der schmalen Treppe liegt eine Brücke und dann ein abwärts führender Gang nach draußen. Ich wage mich nicht hinaus, solange Genodras nicht am Himmel steht. Wir können warten.«

Ich antwortete ihr nicht. Ich würde nicht warten.

Oben an der steilen Treppe, die mit Emaillefliesen voller fantastischer Vögel und Ungeheuer eingefaßt war, erschienen zwei Wächter. Das Licht von Fackeln blitzte auf ihren Rüstungen. Zwischen sich führten sie einen Gefangenen, ein frisches Opfer für die rituellen Spiele – einen hageren, bärtigen Mann. Als ich zur Seite trat, um ihn vorbeizulassen, erkannte ich ihn.

Rophren, der Erster Offizier an Bord von Pur Zenkirens *Lilavogel* gewesen war und im Unwetter versagt hatte, erkannte mich auch.

Unter uns an der Treppe wurde Gebrüll laut. »Heh! Prinzessin – der Mann ist Schreiber! Er ist sehr gefährlich!«

Ich entriß dem ersten Wächter das Schwert und versetzte ihm einen Schlag in den Nacken. Er verlor das Gleichgewicht und stürzte die Treppe hinab. Pugnarses und Genal nahmen sich des zweiten Bewaffneten an, der seinem Begleiter folgte.

Wir hatten nun drei Langschwerter.

Rophren hob die Hand. Sein hageres Gesicht hatte sich aufgehellt. Er straffte die Schultern und sah mich an. »Lahal, Pur Dray«, sagte er mit stockender Stimme. »Gib mir ein Schwert. Ich würde gern ein paar dieser magdagschen Rasts vertilgen. Du kannst fliehen und die Frauen mitnehmen.«

Er wußte, daß ich darauf nicht eingehen konnte – doch seine Worte waren ernst gemeint.

Ich sah ihn an. »Lahal, Rophren«, sagte ich.

»Ich gehöre den Roten Brüdern von Lizz an«, sagte er stolz. »Ich wollte ein Krozair werden, aber der Sturm hat meine Hoffnungen darauf zerschlagen. Gib mir das Schwert – es soll niemand an mir vorbeigehen, ehe ich tot bin.«

»Ich glaube dir, Rophren. Aber ich bleibe hier.«

Ich griff nach dem Langschwert, das Shusheeng in der Hand hielt. Sie sah mich mit einem seltsamen Schimmer in den Augen an und wich zurück. »Was . . .?«

Rophren nahm das Schwert und wog es in der Hand. Magdagsche Oberherren eilten über die Treppe auf uns zu. »Ein schönes Gefühl, mal wieder ein Schwert in der Faust zu halten. Ich bin schon zu lange gefangen.« Dann lachte er und ließ die Klinge schwingen. »Tu, was du willst, Krozair von Zy, Lord von Strombor, es wird ein großer Kampf. Du wirst sehen, wie ein Roter Bruder von Lizz stirbt!«

Shusheeng starrte mich entgeistert an. »Ein Krozair!« flüsterte sie entsetzt. »Du bist – Lord Strombor?«

18

Um die Wahrheit zu sagen, hatte ich während meiner Gefangenschaft in den riesigen magdagschen Prunkbauten gegen jede Vernunft gehofft, daß die Arbeiter und Sklaven unsere Pläne vielleicht doch fortsetzen und angreifen würden, obwohl sie ihre Anführer verloren hatten. Doch bis jetzt war nichts geschehen.

Prinzessin Shusheeng trommelte mir mit den Fäusten gegen die Brust. »Ein Krozair!« kreischte sie. »Ein schmutziger sanurkazzischer Pirat! Der schlimmste sanurkazzische Krozair von allen, Pur Dray Prescot, Lord Strombor!« Sie lachte und schluchzte zugleich. Holly packte sie an den Schultern und zerrte sie fort. Ihr Gesicht war dabei so bleich und starr wie die Gesichter von Pugnarses und Genal. Für sie war es unvorstellbar, daß ein geflohener Galeerensklave, der sich in den Slums versteckte, mit einem Krozair identisch sein sollte. Krozairs, das wußten sie, kämpften bis zum Tode.

»Sie kommen!« knurrte Rophren. Er hatte ein Krozair sein wollen, doch sein Versagen während des Sturms hatte diese Hoffnung zunichte gemacht. Doch auch die Roten Brüder von Lizz waren ein berühmter Orden. Er hatte sich bewährt und würde einen guten Kampf liefern.

So stellten sich denn Rophren, Pugnarses und ich mit unseren Langschwertern zum Kampf. Nur zehn Gegner stürmten heran, und obwohl ich mich um fünf von ihnen kümmerte, mußte ich bald das Gefühl haben, meine Kameraden verraten zu haben, denn Pugnarses war damit beschäftigt, einem Mann das Schwert aus dem Schädel zu ziehen, während Genal mit bloßen Fäusten auf einen zweiten losgegangen war, der Pugnarses von der Seite erledigen wollte – und Rophren war in die Knie gegangen und hielt sich den Leib. Durch seine Finger strömte Blut.

Doch schließlich lagen zehn tote Oberherren auf der Treppe.

Wir traten zurück. Pugnarses ließ die Leichen die Stufen hinabrollen. Ich kniete neben Rophren, der mich anlächelte. »Sag Pur Zenkiren Remberee von mir«, hauchte er und starb.

Pugnarses und Genal sammelten die Schwerter ein.

»Warum wollt ihr euch damit belasten?« fragte ich.

»Wir können sie an die Sklaven weitergeben!« sagte Pugnarses. »Sie werden kämpfen . . .«

»Wie du es eben getan hast, Pugnarses? Mit einer im Schädelknochen verkeilten Klinge? Was ist von deinem Schwerttraining übriggeblieben?«

Er fluchte, behielt jedoch die Schwerter.

Ich näherte mich Prinzessin Shusheeng, die am Boden kniete. Sie hatte sich übergeben – allerdings nicht, weil sie Männer hatte sterben sehen.

»Willst du hierbleiben, Prinzessin? Du bist in Sicherheit, denn jetzt weiß niemand mehr, wie wir geflohen sind.«

Sie tat mir leid. Sie hatte sehr gelitten und hatte feststellen müssen, daß der Mann, den sie geliebt zu haben glaubte, ein Erzfeind war.

»Bist du wirklich Pur Dray, Lord Strombor, ein Krozair von Zy?«

»Ja.«

»Wie kann ich einen Mann aus Zair lieben?« klagte sie.

»Du liebst mich nicht, Shusheeng . . .«

»Habe ich dir das nicht bewiesen?« erwiderte sie.

Ich antwortete nicht. Darauf gab es keine Antwort.

Holly machte eine winzige Bewegung, und ich fuhr herum. In ihrer grauen Sklavenkleidung stand sie vor mir, ein Schwert in der kleinen Faust. »Wir müssen los, Schreiber.«

»Ja«, sagte ich und wandte mich um. »Shusheeng – versuch mich nicht in schlechter Erinnerung zu behalten. Du verstehst die Zwänge nicht, die mich treiben. Ich bin anders als die meisten Männer. Ich kann dich nicht lieben, wie du es verdientest – aber ich glaube, du hast etwas in mir zum Klingen gebracht.«

Sie richtete sich auf. Sie war eine verweinte, willenlose Gestalt mit zerzaustem Haar und hatte doch noch nie so hübsch und so menschlich ausgesehen. Ich überlegte mir in diesem Moment, daß es ihr gut ergehen mochte, wenn sie Glück hatte, den richtigen Mann zu finden.

»Ich kann nicht mit dir gehen, Drak«, sagte sie.

»Nein. Das habe ich auch gar nicht erwartet. Versuch mich in guter Erinnerung zu behalten, Shusheeng, denn das Rot und das Grün werden sich nicht immer bekämpfen.« Ich beugte mich vor und küßte sie. Sie bewegte sich nicht. Vermutlich versuchte sie mich zu hassen, schaffte es aber nicht. Alle Gefühle waren erschöpft, ihre Willenskraft verbraucht. »Geh zu deinen Freunden, Shusheeng. Wir werden diesen Moment nicht vergessen, solange wir leben.«

Sie ging die Treppe hinab. Dabei bewegte sie sich wie eine mechanische Puppe und verlor mehrmals fast das Gleichgewicht. Dann blieb sie stehen und starrte mich an. »Ihr werdet alle getötet werden, wenn Genodras an den Himmel zurückkehrt.« Die Worte schienen ihr kaum bewußt zu werden. »Remberee, Kov Drak.«

»Remberee, Prinzessin Shusheeng.«

Sie entfernte sich von uns, und das verhaßte rote Kleid schleifte hinter ihr über die Stufen.

Wir entfernten uns zur anderen Seite und traten in die Helligkeit eines kregischen Tages hinaus, der allein vom roten Schein Zims durchflutet war. Die Landschaft hatte eine seltsame, ungewohnte Färbung.

In den Sklavenbezirken herrschte große Aufregung – man hatte von unserer Gefangenschaft gehört und beklagte die gefallenen Anführer.

»Die Oberherren werden sich erheben und uns alle vernichten!« rief Bolan. Sein kahler Kopf schimmerte geisterhaft im roten Licht.

Auf unserem Weg zu den Sklavenslums waren wir den halbmenschlichen Wächtern aus dem Weg gegangen. Ich wußte, daß diese Wesen ihren Vertrag mit den Magdagern freudig erfüllen und in die Sklavenbezirke eindringen würden, um uns zu strafen. Wir sahen uns nun der Entscheidung gegenüber, die jeder Mann, jede Gruppe von Menschen treffen muß, wenn es darum geht, das Leben zu führen, das einem zusteht – und dafür das Leben zu riskieren.

Da die Kreisbahn Kregens in steilem Winkel zur Ebene der Ekliptik liegt, schien die grüne Sonne vor der Verfinsterung schräg auf die rote Sonne zuzutauchen; so mußte sie denn auf der gegenüberliegenden Seite wieder erscheinen. Lag bereits wieder ein grüner Hauch im orangefarbenen Tageslicht Kregens?

Bald liefen Männer und Frauen schreiend durch die Gassen und Höfe.

»Genodras kehrt zurück! O weh! O weh!«

Genal und Pugnarses hatten sich noch nicht wieder gefangen; für sie war ich noch immer der Schreiber, ihr Anführer. Ich ordnete an, daß der Prophet zu mir gebracht werden sollte.

Schließlich kam er in meine Hütte, eine imposante Erscheinung. Holly, Pugnarses, Genal und Bolan versammelten sich an der Spitze einer Sklaventruppe aus allen Teilen der Bezirke. Ich kletterte schließlich auf das Dach unserer Hütte, um zu den Leuten zu sprechen. Meine Worte waren eine Folge von Gemeinplätzen über die Freiheit und unsere Pläne und über die Rache für unsere Toten. Ich brachte die Massen in Bewegung. Ich betonte, daß wir von unseren verbarrikadierten Slums aus eine Chance gegen die Magdager in ihren Rüstungen hätten.

In dem Durcheinander der Menge schob sich eine pelzige Gestalt nach vorn und sprang neben mir empor. Das Fristlemädchen Sheemiff forderte Ruhe. Als die Sklaven schwiegen, rief sie: »Wir müssen kämpfen – oder wir sterben. Wenn wir ohne Gegenwehr sterben, sind wir auch nicht besser dran, als wenn wir vorher den Kampf versucht hätten! Dieser Mann, dieser Schreiber, ist ein großer Jikai. Folgt ihm – *kämpft!*«

»Kameraden!« brüllte ich. »Wir werden kämpfen. Und wir können siegen, wenn wir die Waffen einsetzen, die wir hergestellt und an denen wir uns ausgebildet haben. Wir werden kämpfen – und gewinnen!«

Nun folgten die hektischen Vorbereitungen auf die Belagerung. Wir zerrten unsere Barrikaden über die Gassen, brachten unsere Seil- und Grubenfallen an, holten die Lanzen und die Schilde, die Armbrüste und die Köcher mit Bolzen und setzten unsere gelben

Voskschädelhelme auf. In Gruppen eingeteilt, nahmen wir unsere Posten ein.

Neue Kommandanten wurden bestimmt, die die Truppen befehligen sollten. Wir vier – Pugnarses, Genal, Bolan und ich – wollten im Norden, Süden, Osten und Westen Aufstellung nehmen und die Flanken verteidigen. Wir schworen uns, bis zum Tode zu kämpfen. Ein letzter Handschlag – dann bezogen wir unsere Stellungen.

Ich blickte zum Himmel auf und sah hoch oben eine weiße Taube kreisen. Ein Klumpen stieg mir im Hals empor. Die Savanti hatten mich also nicht vergessen. Es war lange her.

Die Soldaten der Magdager zogen los, um die Sklavenrevolte niederzuschlagen. In ihren Reihen marschierten halbtierische Söldner – Fristles, Ochs, Rapas und Chuliks. Sie alle waren auf unsere Vernichtung aus.

Ich übertrug Holly das Kommando über die Sextette der Armbrustschützen. Die Schilde waren verteilt und wurden von Jungen getragen, deren Aufgabe es war, unsere Männer vor den Lanzen und Pfeilen der Gegner zu schützen. Die Lanzenträger warteten auf mein Kommando. Ich hatte vorgesehen, daß der Prophet einen Teil meiner Aufgaben übernehmen sollte. Ich mußte die Flanke schützen, die zur Landseite hin lag, und ich wollte überall dort einschreiten können, wo der Angriff am stärksten erfolgte. Pugnarses hatte darauf bestanden, die Stadtfront zu übernehmen. Er fuhr sich mit der Zunge über die Lippen. Obwohl er ein Langschwert an der Hüfte trug, hatte er sich mit einer Hellebarde ausgerüstet.

Wir alle hatten uns etwas Zeit zum Schlafen genommen, doch das Leben eines Seemanns hatte mich daran gewöhnt, lange Zeit ohne Ruhe auszukommen. Die letzten Jungen und Mädchen kehrten von ihren Expeditionen zurück, auf denen sie in den Außenbezirken der Slums Fußangeln verstreut hatten. Reiterfallen, dünne Stricke waren quer über die Gassen gespannt worden, die den Sectrixes zu schaffen machen sollten. Hinter unseren primitiven, aber hoffentlich wirksamen Barrikaden erwarteten wir nun den Angriff der magdagschen Kämpfer, der Oberherren.

Ein schwacher Wind bewegte den Staub. Vögel sangen ihr fröhliches Lied in der Luft des frühen Morgens, und ein Gyp – ein kleines hundeähnliches Wesen – tollte zwischen den Fußangeln herum.

Die Oberherren, die auf ihre Kampfkraft und ihre gewohnte Autorität vertrauten, griffen in voller Stärke an. Sie wußten, daß wir uns Waffen geschmiedet hatten, denn Genal hatte mir zerknirscht anvertraut, er habe dem Gegner Muster einer Hellebarde und eines

Breitschwerts gezeigt. Eine Lanze und eine Armbrust hatte er dagegen nicht in die Stadt schmuggeln können. Ich spürte, daß Genal seine Entscheidung bereute, uns aus Liebe zu einem Mädchen zu verraten; bei Pugnarses war ich mir da nicht so sicher. Er schien eher mit der Erinnerung an den Anblick Rophrens zu kämpfen, der blutüberströmt auf der Treppe gestorben war. Jedenfalls blieb er mürrisch und entschlossen, sich als das zu erweisen, was er wirklich war: ein Arbeiter und kein Oberherr.

Der erste wütende Angriff, bei dem die Oberherren auf gewohnte Weise durch die Slums galoppieren wollten, endete an den grausamen Eisenspitzen der Fußangeln und den Reiterfallen.

Die Kavallerie wich zurück, überrascht, aber nicht entmutigt, und die halbmenschlichen Söldner eilten vor, durch Bogenschützen gedeckt, um die Hindernisse zu entfernen. Ich blickte über unsere Barrikade und sah die schnellen Bewegungen der Ochs und Rapas. Natürlich waren die Chuliks für wichtigere und ehrenvollere Aufgaben im Kampf vorgesehen. Pugnarses stand neben mir. Er wirkte verbittert und ausgezehrt. »Sollen wir sie niederschießen?«

Ein Pfeil sirrte an uns vorbei und prallte von dem erhobenen Schild eines jungen Panzerträgers ab, der unwillkürlich zurückzuckte. Ich sah ihn an, und er richtete sich instinktiv wieder auf und biß sich auf die Lippen.

»Nein, ich möchte mir die Armbrüste für die Oberherren aufheben.«

»Gut!« sagte Pugnarses wild.

Als ein Weg durch die Hindernisse freigeräumt worden war, griff die Kavallerie erneut an. Die Reiter kamen in einer Woge aus gepanzerten Leibern und erhobenen Schwertern direkt auf uns zu. Ich hob mein Langschwert – die Waffe, die ich im Stroh meines Bettes wiedergefunden hatte. Mayfwys Geschenk. Und ich senkte die Klinge.

Daraufhin lösten die Armbrustschützen ihre erste Salve aus. Mit einer vielgeübten Bewegung reichten die Soldaten die leere Armbrust dem Zureicher weiter, nahmen eine frisch geladene Waffe entgegen und schossen diese ebenfalls ab. Hinter dem Schützen arbeiteten wie verrückt die Spanner und Lader, um das geforderte Schußtempo zu halten. Bolzen zischten durch die heiße Luft. Männer in Rüstungen rutschten getroffen aus den Sätteln. Die Metallbolzen durchdrangen ihre Panzerung, töteten ihre Tiere, zerrissen ihnen die Gesichter. Ein schrilles Geschrei wurde laut. Der Kavallerieangriff geriet ins Stocken, löste sich auf.

Und die ganze Zeit über schwirrten die Armbrüste und verbreiteten Tod in den Reihen der magdagschen Oberherren.

So etwas hatten die hohen Kämpfer noch nicht erlebt. Sie wichen unsicher zurück. Die Sectrixes galoppierten davon. Fußsoldaten liefen ihren Kameraden nach, und meine Schützen streckten sie gnadenlos nieder.

Sechsmal griff der Gegner an.

Sechsmal schlugen wir die Attacke zurück.

Weil es nicht genügend Kettenhemden gab, um alle meine Männer damit auszurüsten, trug ich nur eine einfache rote Hose mit Ledergürtel, an dem das Langschwert hing. Auf meinem Kopf thronte der gelbe Voskschädel, der Helm unserer Armee.

Als wir den siebenten Angriff niederkämpften, ertönte an der Flußseite der Slums lautes Gebrüll. Dort führte Genal das Kommando. Und dort hatten die Oberherren die Chuliks vorgeschickt, während sie uns mit ihren Berittenen beschäftigten. Die wilden, stolzen Krieger mit ihrer gelben Haut und den hochgereckten Hauern hatten sich durch den Pfeilhagel gekämpft und standen nun überall an den Barrikaden der Gasseneingänge im Nahkampf. Angesichts der Ausdehnung des Bezirks war mir klar gewesen, daß eine umfassende Verteidigung unmöglich war – doch die Chuliks waren schneller durchgebrochen, als mir lieb sein konnte.

Mit einem aufmunternden Ruf an Pugnarses' Adresse eilte ich zum Fluß hinab.

Die Chuliks stürmten mir über einen Platz entgegen. Sie trieben einen wilden Haufen Sklaven vor sich her, die ihre Waffen fortwarfen, um besser laufen zu können.

Es geschah alles sehr schnell, wie so oft in einer Krise. Ich brüllte Holly einen Befehl zu, deren Armbrustschützen bereits ausschwärmten.

»Schnellfeuer, Holly!«

Sie nickte. Ihre Brust bewegte sich unter der grauen Tunika mit dem Kettenpanzer, den ich ihr aufgedrängt hatte. Sie gab ihre Anordnungen; die Sextette bildeten sich wie eine Gruppe von Keilen, und schon traten sie in Aktion. Voller Spannung wartete ich, denn jetzt kam es darauf an.

»Möge Zair über uns leuchten!« sagte ich.

Über den freien Platz hätten die kräftigen, beweglichen Chuliks mühelos unsere Schützen erreichen können. Doch aus Gründen, die die magdagschen Befehlshaber nicht sofort begriffen, begannen die Chuliks umzusinken und blieben blutüberströmt im Staub liegen.

Wer den Pfeilhagel überstand, traf auf die Hellebardiere und Schwertkämpfer der Hilfstruppen für die Armbrustschützen. Der Beschuß nahm kein Ende. Die Chuliks begannen zu zögern, machten kehrt – und Holly brüllte: »*Salve!*«

Daraufhin feuerte jedes Sextett seine sechs Bolzen ab.

Danach spielten die Chuliks in dem Kampf keine Rolle mehr.

Das Gefecht nahm seinen Fortgang; langsam wurde uns eine Barrikade nach der anderen abgenommen, als die Oberherren von den Tieren stiegen und nun mit blitzenden Schwertern als Infanterie angriffen. Doch wir hielten sie auf. Einige Zeit lang war der Ausgang unentschieden.

Aber die Moral unserer Männer, der Sklaven und Arbeiter, wuchs, denn sie sahen die Lücken, die sie in die Reihen des Gegners schlugen. Sie erkannten, wie gut unsere Schildträger vor dem Pfeilhagel des Gegners schützten, bis unsere Schwertkämpfer einen weiteren Angriff begannen. Der Kampf zog sich in die Länge, denn die Oberherren begriffen nicht, daß sie die Macht über die Sklaven verloren hatten. Sie waren es gewöhnt, johlend in die Slums zu reiten und alles niederzumetzeln, was ihnen in den Weg kam. Doch nun sahen sie sich gelben Voskschädeln und Wolken von Armbrustpfeilen konfrontiert. Sie verstanden das nicht – doch je mehr Verluste sie hinnehmen mußten, je öfter sie Freunde mit durchstochener oder zerschlagener Rüstung in den Staub sinken sahen, je öfter sie die Todesschreie ihrer Brüder oder Vettern vernahmen – desto klarer mußte ihnen werden, daß sie die Sklaven und Arbeiter diesmal nicht mehr unterwerfen konnten.

Immer wieder gingen Schauer von Armbrustpfeilen auf sie nieder. Wir hatten in wochenlanger Arbeit Unmengen von Armbrustpfeilen hergestellt.

Die Abteilung der Langbogenschützen aus Loh hatte ich als Scharfschützen eingesetzt. Ich wußte nicht, wie viele magdagsche Oberherren, die sich in Deckung wähnten, getroffen aus den Sätteln sanken.

Überall auf der Stadtseite der Slums schlugen die Sklaven und Arbeiter die Oberherren und ihre Söldnertruppen zurück. Unser Sieg schien nahe zu sein.

Wir hatten uns zu der ursprünglichen Verteidigungslinie zurückgekämpft, an der die Auseinandersetzung begonnen hatte. Ich gab meinen Lanzenträgern Befehl, eine Phalanx zu bilden, um damit den entscheidenden Angriff vorzutragen. Holly bereitete sich vor, in den Angriffspausen ihre Leute zu verlegen, um immer wieder Feuerschutz zu geben. Ich blickte über die eingerissene Barrikade hinweg auf das freie Gebiet, auf dem sich die Oberherren zu Beginn formiert hatten und auf dem sie nun verwirrt durcheinanderwimmelten. Sie sattelten wieder ihre Tiere, nahmen von ihren Sklavenwärtern die Sectrixes entgegen. Sollte dies der letzte Angriff werden?

Ich lächelte bei dem Gedanken an den Angriff, den wir mit unserer Lanzenphalanx im Deckungsfeuer der Stahlarmbrüste stoppen würden.

Dieser Anblick würde mir große Genugtuung bringen.

Eine einzelne Gestalt ritt auf uns zu. Ganz in Weiß gekleidet, lenkte Prinzessin Shusheeng ihren Sectrix heran, um mit mir, Dray Prescot, zu verhandeln.

»Was kann ich sagen, Kov Drak?«

Sie brachte es offenbar nicht über sich, mich mit anderem Namen anzureden. Sie war bleich, ihre Lippen waren zusammengepreßt, fast blutlos. Ihre Augen starrten mich aus tiefen Höhlen an. Ihre Hände zupften nervös an den Zügeln herum.

»Jedes Wort wäre überflüssig, Prinzessin Shusheeng. Du und dein Bruder und all die Oberherren Magdags – ihr müßt jetzt ernten, was ihr gesät habt.«

»Haßt du mich so sehr?«

»Ich . . .«, begann ich und zögerte. Ich hatte diese Frau gehaßt. Ich glaubte noch immer, daß ich alle Männer des grünen Glaubens haßte. Damals war ich jung, und das Hassen fiel mir allzu leicht – Zair möge mir vergeben.

»Du bist ein Krozair«, sagte sie stockend. »Ein Lord, ein Zairer. Du könntest einen Waffenstillstand mit Sanurkazz aushandeln – du hast selbst gesagt, daß sich das Rot und Grün eines Tages nicht mehr bekämpfen würden.« Im hohen Sattel beugte sie sich vor. »Warum soll nicht heute dieser Tag sein, Dray Prescot, Kov Drak?«

»Du begreifst uns immer noch nicht. Dieser Kampf betrifft nicht Rot oder Grün – sondern allein die Oberherren und ihre Sklaven.«

Ein mißtönendes Kreischen zerriß die erwartungsvolle Stille zwischen den beiden Armeen. Ich blickte auf und legte die Hand über die Augen. Mit langsamen Flügelschlägen kreiste über uns ein riesiger, rotgolden gefiederter Raubvogel.

»Sklaven!« Shusheeng machte eine herablassende Geste. »Sklaven sind Sklaven. Sie sind nötig. Es wird immer Sklaven geben.« Sie blickte auf mich herab, und ein Funken des alten Feuers kehrte in ihre Augen zurück. »Und, mein Lieber, du siehst wirklich lächerlich aus mit deinem scheußlichen Voskschädel auf dem Kopf!« Sie hatte nichts vergessen und zahlte es mir jetzt heim.

»Aber die Voskschädel gewinnen diesen Kampf, Shusheeng.«

»Ich appelliere an dich, Drak! Überleg doch, was du machst. Bitte – schließlich bist du mir etwas schuldig – deine wahre Loyalität gehört nicht Zair, du bist ja nicht einmal hier am Binnenmeer, im Auge der Welt geboren. Schließe Frieden zwischen Rot und Grün, dann lösen wir schon das Problem der Sklaven . . .«

Zu dem Raubvogel am leuchtenden Himmel hatte sich nun die weiße Taube gesellt. Die beiden Tiere umkreisten einander drohend. Wieder spürte ich meine Hilflosigkeit gegenüber den geisterhaften Mächten der Savanti und der Herren der Sterne, die hier auf diesem fernen Planeten aufeinandertrafen und mich zu ihrem Werkzeug ausersehen hatten für Zwecke, von denen ich keine Ahnung hatte.

Shusheeng sah mein Gesicht und bewegte sich unwirsch im Sattel, und ich erkannte, daß sie unter der weißen Robe eine Rüstung trug. Sie zog die Zügel an und sagte: »Ich habe an deine Vernunft appelliert, Drak. Jetzt hör die Botschaft, die ich dir von meinem Bruder Glycas überbringen soll. Wenn ihr nicht sofort in eure Häuser zurückkehrt und die Waffen niederlegt, werdet ihr alle vernichtet. . .«

Ich trat einen Schritt zurück.

»Jedes weitere Wort wäre überflüssig, Prinzessin. Sag Glycas, meine Antwort ist dieselbe wie in den Verliesen unter dem großen Saal na Priags. Er wird mich schon verstehen.«

Eine Gruppe Oberherren ritt ungeduldig auf uns zu. Sie waren mit Bögen bewaffnet, die sie schußbereit erhoben hatten. Pugnarses begann sich mir zu nähern. Shusheeng hob ihre Reitpeitsche.

Ein Pfeil sirrte von der gegnerischen Seite herbei. Er traf Pugnarses in den Hals. Der Sklave sank röchelnd zur Seite und versuchte mit letzter Kraft, den Pfeil herauszuziehen. Doch es war zu spät.

»Dort!« brüllte ich aufgebracht. »Dort ist die Antwort an deinen niederträchtigen Bruder!«

Sie schlug mir mit der Peitsche ins Gesicht, doch ich senkte den Kopf, und das Leder traf harmlos meinen Voskhelm. Als ich wieder aufblickte, ritt sie bereits zu den anderen Oberherren zurück.

Ich mußte im Zickzack durch einen dichten Pfeilhagel zurücklaufen, doch ich bückte mich und zerrte Pugnarses zurück zu seinen Freunden. Holly beugte sich weinend über ihn.

»Achtung! Fertigmachen zum Angriff!« rief ich meinen Männern zu – den Sklaven und Arbeitern aus den Slums. Die Phalanx formierte sich. Holly blickte von Pugnarses' Leichnam auf. Genal war bei ihr und zog sie hoch. »Ja!« brüllte ich sie an. »Ja! Jetzt führen wir die Schlacht zu Ende. Wir vernichten die unwürdigen Herren Magdags ein für allemal.« Und ich hob mein Langschwert. »*Vorwärts!*«

Die Phalanx trabte im Gleichschritt los, und der Boden begann zu beben.

Die Phalanx rückte vor. Die Lanzen waren alle im gleichen Winkel schräg nach vorn gerichtet. Die hellgelben Voskschädel schimmerten im opaleszierenden Licht dieser Welt. Die Stahlbögen der Armbrustschützen schimmerten. Jeder Mann meiner kleinen Armee war in Bewegung.

Uns hatten sich inzwischen viele tausend andere Arbeiter und Sklaven angeschlossen, Männer und Frauen, die Waffen an sich gebracht hatten oder andere Werkzeuge oder Steine oder Latten als Waffen benutzten. Eine dichte Staubwolke wirbelte auf. Trompeten erklangen. Ich schritt weiter und wünschte mir, ich hätte Mayfwys Kettenhemd angezogen, doch es ging weiter, immer weiter . . .

Ich war mir nun sicher – so sicher man sich einer Sache sein kann –, daß wir die arroganten Oberherren besiegt hatten. Gegen die neue Waffe der Phalanx und der Lanze, unterstützt durch das Feuer der Armbrüste, hatten sie keine Chance. Begeistert rückte ich weiter vor. Rufe und Angriffsbefehle erschollen. Pfeile und Bolzen begannen sich in der Luft zu kreuzen.

»Krozair! Krozair!« brüllte ich, schwang mein Langschwert und drängte voran, ringsum von Lanzen umgeben. Hollys Sextette schossen nun mit größter Genauigkeit. »Jikai! Jikai!«

Wir würden gewinnen. Nichts konnte uns den Sieg mehr nehmen.

In all dem Durcheinander, in all dem Kampfgetümmel, in all der Anspannung des Augenblicks, da sich die Lanzen vorwärtsneigten, in ihrem Eifer, die verhaßten magdagschen Oberherren zu erreichen, blickte ich nach oben. Der rotgoldene Raubvogel kreiste am Himmel – allein. Die Taube war verschwunden.

»Gegen Magdag!« brüllte ich, und mein Schwert blitzte im Licht des sinkenden Tages wie eine Fackel.

Das Licht veränderte sich. Ein Hauch von Blau drängte sich in mein Sichtfeld – und ich wußte, was mit mir geschah. Ringsum schlugen Pfeile ein; die Lanzen zuckten vor, suchten ihr Ziel, die Hellebardiere stießen zu; Hollys Pfeile zerstreuten die Reihen des und der Prophet, Bolan und Genal trieben die Männer ...an. Während wir so in die Reihen der Magdager eindrangen ...nd sie zerschlugen, verstärkte sich das Blau vor meinen Augen. Mir war seltsam leicht zumute, und ich fühlte mich emporgehoben.

»Nein!« brüllte ich und hob das Langschwert. »*Nein!* Nicht jetzt! Nicht jetzt – ich will nicht zur Erde zurück, ihr Herren der Sterne. Wenn ihr mich hört – Savanti – laßt mich auf dieser Welt bleiben! Ich will nicht zur Erde zurück!«

Ich dachte an Delia aus Delphond, an meine Delia von den Blauen Bergen. Ich wollte mich nicht noch einmal durch die interstellare Leere entreißen lassen!

Ich wehrte mich. Ich weiß nicht, wie oder warum es geschah, doch als der Blauton stärker wurde, wehrte ich mich gegen ihn. Irgendwie hatte ich die Herren der Sterne enttäuscht. Irgend etwas, das ich hier getan hatte, widersprach ihren Wünschen. Ich hatte mich damit gebrüstet, daß ich ihnen auf meine Art dienen würde – und dies war nun meine Belohnung.

»Laßt mich auf Kregen bleiben!« brüllte ich dem gleichgültigen Himmel entgegen, an dem die Sonnen Scorpios ihr gemischtes Licht verstrahlten. Schon merkte ich kaum noch etwas von dem Kampf, der ringsum tobte. Männer starben, Köpfe und Glieder wurden abgeschlagen, Pfeile drangen durch Rüstungen, Blut wurde vergossen . . .

Ich taumelte. Das Blau hüllte mich ein, ich schwebte darin. Ich packte wie im Tode mein Langschwert. Ich hatte das Gefühl zu fallen, all mein Schwung war vergangen, ich stürzte und stürzte immer tiefer . . .

»Ich will nicht zur Erde zurück!«

Alles war nun blau, ein Dröhnen und Ziehen ging mir durch Kopf, Augen und Ohren; in einem gewaltigen Wirbel wurde ich in ein blaues Nichts gerissen.

»Ich will auf Kregen unter den Sonnen Scorpios bleiben!« flehte ich, bettelte ich, forderte ich.

Ich, Dray Prescot von der Erde, brüllte lauthals: »Ich will auf Kregen bleiben! *Ich will auf Kregen bleiben!*«